红楼夺目红

周汝昌 —— 著

周伦玲 —— 编

CTS 湖南文艺出版社
HUNAN LITERATURE AND ART PUBLISHING HOUSE
中南出版传媒

博集天卷
CS-BOOKY

图书在版编目（CIP）数据

红楼夺目红 / 周汝昌著；周伦玲编. —长沙：湖
南文艺出版社，2018.7
ISBN 978-7-5404-8707-2

Ⅰ.①红… Ⅱ.①周… ②周… Ⅲ.①《红楼梦》—
文学欣赏 Ⅳ.①I207.411

中国版本图书馆CIP数据核字（2018）第091959号

上架建议：文学欣赏

HONGLOU DUOMU HONG

红楼夺目红

作　　者：	周汝昌
编　　者：	周伦玲
出 版 人：	曾赛丰
责任编辑：	薛　健　刘诗哲
监　　制：	于向勇　秦　青
策划编辑：	王　琳
特约编辑：	郑　荃
版权支持：	文赛峰
营销编辑：	刘晓晨　刘　迪
版式设计：	李　洁
封面插画：	应落绯
封面设计：	末末美书
出版发行：	湖南文艺出版社
	（长沙市雨花区东二环一段508号　邮编：410014）
网　　址：	www.hnwy.net
印　　刷：	三河市鑫金马印装有限公司
经　　销：	新华书店
开　　本：	700mm×995mm　1/16
字　　数：	350千字
印　　张：	25
版　　次：	2018年7月第1版
印　　次：	2018年7月第1次印刷
书　　号：	ISBN 978-7-5404-8707-2
定　　价：	58.00元

若有质量问题，请致电质量监督电话：010-59096394
团购电话：010-59320018

红 楼 夺 目 红

目 录

Contents

红楼夺目红

目 录

Contents

红楼存目红

目 录

Contents

红楼夺目红

目 录
Contents

红楼夺目红

自序

Preface

笔花砚彩现红楼

拙著《红楼小讲》出版后，方及两月，即议重印。那是壬午年的事，我收见样书是古历六月里。如今癸未开岁，蒙贤友梁归智教授惠来一份《小讲勘误表》，列出了若干漏校的误字。因为出版社说过可能又要印了，于是将写好的一本"工作用书"送去了，谁知顶头的回音是：来不及了，已经印完了！

这可奇怪。细问时，原来是社方得到售者急要书的通知即到库房去看：《小讲》连一本存书也无。

在急需之下，匆匆忙忙让印刷厂又印了八千册。时正上元佳节，良辰吉日。这是"三印"的来由。

几乎同时，又见到了香港中华书局出版的繁体字本——还是港地一位读者来信，我方得知此事。京城韬奋书店的畅销榜上，多次排名，《小讲》高居第二。

这些当然鼓舞了我，而我已经是在写"另一种小讲"的执笔工作中间。所以，《小讲》的受到欢迎，使我笔下增添了意气，也好像助长了才华。而且，"文生情，情生文"的文艺良性循环，随着笔路也浚发了思路。那所谓"另一种小讲"，就是这本书稿未定名时的代称。

一次，我在报纸上发一小文，中云：文人作者，大不如卖瓜的老王逍遥自在——因为，"老王"可以"自卖自夸"，说我这瓜怎么甜，如何香，谁的瓜也不行。可我辈"卖文"的远不逮卖瓜的那等潇洒风光，我这本新书只能叫作"拙著"或"习作"等等谦辞婉语。这也罢了，更难的是一提"小文""陋制""拙编"的内容特点时，那就更觉尴尬。你说它怎么怎么不好，人家会问：你这么差的书稿，拿出来给人看，是何"居心"？你若自诩说我书如何如何地好，人家又会"齿冷"，说你好厚的脸皮，"自吹自擂"，何其不自揣也。

因此，我在这儿自序，一不敢"学习"老王的"卖瓜精神"，二不敢说"拙著一文不值"——那样也太"窝心"，不是个对读者负责的真诚态度。

可以说，不致窝心而又不让人"粲齿"的，就是本书貌似《小讲》的续集，实则不然。这次讲的无论主题重点和文笔见解，都与《小讲》不大一样。

《小讲》原是八十年代的旧作，这次"新讲"已在它之后的二十年之久了。二十年间，对《红楼梦》许多地方有了新的理解，自认为是别人没有这么解、这么说过的。角度、层次也都多有变换，并不"千篇一律"。写下的这些看法，岂敢说什么"未经人道"过，然而确又是不大常见的解读破译，颇有新鲜的探索角度和鉴赏层级，不拘一格，不陷俗套，不入"模式"，纯属一家之言。

这样说，自问是实事求是的，不可狂妄自大，也不必假谦虚，一派陈言套语，让读者"享"到的只是老生之常谈，庸人之伪态。

不待说，开卷之后，您的感觉不是冷饭重炒时，也不免有"不敢苟同"之处。这是常情，不足为异。本书的一些看法讲法毕竟是个人的意见。有相同，自可喜；有不同，存待商量。谁也不能强迫人家都"同意"你自己的那点儿"自得"之"高见"。只要还能引发新的思路，提示新的信息，辅助覃研，促进发展，开拓一些以前未能显现的文心匠意的新区域，也就不至于白白浪费许多纸墨、印刷、装订、发行的人力、物力了——这是一己的祈祷，但愿"上帝"惠允，佛祖保佑。

艺术是"个性"的表现（representation）。《红楼梦》的个性比哪部书的个性力量都更显得大得多。人们常说它是一部"奇书"，语义含混，不知"奇"在哪里，解说起来也颇为麻烦。我想不妨从简而言，那"奇"就是个性极不寻常——或者就是鲁迅先生的话："绝特"。

雪芹本人就是位个性"绝特"之人，他作书自然不会庸常凡鄙，索然乏气，食之无味。他的文笔手法千姿百态，真令人有出神入化之感——这当然太好了，太可珍贵了，可是也就发生了一个我们常人庸目如何懂的大难题。

良工巧匠的杰作，往往受"嗤"于庸目，这是陆机在《文赋》中的慨叹，晋贤已有此感，仿佛老子说"下士闻道则大笑"的那种道理。所以至今有人评论《红楼梦》的文笔很"差"，甚至有"不通"之处。

如是那样，"对话"就难了。幸而那种庸目之嗤为数尚寡，不曾惑乱青年学子的耳目心灵。

　　但是，我们嘲笑"庸目"是容易的，要"保证"自己"非庸目"却未必同样容易——也许我们也还是属于庸目的同列，只不过是"庸"的程度略有差别罢了。

　　这样说来，真是憬然自感惭惶。

　　怎样才不致以庸目看雪芹的大匠奇文呢？没有"换骨金丹"，也难"立地成佛"，办法只有一个：一步一步地摸索习学，读书阅世，把自己丰富起来，高尚起来；同时细心敏感地玩索他的"个性"和他的表现个性的独特方式。日久天长，似有所会所悟，于是与他有了心意性情的契合，从而窥见了他的行文表意的奥秘。

　　我们应该各自努力奔向这个理想，各自用自己的方式来做试验。大家积累多了，也许就能显示出若干共同收获来。在试验之过程中，各有所见，各行其法，各得一端，都是值得珍惜的。

　　这本小书就是我的"试验作业"，希望能引起同道的兴致而切磋交流。

　　诗曰：

　　　　笔花砚彩现红楼，历劫经灾春与秋。
　　　　谁把名貂混狗尾，可胜悲慨尚横流。

　　　　不解红楼枉读书，深惭半懂半含糊。
　　　　若能寸步聊为进，再向门墙好问途。

癸未二月中浣写讫

红楼夺目红

第一扎

First

红楼夺目红

红楼之红，今日难以复现，但也不无痕迹可以辅助想象，这就是宫墙、庙墙，自古规制是红色的。陆放翁的《钗头凤》："红酥手，黄滕酒，满城春色宫墙柳。"万缕垂柳，翠烟轻拂中透出了一带红墙，逶迤隐现。这种境界是别处所不能领略到的至美。

由此可想：古代的红楼，必然也另有其至美益美的境界。

但是，为什么又说是"夺目红"呢？

先要问：何谓"夺目"？这就涉及中华汉语文的妙谛。

一般的夺，是争夺，是夺取，如云夺取胜利、夺取锦标等等，词义就是经过竞争而获得目标。

这表明：夺有"力量"的作用在内。所以轮到"抢夺"一词时，那就是武力强迫行为了。

然而此刻是讲"红"，是论"美"，怎么用得上一个"夺"字呢？有例吗？

当然有。你看《红楼梦》中贾政唤宝玉前来传达元妃的谕旨时，宝玉一进来，贾政举目一望，只见他"神采飘逸，秀色夺人"！

这不就是个极好极对的例子吗?

怎么叫"夺人"?"夺"的不是"人",是那贾政"举目一望"的"目"。

就是说,当这怡红公子往那儿一站,贾政目中原可看见的"万象"都"后退"了,看到的只有这位超群出众的少年了。

这就是"夺目"。用英语说,正是"catch (dazzle) your eyes",非常吻合。

红楼,在"万绿丛中"一下子就"夺"住了你的双眼,神采异乎一切俗景俗情。

此之谓"红楼夺目红"。

诗曰:

> 何处池台夺目红? 三篙柳翠樾堤风。
>
> 楼中无限悲欢意, 付与生花彩笔中。

红楼联梦

　　"红楼梦"三字本是第五回的曲词之名，所以乾隆时抄本回目即作"游幻境指迷十二钗，饮仙醪曲演红楼梦"。后来就成了《石头记》的借名或异名。

　　"红楼梦"的三字连文，早见于唐诗，蔡京（与宋代之蔡京同名）咏杜鹃鸟有句云："滴残紫塞（长城）风前泪，惊破红楼（闺阁之美称也）梦里心。"①（此诗由中央美院李化吉先生发现，专函惠示。我记于《新证》增订版"补遗"中。近两年竟又有两次再"发现"者：一是社科院文学所，一是南京大学中文系。都上了新闻报。）

　　严格说，那三字似连文，实不连文——咏杜鹃啼声哀凄，使长城征戍者下泪而将闺中念远伤离之人的梦中暂聚也给惊断了，所以应理解为"红楼中人连梦也被鹃声惊断"，实是"梦里心"三字为连文。

　　这与宝玉在秦可卿绣房中做了一个"神游"之梦，全不相涉。

　　最近天津红桥区的韩吉辰先生又在津门查氏《沽上题襟集》中发现一首五

---

　　①　出自蔡京《咏子规》，通行版本作"凝成紫塞风前泪"。——编者注

律《坐揽翠轩闻莺》，为乾隆六年山阴胡睿烈所作，颈联云："红楼春未启，越客梦初醒（xīng）。"乃思乡之意，盖"蓟北莺声少，朝来乍一聆"，听莺引动乡愁也。然称客寓之园林轩馆为"红楼"，甚奇。

又康熙时金埴叙京城，即有"红楼""紫陌"之语。这红楼还是妇女绣楼之本义。

懂了这些，雪芹用"红楼"一词，不过是白居易"红楼富家女"的用法，泛言闺房精室，本不是死话非指"两层的楼"不可。

所以英译Red Chamber Dream，实得本意，而有人将"红楼"译为Red Mansions，真是谬极！

甲戌本上独有的文句说是"吴玉峰题曰《红楼梦》"。若然，是他才借曲名为全部书名的。可是，吴玉峰又何人也？迄今寻不到"依据"，故或疑为虚设或化名。

我曾假设：此人也许是与雪芹一同来到西山的鄂宝峰。

鄂宝峰似名"璧"，系鄂昌之子，因父（**胡中藻大诗狱**）被罪"赐死"，发往郊甸。香山张永海传说有一"鄂比"者，与雪芹同来，能画云。鄂昌乃大臣鄂尔泰之从子，鄂家亦内务府包衣出身，做了相国，是一个很重文化、全家能诗的家族。鄂尔泰正直敢言，不阿谀雍正。鄂昌与雪芹一家既是旧交，又是"一类"之人。

我推测雪芹之离城赴郊，就是受了鄂家大祸变的挂累牵连而有了"罪款"。

雪芹"著书黄叶村"，鄂宝峰见而喜之，为之取名"红楼梦"，以代"石头记"，化俗为雅之用意也。"吴"者"无"也，隐其真姓（**鄂姓实读"奥"**）。

韦庄诗："长安春色谁为主？古来尽属红楼女。"[①]又云："美人情易伤，暗上红楼立。"说得何等明白。

红楼是唐代的景物风习。红楼必极建筑装修之美。

但在雪芹，喻词而已，文采之事也，宁府的贾蓉之妻，只住"绣房"就是

---

① 出自韦庄《长安春》，通行版本作"长安春色本无主"。——编者注

了，本非"红楼"实境。然而，此名既立，人皆爱之。文乎白乎？雅耶俗耶？石乎人乎？梦耶真耶？"红楼"有无遗址可寻？楼中之人究是谁何？引梦者、做梦者、记梦者，据脂批云：真有其人，真有其事。

脂粉英雄

这四个字是一部《红楼》的主题，也是雪芹写作的精神见识、襟怀叹恨。讲《红楼梦》，先要从这视角和感受层次来启沃仁心，激扬情义。

脂粉英雄，是为了与"绿林好汉"作对子。本来可作更"工稳"的对子是"红粉佳人"。雪芹嫌它用得太俗了，而且也词不副意，易生误解，故而加以小小变换，遂觉气味气象、文采文情迥然不同，一洗凡俗。

这是一个绝大的语言创造。

说"语言"，指的是"文学语言"，并非"日用"或"文件"，可以到处采用。并且，这不只是词句的事，是一种见识、感受的"宣言"——若在西方，恐怕早就有人说成"主义"了。

雪芹又自谦，说这些"异样女子"不过是"小才微善"（北师大本"才"作"材"），并不"动天动地"。

有些人一见"英雄"二字就想起武侠小说。拿刀动斧，催马上阵，勇冠三军……是英雄。别的——尤其女人，哪儿来的英雄，连"性别"都辨不清了，可笑可笑！

这是俗见，自己不懂，反笑别人。

英者，植物的精华发越；雄者，动物之才力超群。合起来，是比喻出类拔萃的非凡人物。

若说"性别"，那"巾帼英雄"一语早就常用了。女词家李清照说。"生当作人杰，死亦为鬼雄。"她怎么也"雄"了呢？

在雪芹笔下，女儿各有其英雄之处。

然而，为何又突出"脂粉"二字？妙就妙在这里。

雪芹之意：水才是女儿之"质"，但"质"亦待"文"而更显其美。故孔圣早即示人以"文质彬彬"之大理了！很多人至今还弄不清这层关系。

所以，脂粉者，是女儿们助"质"的"文"——所谓"文饰"者是矣。

女儿质美，然又必待"粉光脂艳"方见其美，文质相得，两者益彰。

故女儿一起床，第一件事是梳妆。平儿哭后，必须立刻"理妆"，否则不能见人。而平儿此时方知怡红院中的脂粉皆是特制，果然考究异常。而"粉光脂艳"，则是姥姥一见凤姐的重要印象——深识其美不可及！

园中女儿都要买脂粉，由管事的外购来的，皆是劣品，不能用，白浪费钱；必须打发自己的人去买，方才可用。

你看，脂粉之于女儿，功用大矣。

是故，读《红楼》须明脂粉英雄之丰富含义、重大怀思。

书中谁当居"脂粉英雄榜"？太多了：凤姐、探春、湘云、平儿、鸳鸯、尤三姐、晴雯、绣桔、小红，应居首列。

她们的才情识见、勇毅坚刚，令人礼敬。

从这儿"走进"红楼，便悟只此方是书的主题，书的本旨，书的命脉，书的灵魂。

这些脂粉英雄却隶属"薄命司"！

《红楼梦》伟大悲剧在此——绝不是什么钗、黛争婚"调包计"。

讲《红楼》人物论，探佚这些人物的后文结局，研究作者如何表现她们的高超笔法，都必须把握这个中心，方有衡量标准。

《红楼梦》的妇女观与《金瓶梅》的妇女观，一个是天上星河，一个是厕中秽水。

　　《红楼梦》原书的精神世界与伪续后四十回的精神世界，一个是云里鹓鸰，一个是草间腐鼠。其差异距离之大，已无法构成什么"比较"——因为纯属"两个世界"。

　　诗曰：

　　　　堪怜腐鼠成滋味，同挥脂粉英雄泪。
　　　　梦窗也是多情种，七宝楼台谁拆碎。

女儿

　　曹雪芹把女儿作为著书的主题，抒感的对象。开头托书中人甄宝玉的话，"女儿"一称，比什么名号都尊贵，说这二字时，须漱口焚香，否则要受恶罚。贾宝玉则连个酒令也忘不了女儿——他的令是女儿的四种心境：悲、愁、喜、乐。大观园有女儿棠，茜香罗来自女儿国……

　　"女儿"一词，如今除了指所生的女孩子，似乎极少见了，见的是些"少女""女青年"了。老北京的"妞儿"，只在相声、京戏里还有遗迹。我小时候听民间百姓总是叫"闺女"，也不说"姑娘"（**姑娘的本义是姑母、姑妈**）。

　　我们汉字语文是最丰富、考究的。比如你应领会：女子、女人、女性、女流、女郎、女士……这都不能乱用，不明其微妙的口气和含义，会闹笑话。

　　粗看，女儿似限于未嫁之女，古名室女、处（chǔ）女。其实又不尽然。如"十二钗"中有凤、纨、秦，乃少妇，非少女也。就连蒋玉菡、薛蟠等人的酒令，也是"丈夫一去不回归"，"嫁了个大乌龟"（**又作"嫁了个男人是乌龟"**），这分明包括嫁后之女而言。

　　但在雪芹书中，还是大致有个分别，婆子、媳妇也成群，只呼"夏婆子""王善保家的""旺儿媳妇"等等，她们没有名字。大丫鬟有名字，小丫头多是乳名。

富家女儿，有文化的有名字，如傅秋芳，如夏金桂。贫寒之女无名者嫁后的称呼通例是"张门李氏""王门刘氏"……我所见清代文献，所闻少年时风俗，还都是如此。

"妇女"是个笼统词，表"性别"（**古无这种洋话**），不含任何感情、态度的色彩。"妇道人家"，就有了尊重、体贴的意味。

这些不见于曹雪芹笔下，不必多说。

雪芹时代，女卑男尊，贵家（**尤其满洲大官之家**）的风气是以奴婢之多为争盛的"标志"，贫家生女养活不起，又舍不得溺婴的，便卖给人做"丫头"（**婢**）。一般几两银子就行，上品的才卖十两——极高的也不过三十两之数。

在江南，"千家养女先教曲，十里栽花当种田"，自幼"培训"给人家当"戏子"和上等侍女姬妾。

翻开史书，有分类，"列女"一类排在最后，在"方外"（**僧道**）之前，而且都是"烈女贞妇"，值得官方"旌表"的——大观园的女儿绝入不了史传。

所以，雪芹这才立志要为她们著书。

不要扯史传，就看看"四大名著"如何？《三国》有貂蝉、孙尚香已是凤毛麟角。《西游》里是白骨精、铁扇公主。《水浒》呢，潘金莲、潘巧云。再加上《金瓶梅》的李瓶儿、春梅……不过如此而已，而已。

所以，估量雪芹的胆识文才，是个绝大的文化可题——不是什么"小说文艺论"的事情。

诗曰：

> 司名薄命总堪伤，生女生男费较量。
>
> 半部红楼貂未足，十年辛苦岂寻常。

「情僧」奇语

　　雪芹有独创奇语之大才，如世人常讲的，"女儿是水做的""意淫""禄蠹"等等，确是前无古人，戛戛独造。但"专家"们却对"情僧"一语绝少评说。我以为，这个新名方是奇中之最奇。

　　雪芹自己在回目中也一再表明佛门是要断情的，如"情小妹耻情归地府，冷二郎一冷入空门"，如"美优伶斩情归水月"，皆是此义。既然如此，如何又出来一个"情僧"？！可知天下之奇，莫过于这个奇称了。要真正阐释此称，须有一篇大论文乃至一部专著，从东方哲学思想史上来研究论述才行。此处无法多涉，姑且只说一二浅解，略窥雪芹的睿思理念——也许就是他的人生观的"总括"吧。

　　照字面讲，"情僧"是有情、多情的出家人。这不难懂。

　　旧时有一对联："不俗即仙骨，多情乃佛心。"佛不多情，又何必自苦而为众生寻求济度？是故如来世尊才是最多情的哲人大士。

　　若循此义而言，则寡情薄义之人是成不了真僧的。世上的"假和尚"，对情连谈也谈不上，遑论其有无？

　　如此，情僧方是真僧。反过来，人之情到极处，方思离俗而为僧。

再有一义：雪芹又曾将"情"做"动词"用之，"情权""情赃""情不情"……皆是好例。那么，"情僧"者，又是以情而待僧（**理解他体贴他**）的意思。

试看，那空空道人"因空见色，由色生情，传情入色，自色悟空"，虽是两端首尾皆"空"，核心却是一个最大的"情"字，是关键，是命脉。

由"空空"而来，读了《石头记》，这才懂了"空"中无他，一切是情——方决意改名为"情僧"。

"情"便是此僧的教义。

情僧是谁？名为抄录者，实即"石头"作"记"者。

石头是谁？亲历一切的作"记"者，即雪芹是矣，其艺术化名叫作"贾宝玉"。"……故借通灵之说，而撰此《石头记》一书也。"如是如是。

即由此义，又悟知"大旨谈情"的情，究指何者？

如只知男女之"爱"为情，则势必以为"情僧"是心心念念只想着"爱情"的"花和尚"了！

这样的花和尚的"大旨"，"录"下来"问世传奇"，能有多大价值？"开辟鸿濛，谁为情种？"思之思之。

女娲炼石

雪芹作书，用什么"故事"开头？用的娲皇炼石。只这一端，就包含了好几层艺术联想：

一、《封神演义》的开头是纣王入庙，见了女娲的塑像。由此引起一部大书。

二、一部书的主人公是由石头变成的，这个念头是受了《西游记》石头产猴王的启示，加以运化创新。

三、书中人是"正邪"两气所赋而来的一批"异样"之人，是受了《水浒传》所写将大石镇压下的"黑气"放走了，便化生出一百零八位草莽英雄、绿林好汉的影响。

四、绿林好汉共计一百单八将，所以雪芹用"红粉英豪"来"对"它，因而原书的"情榜"也是一百零八位人物。此数由娲炼遗石高十二丈，四边见方的宽度各二十四丈而来，故十二照应正钗，24×4＝96照应各级副钗，合计12+96＝108，丝毫不差。

五、女娲炼石，剩有遗者不堪入补天之用，此想象直接来自雪芹祖父楝亭先生咏三峡石的诗句："娲皇采炼古所遗，廉角磨砻用不得。"（**其他诗文来源可看《红楼梦新证》增订本初版插图页背所记多条资料。**）

六、万物皆有灵性，雪芹具此思想。所以石头"通灵"，灵石可变玉，美玉可投胎作人。这"三段"，是中华的"进化论"，东方达尔文。哲思妙理，不是形式逻辑死方程式，是"生命活理"。

［附说］

女娲炼石，似为神话，其实是中华文化文明古史的一大主题，即陶器的创造发明。这事实细读《淮南子》便恍然而大悟！

原来，女娲所遭的是淫雨不停、洪水泛滥的大灾难。所谓"炼石补天"，是远古第一次想出办法：用人工建筑来遮雨定居。所谓炼石，不是将天然石料用火"加工"（无此工艺与必要），是说用技术烧炼成类似石料的人造硬物，即陶土烧成原始砖瓦之义。

证据何在？就在女娲同时"造人"的故事里面——

女娲造人是用什么"原料"？明明白白：用黄土和水，"团"成的人类（或中华民族的老祖先）。土，用水"合"成泥，再加以"炼"，还不就是创造了陶器科技的真实记载吗？

读古书，古人有古人的文字语言的习惯，须善悟其实，而勿泥于俗解浅释。

由此也就大悟：雪芹说女儿是水做，男人是泥做，早已表明炼石造人的真谛。

再有一点也很重要。依照现代基因遗传科学的理论，子女的聪明智慧之高低敏钝，取决于母亲方面的遗传，而非男性父方。此说一出，方悟雪芹早明此理，因为：娲皇炼石、造人，若仅仅是赋以形体，那就仍是"蠢物"而不具灵性，即无人类智慧可言，焉能夸称"万物之灵"？是故：娲皇造人，不只躯体，还赋以精神性情；只有这样，她才也能使石头"灵性已通"，即具有了知觉感受、思维性情。这是"物"的精华所在，却是由娲皇女神赋予的！

这层意义，尤其耐人寻味。

在中华古神话中，女娲是婚嫁之神，生殖之神。曹雪芹绝口不提伏羲的事，大约就是因为他属于"浊物"之故。

大哉娲皇功，大哉雪芹笔。

娲皇和「弄瓦」

我已说过：娲皇炼五色石以补天的"神话"（**古史的文学形式**），其实义是她发明了以土烧砖瓦、筑房屋、避雨淋的重大创造。这儿的"蛛丝马迹"其实倒是相当明显的——

第一，传说中连"人"也是她用土泥做的。这就是一个重要的历史信息。

第二，人人皆知，天穹是"青天"，是"碧落"，是"苍昊"——苍也是青色之另一异词。再有"天地玄黄"，玄也是"青"义。那么，何来"五色"的天空？

第三，石头是自然形成，历劫千古，质坚异常，怎么还要"炼"？石头一烧，反而坏了。讲之不通矣。

综而论之，我就大悟：她并非真是用"法术"去炼石头，而是用土"烧"成陶件，开始了陶文化的历史纪元。陶件最初是烧成盖房的材料——古"建材"。比如，原始屋的框架可用木支，而顶盖要御雨挡水，则木不中用，必须坚而不畏水蚀的材料——于是她的智慧发明了用土烧砖瓦。这才是"炼"的本义。而那"石"，是"人造石"的语意。

这样一经晓悟，跟着就又明白了：学者久已考明，女娲是生育神，所谓团黄土以造人，是她生育的象征。

那么，有趣的事就出现了。《诗经》记载分明：古时生男孩，"载弄之璋"；生了女孩，则"载弄之瓦"。所以历来文人说到生女是"弄瓦"之喜。

弄璋，是给一块美玉为玩物。璋极难得，生女则只好给一块瓦——这就证明，古人视陶件为人造之石了。

但是，为什么又单单是瓦而不是砖？

盖瓦者是屋顶挡雨的"建材"，烧制难，技术要高，还有图案饰纹，非常好看——至今得一秦汉"瓦当"，也是珍品，拓出的瓦纹片，成为重要的艺术品种。

明白了这些，方知"弄瓦"的中华民俗，其来不知已历几万年矣！

"瓦"字音wǎ，十分独特，很少同音字。是否因娲皇之所创，就取名为wa了？不无这一可能性。

把神话"还原"为古文明史话之后，再来看《石头记》，便又有新意趣油然而生。

雪芹写书，说是大石为娲皇所炼，遗而未用，弃于青埂峰下。首先点出一个"青"色。此石正方形，高径为方径之半——恰为一块巨型方砖，而非石之自然形体。可知这是烧制的规格，明确的"人造石"。

人造石，即假石是也。

如此，贾宝玉连"假玉"也够不上，连真石也不是，只是一块"假石"。

由此又悟：贾宝玉的通灵玉，应当属于"璋"的性质。在书中，绝口不言宝玉（乳名也）的学名，正名到底是排"玉"偏旁的哪个字？也许叫"贾瑛"，即相对甄（真）"神瑛"而言。也许本名"贾璋"，即取"载弄之璋"的诗义。

看看汉字，"砖"是"石"旁，古人已视砖为石类，正如我说的"人造石"。"砖"字也写作"甎"，表明砖又是瓦之一种或"同族"。

雪芹一部大书，从娲皇炼石写起，妙义无穷，何其伟也！

开辟鸿濛

　　宝玉在"太虚幻境"聆赏《红楼梦曲》十二支，前有引子，后有煞尾，实共十四支曲。其引子起句云：

　　开辟鸿濛，谁为情种？

　　此为何义？可试解否？

　　按雪芹作曲，托于警幻仙姑，实乃雪芹"夫子自道"。这两句来源于其祖曹楝亭（寅）先生的一首五言诗："茫茫鸿濛开，排荡万古愁。……"

　　鸿濛是什么？用今时的"洋汉语"来说，就是原始宇宙的气象（**尚无形质**）。

　　其始，只见"茫茫"无涯无际、无名无状的"气"，而奇妙的汉字创出"鸿濛"一词时，偏偏用的是"三点水"偏旁的两个同韵字。

　　这使我们立刻想到，表述太古天地未分时的宇宙状态，还有一个词："混沌"。

　　妙极！恰恰也是两个"三点水"。

　　此为何故？须请科学家解释。至于我，不懂宇宙形成史，只凭我们民族汉字创造的精义深义来体会，分明中华的先民早就悟知：宇宙原始或早期，已含有了"水分"在那茫茫的混沌之中。

混沌凿了七窍，是"开辟"；鸿濛亦然，在茫茫无可分辨之中，逐渐"开"了，二仪判，阴阳分，上下别，天地显——这才有了"世界"。

依照棣亭诗人的想法，自从混沌一开，就同时生出了一个"情"来了（诗词中的"闲愁"，即情的代名，不必多做详证了）。

所以雪芹承其祖之意，自嗟自惜：自从开天辟地以来，有谁人方堪称得起是一个真正的有情、多情、痴情的种子呢？

此问，还需要答复吗？

真情种，异于男女风情色情。

真情种，必然伤怀，必然寂寞。

他的心思怀抱，不为人解，群斥为"愚"。

他对此"形势"，感到无可奈何。最后只剩下一条路：自遣愚衷——演出这红楼一梦。

悲哉！雪芹之为言也。

大哉！红楼之为梦也。

此梦维何？

一曰怀金，二曰悼玉。

金、玉是谁？破解不一其说。

"可怜金玉质，终陷淖泥中。"岂不也是金与玉？

通灵宝玉

贾宝玉，通灵宝玉投胎入世而成"人"者也。而本又是大荒山青埂峰下大石之所化。石之为物，冥顽蠢笨，无识无知，然经过娲皇之炼，灵性已通——灵性所包括的即是精神智慧、知觉感受、七情六欲、哀乐悲欢……层次不一，总而称之即是"性情"。性情者，一具灵性，便生感情。是以贾宝玉一生所历，悉皆"情"的百般滋味。

是故，石头之"记"，内容是"大旨谈情"。

"通灵"一词，见于《晋书·顾恺之传》。顾为嵇康作传，说嵇"通灵士也"①；又说自己最珍惜的一批画作（被人偷走）是"通灵"了，自己不翼而飞。

看来，灵不但是情根，也带着神秘气质。

此玉"鲜明莹洁"，本质不污不垢，纯洁精良，又有"五色花纹缠护"，是具有"文采"之意。

多情而富"纹"（"五纹"，见杜诗）②，正是曹氏自古"文采风流今尚

---

① 此处疑为作者误记，"通灵"一词出自《文选》卷二十一颜延年《五君咏》注。顾恺之《嵇康赞》曰："南海太守鲍靓，通灵士也，东海徐宁师之。"——编者注

② 出自杜甫《小至》："刺绣五纹添弱线，吹葭六琯动浮灰。"——编者注

存"的注解（*少陵赠曹霸诗*）①。

然玉实石变，故曰"贾"（假）玉。另有真玉，即甄宝玉是矣。

甄玉是神瑛侍者下凡所化，以甘露灌溉绛珠草的是甄玉——石头原无本相，是见过神瑛便"盗版"了他的容貌。而绛珠入世后错认了恩人，以贾当甄了（故二人本无姻缘之分）。

甄玉本名应即"甄瑛"，而贾玉也就是本名"贾瑛"。

然"假玉"上既镌上"通灵宝玉"四字，又有背面三行小字：一除邪祟，二疗冤疾，三知祸福。

莫小看了这三行字，此乃贾玉一生三大生死关头也！

第一关，邪祟，即马道婆的邪术，差一点儿就致死命了。

第二关，冤疾——是什么？八十回前尚未写到，当然更不知第二关是何时何事了。

我自己假设，第二关是晴雯屈死后，宝玉伤悼成疾。

第三关的祸福，似是"家亡人散"、自身落难（被禁于狱）之际，通灵玉的光色忽然巨变，给了他预示警戒。

是否如此？殊耐寻索。

---

① 见杜甫《丹青引赠曹将军霸》。——编者注

山与石

　　大观园的特点是"借得山川秀，添来景物新"，是"秀水明山抱复回"。山叫"大主山"，水是"沁芳溪"。看看各种大观园设计图和"仿建"园，溪倒是忘不了，只是难见有"大主山"的影子。例如北京西南角上有一处为拍电视而盖造的"大观园"，进去一看，只见当中一片大湖，溪流不显——连异常重要的"花溆"也不知何往。至于山，进门的"翠嶂"本是土山戴石，长满了花木，却弄成了大石块堆垛的假山了。大主山呢？简直被高明的设计专家给"一笔"勾销了。这些"既懂古建又通红学"的名家，是怎么读《红楼梦》的？令人莫测。

　　这大主山，当然也是土山，而非太湖石堆砌的假山。它连亘曲折，成为"脉络"。而且有山顶，有山坡。

　　例如，凸碧山庄是建于山顶的。妙玉庵里的红梅，是"转过山坡"而忽入眼帘的。

　　园里除了山，也少不了石头。石头有单块的，也有堆成的。堆成的有"势"，有洞，有峰。书中并不"专题"写石，是随文偶叙，散见诸方。

　　例如，宝玉来至沁芳闸旁，展读《西厢》，是坐于桃花树下一块石上。黛玉在梨香院墙外听院内《牡丹亭》演曲，"如花美眷，似水流年"，"你在幽闺自怜……"，不觉心痛神驰，一蹲身坐在一块石上。皆径边散石也。

宝玉因紫鹃戏言，发作了"痴病"，病状初愈，出院门散散心，看见湘云、香菱坐在山石上看婆子们修治花竹……他也坐下，湘云说："这里有风，石头上又冷，坐坐去罢。"寥寥一二语，写出了石的"特性"。

宝钗扑蝶，滴翠亭中密语，她假装寻找"颦儿"，说"钻在山洞里去了，遇见蛇，咬一口也罢了"。

鸳鸯晚夕入园，不意撞见司棋——那是山石背后。

湘云醉卧，是睡在石凳上。

柳五儿想病中进园逛逛，散散心，却不敢多走，只在后墙内转转，唯见大树大石头——真是大花园子后边的景象，一丝不差。

妙玉夜续中秋联句，写到"石奇神鬼搏，木怪虎狼蹲"的情景。

石者，实也。石头记，即如实而写，并无虚诳。书中有"石呆子"，石本呆物，本不通灵——园中凡石也。但假若满园皆是通了灵的美玉，恐怕那也没大意思吧？

太虚幻境

人们一见"太虚幻境"之名目，立即被那"虚""幻"二字拴住了，一心只认定此等文字明明是"虚构""假语""编造"等等"文艺理论"的条条框框，而再不会转一个小弯儿，去想想雪芹笔下隐伏的是否还有其他内涵？有无重要文化意义？

从多方面思索一下，便会发现：中华语文的"太虚"，与虚幻、虚妄、虚假……毫无交涉。太虚本义即是最极广大、无以名状的空间，亦即今日科学术语依然承用的"太空"，亦即俗言口语中的"天"或"天空"。

诗圣杜少陵咏"云"的诗有句云"溶溶满太虚"，正是好例，不必多举旁参了。

然后，还要懂一点儿中华民俗史。宋代大型小说集《太平广记》中就有一段故事，说的是西岳华山的女神，名称是"太虚……西王母"（**中间还有很长的封号名衔字样，从略**）。

西岳太虚圣母，与东岳女神碧霞元君是一对——巧极了，雪芹所写的这个幻景的建筑布局，又正与北京的古迹东岳庙一模一样。（门外牌坊，庙内有"七十二司"，有正殿、旁殿、后宫……后宫有一百零八位侍女塑像，出于元代名手。）

西岳的太虚王母，管领天下"得道"的女子。而雪芹的警幻仙姑，也正是管领天下的"薄命"女儿！不必烦词赘语，雪芹的艺术联想来自我们中华民俗中的文化思想，不是已然洞如观火了吗？

所以，这儿的"太虚"，与俗义泛词的"虚假"并非一回事。

至于"幻"，又是什么？

请看戚序本中的一首回前诗："……总是幻情无了处，银灯挑尽泪漫漫（mán）。"在雪芹的用字上，情即是幻，幻即是情——皆以"假名"寓实际，有意"迷惑"读者的眼力与慧性。

总起来说，太虚幻境者，是指最极广大的"情"之境界，从入梦境者直到警幻、四仙姑、十二舞伎……所有"境"中人，皆是天下多情薄命之情种情痴。

这当然不是"真"，但也不是"假"。雪芹一生亲历，如同身到此境中，与全属"假话""虚构"者有其本质之不同。

文学理论上已有数不尽的这主义那主义，雪芹的"太虚幻境"，是"中华文化主义"吧？

在此"境"中，有册子判词，有歌舞曲文，有茶酒异名，有仙姑"情"训。其内容至丰至富，不虚不空，此境是全书的注解和"仙化"——超脱世俗的表现方法。

此法与别处无涉，仍是中华民族喜欢的，相沿承用的。雪芹并未"西化"。

吓煞冬烘说「意淫」

只有伟大的头脑和灵性，才会跳出惊倒世俗的新词义。"意淫"就是一个。

这个"淫"字，久已为世人误读误解，一提淫，就以为是今之所谓"性"的不良行为和思想、文辞、表演等等。有一回我在随笔中用了"淫雨"一词，刊物编辑不知所云，很是惊讶。

其实，古人另有一个"婬"字，方指男女丑事，佛经上皆是如此写法。淫雨，就是久雨不止——可知淫有"过分""过量""无休"之义。

又，水湿由此及彼，也叫淫，亦即"洇"义。

墨里水分太多了，落笔时纸上笔画内的墨迹外溢。人之感情，由此及彼，缠绵过甚，也就成为"淫"义——与"婬"有别。

所以当宝玉一闻仙姑赞他是"第一淫人"，就吓得连忙辩解，而仙姑即言"非也"，不是指好色之徒"云雨无时"，而是指"天分中生就"的"一段痴情"。痴，也正有"过分"之语义。

痴，本义是"不慧"，俗话"傻瓜"是也。专注不渝，尽其在我（**不计他人之负我**），是为情痴。

宝玉是千古第一情痴——这方是警幻的本意所在。

宝玉的情痴情种，有哪些事可以举证？那太多了。

单说痴得"厉害"的就有令人难忘的几件事——

有一回他到东府，听戏嫌太闹得慌，走出席位，自去散心，却想起小书房中有一幅美人画，独自在彼，想必十分寂寞，应当去看望慰藉于她。于是寻路而往……

及至撞破了茗烟和卍儿的事，他并不惊讶呵斥，反而担心那丫头怕人知道了，喊着叫她放心。

痴情，处处用情于人，即"体贴别人"。这与一心为图自己享乐的淫徒色鬼，全是害人自私者，全然相反。

然在世上，这种善良忘己的情痴，却到处惹人误会，受人诬蔑。

情痴情种的悲剧性，就在于此。

又一回，那是刘姥姥为讨老太太欢心，讲起乡村里的一段故事。说是一位姑娘名叫若玉（**一本作茗玉**），生得极好，不幸十六七岁上就死了；但时常显灵，做好事，人们给她盖了一座小庙……一日大雪，见她抽柴……梳得油光的头……

宝玉听入了迷，却被"南院马棚里走了水（**失火**）"阻断了……

后来到底还又追问姥姥，又让茗烟去找这似有如无的小庙，害得茗烟受辛苦遭申斥……

情到于此，可谓痴之至矣。

另一种痴情是无法形容，我姑且创一新词叫作"以神传情"，或"以意寄情"。

佳例可举傅秋芳之事。

秋芳乃傅试之妹，秋芳素有才貌之声誉，其兄因妹婚事高低不就，欲向贾府拉拢。宝玉不知此情，只闻得秋芳雅誉，便生敬慕之心，以致从不许婆子进内屋的规矩，竟因为傅家婆子来访而打破……

二婆子眼见宝玉自己烫了手，却问丫头疼不疼。世上少见！

婆子哪里懂什么"情痴"？她们二人一出怡红院门，见四旁无人，便议论这个"呆子"的百种可笑来了！

"果然有些呆气"——正是"痴"的好注脚了。

又一回，宝玉与凤姐一同因秦可卿殡葬而初到郊外农家，见了村姑名叫"二丫头"，十七八岁少女，教给宝玉、秦钟等如何弄纺车。旋即被她妈妈唤走，宝玉便觉"怅然无趣"！

这也罢了，最奇的是等到临走时，已上了车马，忽又遥见二丫头抱着小弟弟走……此时宝玉便"恨不得下车跟了他去"！

高明的读者：请问这是什么？是"好色"之徒随时到处即起"邪念"吗？

完全错了，错到底了。

这和那相距十万八千里。无奈有很多世俗之人不能领会这个精神世界的这一层次，便"错当色鬼淫魔看待"了。

何止云泥天壤之隔乎？悲夫！

这个境界，自古无人敢写、能写。自有雪芹出世现身，这才破天荒，立新纪。

《石头记》是一种什么书？

是"大旨谈情"之书。

谈什么情？

是痴情。痴是忘己为（wèi）人，是专诚至极，忘掉一切世俗价值观念、毁誉标准。

这是要犯众怒的，很危险的。非大英雄不敢甘冒此怒此险的。

是故脂砚批宝玉是"世人皆欲杀"。但书中何尝有此？——此即借宝玉说雪芹之不为世容也。

「作者自云」

旧日坊本《红楼梦》，一律是打开书先有一段"此开卷第一回也。作者自云……"，后来因抄本原貌出现，方知原是回前批，混为正文的样式。

这个"作者自云"，果出于"作者"吗？未必即然。

依我看来，此是批书人代作者所撰，记其大意，并非真是"原话"。

理由何在？在于这里面有一"矛盾"——忽然把雪芹说成像个"大男子主义"者了，与他的崇女贬男格格不入！"何我堂堂须眉，诚不若彼裙钗哉！"

你听这声口，会是雪芹吗？

如他是这个"思想"，他又如何会为女儿写书而受尽辛酸苦痛？他说男子是"须眉浊物"，"秽臭逼人"的，怎么忽又"堂堂"起来？太难讲通了。

这"矛盾"由何而生？

原来，那作批的是个女子。此位女批家引及雪芹之语时，是站在己身是女的"立场"上讲话了，因而不自禁地替雪芹"修改"语气口吻——就成了那个矛盾。批书女的心理活动是女子的自谦，乃仍以"堂堂"称于男子。

这种心理痕迹，不时透露在后文的各条批语中。

这段"自云"大旨只有一点：我自己不值得一写，但不写却使那些女儿也一并泯灭不传了。这却不可，所以要写。

然而因此也略略表出了作者的处境与心情，一是对自己的一事无成、半生潦倒愧而不悔，二是生活清苦却不妨碍他的写作情怀与文才表现。

他说的"半生"是多大年纪？

如果这段记载是甲戌（乾隆十九年，一七五四年）才批在卷首的，依拙考雪芹生于雍正二年甲辰（一七二四年），正好是三十岁，而旧时人们讲年寿总是以六十岁花甲一周为基本寿数和"世代"（"人生七十古来稀"，杜诗说得明白），"半生"即是六十岁过了一半了。正合。

"作者自云"一段话中，提到"一事无成""一技无成"，这正是针对"三十而立"的古训而言的，"无成"即无所"立"也。

"自云"中明言"风尘碌碌"，此与首回回目中的"风尘怀闺秀"是妙语双关——明指贾雨村，暗寓作者著书之为了"闺友闺情"。

所以，"风尘"就是处于不得志的困境、未能"发迹"的意思。

所以后文说妙玉在风尘中耿正不屈，那"风尘"也是此义。有人歪解，必须反对而澄清。

那些女子有何可写？

曰行止，曰见识。后文又提明是"异样"，是"小才微善"——又赞又谦，笔墨灵动。不肯作一死句。

有趣的是：这原是批语，而在蒙古王府本中，却又批上加批——就在"万不可"使那些女子泯灭，应让"闺阁照（作'昭'者非）传"之旁侧，批道：

> 既可传他，又可传我。[1]

这八个字引人注目。应该怎样理解呢？

一种领会是：既可传诸女，又可传自我（指作书人）。另一种体味是：既

---

[1]　蒙古王府本侧批作"因为传他，并可传我"。——编者注

可传她们，也就可以传我（**批者本人**）了。

若是后一理解对，则有力地证明：批书人即是一位女子，且属书中人物。

这与我早年就推断"脂砚即湘云"，全然吻合。

如照前一理解，就成了雪芹著书还是传"一己"。"传我"是为了小我，非为大众。

这两种解释很不一样。

究竟如何方得批者原意？想必读者又会各各不同。

正是：

> 传他传我为传谁？活句灵机未易知。
> 脂砚研脂红代墨，朱痕历历泪痕滋。

历过梦幻

　　"作者自云"的开头，先就吐露真心，不曾回避主题；只不过他的措辞是有意施计——拐个小弯儿罢了。

　　这小弯儿本不很大，然而世上却有不少的论家绕不过它，被它弄迷糊了。

　　他说："因曾历过一番梦幻之后，故将真事隐去，而借'通灵'之说，撰此《石头记》一书也。"

　　其实只两句话：一句是说我经历了"梦幻"，二是因此方隐去"真事"而假托石头下凡历世。

　　如此而已，未有其他奥妙也。

　　为什么所历的不叫别的，单叫"梦幻"？又有两层含义：一是事过境迁，感觉上如同梦中幻境不复存在矣。二是那些事不便直言无讳，只得托之于梦，情节文辞，皆可"幻化"——用巧妙方式变相而表达之。

　　用幻化之情节文辞来表达，那是什么？很明白，就是"将真事隐去"，就是"用假语村言敷演出一段故事"。也就是把真事当作"小说"来写。

　　小弯儿不过如此而已，岂有他哉。这原无须乎多么高的"智商"就能看懂。

　　说得再"白"些，就是：我这是把自己的经历变成石头的故事来写此一书的。

　　这就叫"自传说"，红学上的一桩"公案"由此而生，由此而立，由此以证，又由此以定。

　　除非读不懂雪芹的话，或是硬不肯承认这个事实，另做出"别解"——那与雪芹又有何交涉？

　　及至书到正文，又出现了"追踪蹑迹""不敢失其真传"等表白申说的话，都是一脉相通、先呼后应的，没有孤立的零言赘语。

　　这样，也就明白"甄士隐梦幻识通灵"这个回目应该读作"真事隐，以梦幻来表达石头"。

　　其实，真事也并未真的"隐"去，就含蕴在"梦幻"之中。换言之，表面是写为梦幻的，本来都是真事。

　　似隐未隐也，云梦非梦也。

　　欲读《红楼》一书，应把头脑修养得灵活一些，聪明一些，解悟一些，因为雪芹是个大智慧人，他不肯说些笨话、呆话，也不肯写些拙文字、死笔墨。

　　诗曰：

　　　　世上庸人书枉诵，活龙打作死蛇弄。

　　　　石头也能性通灵，却教石兄笑肚痛。

「三历」与「二半」

《红楼梦》《石头记》是作者曹雪芹以自己"半世"所"历"之事为基本素材而"敷演"以成的一部小说形态的文学著作——这个事实并非张三、李四的"道听途说",是雪芹自己向读者"坦白"的。书第一回前有一大段"作者自云",说得恳切:"因曾历过一番梦幻。"首先提醒一个"历"字。这个字一直贯注到小说正文。试看"空空道人"初见大石上"编述历历","原来就是无材补天、幻形入世⋯⋯历尽一番离合悲欢、炎凉世态的一段故事"这句话中,就出现了"历尽"二字。庚辰本中有一首题诗,中云:"是幻是真空历遍。"(上联是:茜纱公子情无限,脂砚先生恨几多。)且不说别处,单只这三例,三用"历"字,相互呼应,重要无比。

因为这三处"历"字,一是作者,二是"石头",三是批者(谓即脂砚),三方绾合,"三曹对案",可谓辉映后先,贯注内外,所以我叫它是"三历"之文,实为一部书的成因之忠实记录。这也就是鲁迅先生早就指出的:凡所见闻,皆属亲历。

然后,就又看到还有一个"二半"。何谓"二半"?盖作者自云"一技无成,半生潦倒",这才作书传写那些"闺阁中本自历历有人"。下文不远,后面石头对空空道人就又批斥野史小说俗套"悉皆自相矛盾、大不近情理之话，竟不如我半世亲睹亲闻的几个女子……"。请看：这儿就又出现了一个"半世"。半世半生，又是后先呼应，此之谓"二半"是矣。

这就妙极了——仅此两点，已充分表明：作者即石头，石头即作者，二者一也。

那么，如将"半生""半世"解明，则雪芹作书已成、交代一切原委、几个异名（书名）、批阅增删、分回定目之后，回笔在卷头追加这段话时，他已年当"半世"。

半世或半生是多少岁？很明白，三十岁。因为过去以花甲一周六十年为"标准寿命"，不及六十者为早亡，寿超六十者为高年，所以六十年为一世一生。可知雪芹成书，年当三十而立。

由此又可推知：雪芹既卒于癸未除夕，则其生年乃是雍正二年甲辰，享寿四十岁，合敦诚挽诗（作于甲申开年第一篇）"四十年华付杳冥""四十年华太瘦生"[1]的句义。

这样看来，这"三历"与"二半"，关系《红楼》写作与雪芹生卒的考定，真是太重要了。

依此而推，雪芹年十三岁为乾隆元年，那年四月二十六交芒种节，正如书中所写：宝玉此时也是"十三岁"，那日"饯花会"是他的生日（暗笔）。

诗曰：

"三历"原为自叙清，谁知"二半"寿年明。

亲闻亲睹皆亲历，而立书成恰半生。

---

① 一作"四十萧然太瘦生"。——编者注

梦幻通灵

《红楼梦》的开端就是"甄士隐（真事隐）梦幻识通灵"。脂砚的第一条批也在这儿下笔：

> 何非梦幻？何不通灵？作者托言，原当有自。

文四句，句四字，倒很工致——可是措辞也时常难于立刻读通。是那时人的文字风格？还是有意半明半暗，不愿太显著？不得而知。

如今只说，这十六个字，应该怎么理会？表面的"今译"，似乎是这样的话——

"（世上的事）什么不是一场梦幻？（世上的人）谁不通达灵性？但作者非要这么用这种字样来假托，原本有他的特殊来由。"

这好像是说："浮生若梦""人生一场春梦"一类话，已是常言；"性灵""灵心慧性""心灵手巧"等等，也不是新语言新意思。而作者又特借此种并非真新奇的意思来作书，必有其人所未喻、不愿明言的内情——而非陈言老套。

如若是这番语义，那就需要重新思索雪芹的"托言"之"有自"是怎么一回事。

书是从娲皇炼石叙起的。石本冥顽，无性无情，是炼后方致"通灵"的；而炼者何人？全由女娲。

这就喻言：我的灵性，是女"神"给的。

灵性的赋予，源于女性。这是个大命题，大生理学、精神心理学的新理论、新发现。

我记得前两年看报，见有一文报道，科学家的新认定，孩子"智商"的高低敏钝，是取决于母亲的遗传。

这是讲"科研"的统计现象，未必即是曹雪芹之所指，那个"原当有自"另有其"因"。

雪芹确实不讲"遗传学"，实例不少。如赵姨娘生贾环，可以"理解"；然而她又生了一个天悬地殊的三姑娘探春！

又如，小红如彼其聪明伶俐，凤姐闻知是谁的女儿之后，惊叹：一对"天聋地哑"的父母，不承望生出这么一个女儿来！

又如，邢家的人那么"不堪言状"（**邢夫人、邢大舅**），却生出一个岫烟，超然如高人逸士无半点鄙俗。

看来，雪芹不承认"龙生龙，凤生凤；天生老鼠会打洞"。打洞，是"生存本能"，与"老鼠灵性"无关。

如此推理，令我萌生一念：雪芹自幼经历，有一个对他影响极大的女性，"传"与他以前未具有的灵性功能，使他倍聪明，倍"风流"（**脂批中有这类语意**）。

宝玉在秦可卿绣房（Red Chamber也）做"梦"入"幻"，而"警幻"以各种声、色、味，各种图、文、曲来开启了他的新灵性。是一良例。

不然，写这个干吗？

这与"淫"两回事，"淫"是"皮肤"一层的知觉，动物的生理冲动；灵性不属于这个层次。

却因锻炼通灵后，便向人间觅是非。

灵性是"是非"的根源。有"是非"，才有文学艺术。没有"是非"，也就没有《红楼梦》。

所以雪芹一生受惠于女儿者特多，故立志要"传"她们。

女娲炼石是神话古史，曹雪芹经历过"现实女娲"。她是谁？写入书中否？

引人动思，让人感叹。

诗曰：

都云炼石太荒唐，谁识娲皇本不荒。

灵性通时悲喜动，鸿濛开辟写情肠。

红楼夺目红

第二扎

Second

大观园

宝钗诗"芳园筑向帝城西",即京城的偏西之地,不是城外的"以西"。纳兰公子诗"我家凤城北",正是同一句法——他家在北城,什刹海北岸,不是城外。

"秀水明山抱复回,风流文采胜蓬莱"("文采风流"是老杜赠曹霸画师的词句),李纨句也。说明山围水抱,"复回"二字尤要。盖什刹海的城外水源从德胜门旁(**西北方**)流入,过德胜桥,南流环抱现今之所谓"恭王府",再向东通过"响闸"(**正名万宁桥**)而流入什刹海——正是围抱了一个圈子,将恭王府及四周之地圈成了一个"蓬莱仙岛"。

脂砚批明:园是西北部"多出"来的一块地方,其所引泉也是西北向东南的流向。

园子不是夹在两府当中间,是一个偏西的后(北)花园。它只是曾将宁(东)府旧园中的楼馆拆迁并入了新园,不是"跨"着两府。

一进园,只能看见一道"翠嶂":土山戴石,长满了花木,遮住园景。中有小曲径,穿过后可见沁芳桥亭(**第一线前部景色**)——此即避开正甬路,侧路而游的路线。正甬路不许走,直通正楼、行殿,只能遥望"飞楼插空"

而已。

沁芳桥控聚着三条堤路，各有小桥连接。游园可以坐船，水路的枢纽点是花溆：上层石梁高悬，薜萝垂绿；可以步行。而下面通船，阴凉沁肌。贾母曾在此登岸，即近蘅芜苑了。

园内无大"湖"，只有小池塘，中筑水榭，题名"藕香"。此榭三面通岸，左右是游廊的连通，正面是竹桥的特设。其背面就是"芦雪广"（"广"，不是简体字，是古汉字，音yǎn，不隔断的大屋）。

稻香村在东部，与园外稻田相通。

梨香院不在园内，在东南角，有墙隔断。黛玉是在墙外听见墙内演习《牡丹亭》的。

葬花冢在东南角，闸旁——沁芳闸有进水闸、出水闸，宝玉读《西厢》，是坐于出水闸旁桃花树下一块石上。

怡红院在沁芳桥旁，隔桥是潇湘馆。红香圃距怡红院不远。出院门，可循之路有"翠樾埭"，即柳堤也。

拢翠庵（**拢翠，流行本作"栊翠"，今从古抄本**）应在西北角一带，倚山傍坡——似在凸碧山庄、凹晶溪馆之间。

大观楼是园之正楼，东西为含芳、缀锦二楼阁。缀锦即飞楼，入园即可遥见。贾母引领刘姥姥逛园景，第一处就是大观楼前，盖园之中心正景也。

大致如是，重点分明。其他诸处，较难确定地位方向。多位画园图的研究者，各各不同，姑不备论。

大观园有无"原型""蓝本"？议论纷纭。大观园原貌未必可"复原"，但"遗址"（**前身**）却并非毫无线索；蛛丝马迹，痕记良多。

旧日袁枚自云大观园是他的"随园"，人们疑信参半。近年我考知慎郡王（**书中之北静王也**）之府园名曰"随园"，乃悟"大观园即随园"一说与袁枚无涉。慎郡王与雪芹大表兄平郡王最交好，雪芹与之过从，就可晓然。

大观园￪太虚幻境

　　大观园与太虚幻境的"关系"，被名家弄得"风马牛一码事"了。是那样子吗？我提一个问题，看看如何方是真答案。

　　"太虚"里的诸司甚多，唯有"薄命司"里"簿册"是金陵正、副、再副等钗的"档案"。单说正钗，那十二个女子的名字是什么？大约凡读《红楼》的人不会记不齐全吧。至少，宝玉翻看了的，已有三册计三十六人了，这三十六名女儿，都在"幻境"之中。否则，无法解说。

　　然而，这个被名家判定为"理想世界"的幻境中，十二正钗中除孀妇李纨外，只有七个少女是住过大观园的，包括本姓主人与异姓客寓者，即迎、探、惜、黛、钗、湘、妙。元春只是夜里游观了一回，不及天明就走了，再未重来，不能算是"境"中人。剩下的：凤、巧，根本不在"境"内，一直住于"现实世界"里，清清楚楚。秦可卿呢？"幻境"盖造之前，她就"画梁春尽落香尘"了，她连这处"理想世界"也没赶上——何况她纵使不是先此而逝，也只住在"更现实"的东边宁府绣房中。

　　至于诸级副钗，那"账目"就更难算了：鸳鸯在老太太身边，平儿在凤姐院里，彩云、彩霞在太太房里……那儿可都"现实"得无以复加了吧？

不禁要问：这样的"理想"与"现实"的所谓"两个世界"，是如何"分庭抗礼"的？！敬请明教，以启茅塞。

所谓"理想世界"的高论，实质是西方的"乌托邦"的变词。乌托邦并不"羽化成仙"，仍然是个社会政治性的空想而已。桃花源也得男耕女织，生产衣食，方能活命，并非"吸风饮露"。大观园中的"理想人物"，本来一天至少要跑五六次去到"现实世界"里吃三次饭，晨昏"定省"尊亲长辈。只是到了冬日，凤姐体贴每日数次的冷风朔气，女儿们够苦的，这才特设内厨——园门一角小厨房。而仅仅这一桩事，就已产生了柳嫂子与别人的无穷风波矛盾：与莲花儿的斗口，与秦显家的"夺权"，柳五儿的冤案，引出了平儿的"投鼠忌器"，引出了贾环、彩云的一段风波，引出了钱槐要谋求五儿的奸计……

这就是那些名公大儒心目中看准了的一个了不起的伟大的文学奇迹"理想世界"吗？！

我自惭不敏，试为这一卓论寻找自圆其说的理据，总未如愿。

欢迎辩论争鸣。

有人说：一条脂批不是已然明言大观园即宝玉的太虚幻境了吗？又有何疑？又有何辩可容？

不错，书中明文，说是宝玉题对额时，来到正殿外，见了石牌坊，忽然忆起梦游幻境的一段话，真好像为辩者提供了"确据"，还有何说？

这个疑问很好解答。

太虚幻境的"原型"是北京朝阳门（旧名齐化门，老百姓相沿不改）外的东岳庙——第一古庙，香火之盛冠于天下；正一真教道录司，即设于此。山门外大石牌坊，正门以内两厢分设诸"司"……恰恰是"幻境"所模仿的布局。宝玉实因一见此处与东岳庙外景相似，故而又联想到"幻境"之情事也——当然这也是作者雪芹的内心活动的透露与艺术展现。

有人问：还有旁证吗？

答曰：不仅有，还很重要。旁证来自谁？来自刘姥姥。

史太君两宴大观园，招待姥姥，引领姥姥游园。及至来到省亲殿前，姥姥一见牌坊，立即跪下叩拜；问她拜什么，她说：这不是座太庙嘛！我们村里就有这样的庙……

雪芹在此一笔点破了奥秘。

大观园哪儿『理想』

说大观园是"理想世界"的大学者，他们如何读雪芹的书，我总觉得是莫测高深乎？还是浅尝即止耶？恐怕值得再思再忖。

这个"世界"里的"理想人物"不会生产，生活费靠府里发给"月例"钱；有专厨开饭，"饭来张口"就是了。每房小丫头、大丫鬟、媳妇婆子、嬷嬷妈妈，少说十几个，服侍围随。

园里"管理"制度与"非理想"世界无有丝毫差别：守门、查夜、盘诘，防范森严周密。一个厨房丫头随便进园也是犯规的。

怡红院夜宴，那还是为了给哥儿祝寿，你看：得等大管家娘子查了，盘了训了诚了，方敢关院门。然后，偷偷搬请众姑娘，还得有个大奶奶李纨"坐镇"（一为半"合法"，二为让她负点"责任"，若上头知了问起来，好有个"保障"……）。夜宴、吃酒、唱曲，通通是不许可的，是的，一切是"冒险"而为之！

一次李纨的大丫鬟碧月早晨到怡红院，见芳官等嬉戏热闹，表示欣羡，问她为何你们那儿不玩？答言大奶奶不爱玩，谁也不敢闹，冷清得很……

所有丫鬟的日课都是做针线，并不"赋闲"。

后来，园子交婆子"管理"，经济开放了，一个草刺儿也无人敢动了。婆子、丫头、戏子、干娘、姨娘、亲家……矛盾重重，闹得一塌糊涂！

这就是名家们所认识的一座乌托之邦，理想之界呢。

你感觉如何？同意其高论乎？还是半信半疑乎？

读雪芹之笔墨，首先要尊重他的文辞笔法，本心用意；不宜把一知半解充作"真际"，更不宜用外来的什么模式来硬"套"雪芹的头脑胸怀，让他冤沉海底。

中国人多说点儿中国的事，恐怕更切实际，对人有实益。

正是：

闻说红楼世界多，一污一净是真吗？

若云理想真乎假，园里悲声又为何？

翠在红楼

　　红楼景色，红绿相对，红固多彩，绿亦很浓。古云："红是相思绿是愁。"红给人欢乐，绿启人伤感。

　　大观园第一副对联就是红绿对称："绕堤柳借三篙翠，隔岸花分一脉香。"花红柳绿，上句明出"翠"字，下句却隐"红"而用"香"。因忆温飞卿《菩萨蛮》："双鬓隔香红，玉钗头上风。""红消香断"，也是连属合一的。

　　所以"湘"谐"香"，湘云是红的代表。

　　沁芳溪畔，一条翠樾埭，就是那绕堤的堤。可知是一带柳堤，循堤而行，终点是沁芳桥——反过来说，由桥沿堤可达怡红、蘅芜。荇叶渚、蓼风轩，则在溪之另侧了。

　　滴翠亭、拢翠庵、晓翠堂、翠烟桥——竟已四翠之多。而怡红院、红香圃，不过二红而已。

　　人名中有黛玉、碧痕、翠缕、翠墨，亦过四位；红却只有小红和茜雪。紫鹃的紫，勉强归于红类。还有一个嫣红（**一本又作娇红**）是"大老爷"那边的，不在大观园之数。

　　书中两见"朱楼"，一是宝玉四时即事诗之夏日即事："水亭处处齐纨动，帘卷朱楼罢晚妆。"一是宝琴说"真真国"女儿的"昨夜朱楼梦，今宵水国吟"。

书中绝不用"朱门""朱邸"字样——所为严防混淆"朱楼"也，知之乎？（奈何今竟将"红楼"译为Red Mansions，谬之甚矣！）

在牙牌令中，已显示明白：湘云满红，姥姥仅次之。薛家母女皆纯绿，令人生愁思闷绪。太君是众绿丛中一点红。黛玉倒有"锦屏"上的一个"四点"红。

原来，黛玉之所以会存此一红者，并非她本身的美，却是"当中锦屏颜色俏"，而黛玉的令句也是"纱窗也没有红娘报"，是指窗上茜纱与屏间彩画而已。与湘云一比，那大不如了。

这样说，大约是错了，因为：她的牙牌副儿是"凑成篮子好采花"，那红仍是指花朵甚明。那么，此花何花耶？她的令句又已解答了："仙杖香挑芍药花。"

芍药花是春去夏来的花，亦即四月间湘云醉卧红香圃的花！还带一个"香"字，尤为妙绝。

所以我曾说过一句为人疑讶的话：黛玉的诗，往往是暗指湘云的事——甚至有时是替湘云代言。黛玉毕竟不是红，是绿。

在《红楼梦》中，红与绿也就是"怡红快绿"的本义所在，"蕉棠两植"亦即红绿对称的表相。但后来只称"怡红院"了，又暗示红为后来之主，绿居次位。

在中国诗词中，"红是相思绿是愁"这一句，将红绿二者同一起来："愁"与"相思"无别。再如"绿暗红稀""绿肥红瘦"等句，皆含惜红重红之意，则异于"平列"了——"柳暗花明又一村"同样是红盛于绿的语味。至于"剪红情，裁绿意，花信上钗股""红乍笑，绿长颦"等句，也可细玩词人的"红绿观"：红的"情"远比绿的"意"更为重要。红可喜，绿生悲，也依稀可按。所以，又"同列""对称"，又有微妙的区分，并不等同，亦难混淆互代。

若在"生物学"上说，绿是生命，红是精华。二者同是美的本源，但精华尤其美得很——故花总比叶子更好看、更可爱。

缀锦含芳

大观园的主楼，是大观楼，又曰正楼。它与省亲行礼的"行宫"之便殿全然两码事，可是有人读书读不懂，总把正楼与便殿混为一谈，还自鸣得意。

正楼两旁，东曰缀锦，是"飞楼"；西曰含芳，是"斜楼"。揆其词义，"飞"指南方式飞檐，向上高弯翘起；"斜"似指坐落角度，与众各殊。

缀锦之义，已试讲过。那么含芳又寓意何在呢？

我的体会是：缀锦者，织造之事，家世门第一面也；含芳者，才质之优，氏族文采也。

文采不在"须眉浊物"，而独钟于脂粉英贤——此又雪芹所持之"偏见"也。因为，芳是花的代名，花是女的美喻。

在书中，雪芹至少五次特用"芳"字为重要标目：

一、"三春去后"的"诸芳"；

二、寿怡红开夜宴的"群芳"；

三、流贯全园的叫"沁芳"；

四、宁府旧园名曰"会芳"；

五、傅家才女名叫"秋芳"。

至于大观园题咏中称"芳园",可视为常言泛词,不必特别标举。跟了宝玉的小戏子是"芳官",这都不算。

但是,妙玉也口吐芳音——而且是两次。一次是宝玉寿日,她及时送到贺帖,上写的是"遥叩芳辰"。又一次是中秋之夜为黛、湘续诗,道是:"芳情只自遣,雅趣向谁言。"

再如回目中"警芳心",袭人兄"花自芳"等等,举之难备。

看来,这个"芳"可就太重要了。

芳,几乎是《红楼》全书的气味。气味,也包括着环境、人物、品格、德行,不是"香气"的俗义。

还不可忘记咏海棠时,探春写道:"芳心一点娇无力,倩影三更月有痕。"

这"芳心一点"早见于唐诗宋词中,又见于脂砚背面所镌王穉登的铭词:

调研(砚)浮清影,咀毫玉露滋。
芳心在一点,余润拂兰芝。

"清影""倩影",何其相似乃尔?——我甚至疑心抄本的"倩",本就是"清"字。

"芳心",咏花又咏人,人、花难分。然则,"含芳",又即"含情"之变词也。

为什么这样说?这原不须答,聪慧者早不言自悟。

"芳心"是什么?"芳情"又蕴于何处?二者一乎?一者二乎?

缀锦——家亡。

含芳——人散。

大悲剧全在"锦""芳"二字,它们一左一右,陪峙着正楼——所谓"大观"者是也。

呜呼,何其悲壮、哀艳,而文采风流至于斯境哉!

钦崇倾倒,定位于"伟大"之极致,斯为不虚不夸。

伟大的是曹雪芹,不是别个。

金陵十二钗

"金陵"，古地名，即今南京（古之建业、建康、应天、江宁……）。一般理解，皆以为只系地名，别无深义。细按恐怕也未必如是之简单。雪芹在谐音双关（甚且"多关"）的妙笔上，常富蕴涵，尚难尽识。今试据理寻音，姑做揣测，以备讨究。

雪芹幼时在江宁生长，口中已有南音，书中例多，拙著早曾举过——最显者即将-in与-ing二韵之字相混不分（如"井""紧"，如"姻""盟""林""平"合押……）。是以他读"金陵"与"金麟"无异。

金麟，是十二钗之代表。

麒麟是瑞兽，清代满俗，生子七日，外家送来小麟佩以表庆喜，又兼贺得男之意，盖誉称男婴为"麟儿"。这又与"麒麟送子"的吉祥图饰紧密相联，所以少妇也多刺绣这个花样：麟上坐一小男童，头戴紫金冠，手执一笙，谐音"生"；或兼有莲花装点童旁，取"连生贵子"之义。

在此，不免联想到雪芹的祖辈多单传（兄弟二人者多伤其一人），是以曹寅诗有"孤弱例寒门"（悼弟）之句；而他的独生子乳名正好就是"连生"。

这连生又夭逝，方过继了侄儿曹頫，即雪芹之父——由此可知，当雪芹诞生后，家人如获珍麟，他童幼时的随身佩物，定会有麟无疑。

奇妙的是："麒麟"二字相连"速读"（古谓"反切"，即今之拼音法），恰恰是一个"芹"字！

我们可以揣想，雪芹的"芹"，虽有经书古册的典故，但实际却先是由音而得字。

卢俊义：人称玉麒麟。

史湘云：身佩金麒麟——而"道士"又赠予宝玉一个金麟。

麒麟的这段故事，其实就是雪芹与其李氏表妹的真经历。

麟又谐"林"，芹又谐"秦"。林、秦二姓，在书中所关重要。

林黛玉，即"麟待玉"。

…………

金陵亦有多义。南京之外，兼寓京东遵化州与关外沈阳——前者为清（本名金）之东陵，后者为金之福陵（努尔哈赤等人之墓地）。所以，"金陵"十二钗中实有京东遵化、丰润人与沈阳地区（如铁岭）人。两处皆是曹家的祖籍地。

钗，北音读chāi，南音读cā，即是"差错"之义——此差错，盖指自身各有缺点短处，但所处之时空运会，却又皆因屈枉冤诬，"运数"把她们害得一个个冤沉海底，水流花落。

这就是一部《红楼梦》的实质。

『金陵十二钗』怎么解

红楼夺目红

雪芹的特长，有多笔一用法与一笔多用法。"多用"也还包括着一个名词、名称、名目的复义，富有多层次的深厚文化意味。

以"金陵十二钗"为例就可以说明这一特点。第一是"金陵"，第二是"十二"，第三是"钗"。

金陵者，大家以为即今南京的古称，从无异议。实则不然。如顾炎武《京东考古录》中，即列《金陵》一题，而所记的却是京西房山——因为是他考证金国（**攻陷北宋的女真**）帝王陵墓在房山地方。

但和曹家为至亲、为同命的李煦家（**即史太君、湘云家**）却因墓地在房山而遗下一大支后人在那里。这就是说，十二钗中有房山李家的女子。

然后，再看女真后代名为满洲的大清帝国，其祖陵在今沈阳，称为福陵，而清朝本来的"国号"即曰"大金"（**史家名之曰"后金"，实是为了区别，并非史迹实称**）。依顾炎武史笔之例，是沈阳亦为"金陵"——而雪芹上世明、清之两代祖籍皆在盛京（**清代改沈阳为盛京**）辖境的铁岭（**明代为卫，清改县**）。故雪芹家也是辽东的另一"金陵"人氏。

犹不止此。即以今南京（**江宁**）而言，内中也还有妙义：盖曹家在南京的

"标志"是曹玺手植楝树，筑楝亭，曹家取以为号，遍征天下名流为之作图题咏，而楝树结子名为"苦楝子"，又名"金铃子"。所以大名家的题句中就写下了"闻名先觉苦"五字！所以，金铃子，成为他家几代沦为旗奴"包衣人"的"苦"味之象征！身世悲深，隐含于"金陵"一词的多义之层间。其词似美而语味实悲。

十二，是个象征数，代表阴（偶）数的最大数，但它用来又含有复义，即正、副、再副、三副……诸钗各为十二，全书实有九层十二，共计一百零八。因此，芹书也可以题名为"金陵百八钗"。此为暗与《水浒》为"对"。

至于钗，表面似指"裙钗"女子，实又不止于此一俗义。在雪芹意中，又是暗用谐音的妙法。盖"钗"与"差"本为同音字，他是慨叹悲悯这些女子，都是"薄命司"中人，其命运之不幸，是一种历史社会的乖戾与差错之所致。故曰"钗"即"差"也。

这种悲剧，群芳众女也各自有其缺点失误，有主观方面的责任，但基本上是客观原因乘隙而入，终于毁灭了她们。

正所谓"几个异样女子"，她们"小才微善"，悉属"正邪两赋而来"之人，即其本身早带有"注定"的"差"也——雪芹之深悲在此一字。

幻境四仙姑

宝玉到太虚幻境，第一个迎头遇上的是"神仙姐姐"警幻，是为第一仙姑——这一仙姑随即唤出了更多的仙姑，题名者计有四位：痴梦仙姑、钟情大士、引愁金女、度恨菩提。

依刘心武先生的解读破译，这四位实是影射黛玉、湘云、宝钗、妙玉。

这是一个发现，我觉得大有道理。

第一仙姑出场时，是先听她念有歌词：

> 春梦随云散，飞花逐水流。
> 寄言众儿女，何必觅闲愁。

这首歌，首句隐湘云，次句隐黛玉等人。

湘云的"曲文"是"云散高唐"，而她掣的花名酒筹是"香梦沉酣"。可知这与首句俱为前呼后应。

"飞花逐水"，即《葬花吟》的"花谢花飞"。"逐水流"，在写宝玉将桃花瓣兜起，撒入沁芳溪水时，已然清清楚楚，完全合符。

可知，湘、黛二人在全书中的地位。

那么，"四仙姑"的排次，也是黛、湘居前，钗、妙位后。

黛玉是"痴"，由回目中"慰痴颦"即可证知；而她的菊花诗正是《菊梦》。

为什么说"钟情大士"是史湘云？这须多一个曲折，费些注解，放在后面再解。

先说钗、妙。

世人皆知"金童玉女"，没听说过"金女"。而这里偏偏题之曰"金"，这就明显是点破"金锁"的故事了。"引"，有指引、引惹、招引等义，在此"引愁"者何指？似乎是"引发""招致"的意思符合原旨。

"度恨"的"度"，有济度、超度、度化之义。"菩提"一词规定了是指妙玉，是"觉者"的意思——梵语"菩提"是"觉"（**醒、悟**）义，"菩提萨埵"是觉悟者，简化为"菩萨"。

以上都较易诠释。如今剩下一个"钟情大士"，我和刘心武先生认为是指史湘云。

定然有质疑："从未将儿女私情略萦心上"的史大姑娘，如何又会成为钟情的大士？

莫忘：湘云一到荣府，必先问"二哥哥"。她一见翠缕拾来了那个雄麒麟，托于掌上，默默不语……她是宝玉的真知己，所谓"数去更无君傲世，看来唯有我知音"。谁也没资格敢说这一番意蕴情怀。

至于一个"大"字，舍湘而外，大约谁也当不起吧。正是"英豪阔大""大说大笑"的风度，绝无第二人。

此四姑者，是宝玉一生所遇的四个最重要的女子，不但是宝玉心目中最敬重倾慕之人，也是关系到他一生所历悲欢离合的"阶段性"人物。

四仙姑起先不"理解"宝玉之来临，以"浊物"视之，警幻为之做了解说介绍。

有大名家发表鸿文，说大观园即是太虚幻境，是"虚构"的"理想世界"

云云，不少人从而和之。真是这样吗？

大观园是为了"皇家"的"旷古盛典"，特许嫔妃等贵人回家省亲的"规制"布置营建，从工程材料到图纸设计、经费来源、验收工程、题咏匾额，般般落在实处——它与"警幻"和"太虚圣母"有什么共同点可言？

先弄懂中华民俗文化传统，不要盲目一味搬来西方理念中的什么"乌托邦"。

可卿托梦

　　我的论点是《红楼梦》原共一百零八回，分为十二大段落，每段为九回。开卷九回是绪引、序幕，看似无关重要，又觉杂乱无章，其实是紧张地为后文做出准备，垫起基础，摆出头绪路数。一入"二九"，立即展开一件大事，或大事的缘起——这大事便是秦可卿的病亡殡葬这个大排场。在旧时，富贵之家不必说，即中等门户、小康人家也要郑重铺张地办丧事，否则亲友讥笑，舆论轻贱，认为子孙不孝或对亡者无情无礼，大失面子。

　　所以，丧事难办，必须有很高的主持管理、安排筹划等才力的人来担当——雪芹首先借此以显凤姐的才力过人，不同凡响。此论甚是。

　　但是，意义远不止此。因为高才之外，还须远虑。而远虑不是凤姐的特长，却属于秦氏可卿。

　　这表现在"托梦"一段异样的笔墨。

　　这段书文，写得奇、悲、惊、险，读之令人悚然憬然——从糊涂中清醒，从陶醉中震动！

　　你听可卿那一席话。

　　秦氏才多大年纪？她与凤姐是侄媳与婶母的辈分，而且还隔着府院，并非嫡亲骨肉。你如何会料到她与凤姐的感情如彼其亲厚？如何料得到她死于非命之际却向一位婶子说出这样一番话来？！

一提"托梦"，必即惹动一些勇于批评的专家生气了，说：这不行！怎么公然宣扬"迷信"？事情"严重"呀……

殊不知，亦不思：这不是小说吗？况且，古人也早说过的：日有所思，夜有所梦。凤姐为何单单梦见的是可卿向她计虑这等宗族祸福、后代命运的大事，显然她们二人素常有此共识，有此交流，计议也非止一日了。这些难言的"真事"，既已"隐去"，只能仍然是一个"办法"：托之"梦幻"，不是"作者自云"早已交代了吗？

雪芹作书的大事，苦心秘意，十年辛苦，又于"迷信"乎何有？

凤姐也说过的，她就不信"阴司""报应"——然而这种"破除迷信"又为她贪财图利破人婚姻提供了"心理"自保自慰的"依据"。

所以，若想在雪芹面前自充高明的"判案"人，道短说长，实在太难。秦、凤的梦诀，贬尽了贾府的那些只知寻欢作乐的"男子汉"。

秦可卿的"判词"是"情天情海幻情身，情既相逢必主淫"。情天，即警幻自言"吾居离恨天上"；情海，又即她所云"灌愁海"。"幻情身"，义尤繁富。幻，切合"幻境"，然"幻"非虚妄义，实与"情"等，故又有"幻情"一词，可证。这说明所谓"警幻仙姑"，即是"传情"的秦氏。

至于"必主淫"，又即警幻所言，"淫"非"皮肤淫滥"的色欲之"淫"，是从古无以名之的骇倒俗人的"意淫"。只因这个"淫"字总为人误解，于是遂又附会出"贾珍与儿媳"乱伦的捕风捉影之谈。读《红楼》，先须将精神世界提高，勿陷于《金瓶梅》的品级之列。

诗曰：

托梦何曾论假真，男人秽臭不堪闻。

可怜只有秦和凤，早为家亡计落曛。

枉费了意悬悬半世心

　　我在《可卿托梦》那一节文字中说凤姐有高才，而远虑却在可卿。这话未必精确。凤姐费的半辈子的心血，坚韧深切。如此，即是包括远虑在内了。

　　如照"破除迷信"而言，要讲"梦"是心理活动的大脑反映而现于睡眠中（这显得"科学"了），那么也就十分明白：凤姐梦见可卿所嘱的那些预计和先筹，正是她自己久于心意断断而虑的大事，这与迷信无涉。

　　这种为宗族、为家人、为儿孙预虑恐有政治变故之灾难临头的感觉及忧愁焦虑，正是她担心的事情。那么，凤姐这位少妇，虽有一些贪小利、太严苛的缺点，基本大体而论才、论德，真乃非凡之人也——无怪乎可卿称之为"脂粉队里的英雄"！

　　读《红楼》，应该是这么读法。

　　书中所写，凤姐又做过另一个梦。那梦也很奇特：她告诉旺儿媳妇，夜里梦见与娘娘宫里的人夺一百匹锦——而那娘娘好像又不是咱们家的娘娘（元春）。

　　这梦又该怎么"解"？

　　先听旺儿家的回言慰语："这是奶奶的日间操心，常应候宫里的事。"

旺儿家的话，证明了凤姐每日每夜所费的心血，都是为了家计和众人，不可误认为她是一个自私自利、不顾别人的小人。比如她拿了公众的"月例"钱去放贷生息，并无克扣一分一厘，而且也按时发放与众姊妹，从无拖欠赖账的不义行为。

如今要"解"这锦。

雪芹在书中用的美好字眼儿不少，似乎不怎么多见这个"锦"字出现。那么多的诗、词、曲、令、联、谜等等，也很难遇到它。出过一个"锦乡侯"，宝玉的男仆有一个赵锦。（成语如"花团锦簇""锦上添花"之类不应同论。）如此而已。

然而凤姐与某位娘娘夺的却单单是锦。

忽然想起：大观园里却有一个缀锦阁。

缀锦者，何义？

凡从"纟"旁的字，都与丝帛纺织之事相关，即如"组""综""经""纬"……莫不如是。"缀"又是连续义。这个"续"，本来亦即纺织的事情，引申为其他事物的连续不断。

再看"缀"字右边是四个"又"组织而成——奥妙就显露出来了：原来，雪芹祖辈袭职正是三代四人，继任织造（所"造"之物，以"锦"代称总括）。

所以，锦是他家的家世官位的特殊标志。

所以凤姐之梦，不梦别物，单单是一百匹锦。

夺锦者，又反映了宫廷之内的党派争斗，比如妃嫔间的矛盾争宠、母家做官的"后台"等等复杂情况。

而这，就直接关系着"荣府"贾（假）家的命运。

凤姐半生"意断断"锲而不舍地"持家"奋斗，大厦独支，想的是家计门户宗支的大事，而非细故微怀。但她毕竟无法力挽颓局，终于是"家亡人散各奔腾"——所以才是"枉费了"半世的苦心。

这也就是可卿向她念诵的——

三春去后诸芳尽，各自须寻各自门。

雪芹对此深深感叹，钦佩和悲悯这两位"脂粉英雄"！

雪芹立意要为"闺阁照（**不是'昭'**）传"，主旨在此。什么"爱情"，什么"婚姻"，什么"反封建礼教"……那是另一回事。

雪芹幼时，也享过几年"锦衣纨绔"的福，做过"公子哥儿"，他对"锦"的理解感受，其"滋味"与我们后世平常人是大大不同的。"缀锦""沁芳"，美好的文采中，却深藏着无限的悲音痛语，绝慧大慈。

［注］

"懘懘"，"懘"即"断"字，从杨本，是原文。流行本作"意悬悬"者，是行草书形似而致误。"断断"与"悬悬"语义大异，须辨。

四大贤淑

雪芹在品目柳五儿时，说了两句话：虽是厨嫂之女，却系平、鸳、晴、袭一流人品。

这个评价高极了，甚至高过元、迎、探、惜等小姐辈行。这是鲜明豁亮的盛赞，胜过万语千言，长篇大论。

雪芹对此四贤，最赏重，最喜爱，最疼怜，最钦佩。

平、鸳、晴三人名列高层，料是异议无多；独于袭人，必有反诘，说她为人伪善，讨好宝玉，暗害晴雯，是个极坏的大丫头，对她书有明文，白纸黑字，定论已久，如何还把她抬举到与平、鸳等辈比肩？岂不谬哉。

这当然就是指第七十七回晴雯受屈，宝玉悲痛，寻绎房中秘语琐言，竟皆为王夫人所知，疑是有人告密进谗之所致，语意愤激，异乎素常！袭人见他疑己，亦无申辩，只说："天知道罢了。"一般皆以为是理屈词穷，片语强支——等于承认了，等等云云。

是这么"明白显豁"、尽呈纸面了吗？雪芹的笔，从来没有这种直来直往、简单浮浅的写法。

我说过，书中女儿，皆隶薄命司，皆良才淑节而横被屈枉。袭人亦不例外。

　　袭人一次去见王夫人，还是因太太打发人到怡红院特召一个人去说话，袭人才去的。见时说了宝玉等年龄渐大，最好是搬出园住，防万一意外，伤了终身名节——皆是大义正言，侍婢身份言辞，断不许"离格"。王夫人惊问是否已发生了不才的事？她忙澄清，说断然无有。无一失仪失言可指。

　　她无故不能离院去见太太。她也不会被太太"任命"为一名卑鄙的间谍，做"特务小报告"。她的身份仍然是老太太的人——等于是为老太太照料爱孙宝玉哥儿，她无任何"职权"与掌家的王夫人"对话""交往"。这是旧时大家庭的规矩，是人都懂的。

　　那么，院中秘语，是怎么传入王夫人之耳的呢？

　　关键还是一个赵姨娘。赵氏日夜盘算，说宝、黛的坏话，激怒贾政严责宝玉，连贾环也是她的"助手"，一心谋害哥哥。

　　赵姨娘手下有个小丫头鸠儿，她常跑园里向宝玉手下诸女儿通风报信。小丫头们到一起，无话不谈，"信息"自然不限单向流走，而是互向交流的——小女孩儿们闲话中无所谓恶意，当"好话""新文"说给鸠儿听，大家笑乐一回，如此而已。

　　鸠儿不知关系重大，就无意中被赵氏巧妙地把话"套"去了，当了"材料"，伺隙就向王夫人耳边灌巧言了。

　　"鸠"非吉鸟，命名有因。

　　八十回后，袭人"暗害"晴雯的冤案，终得昭雪。

　　评《红》家对袭人还有一大指责，即袭人指天誓日绝不离开宝玉，却嫁了蒋玉菡。岂非大伪假忠，无一句真话，其人不值一文，可恶之最也。

　　其实，也不是那么回事。袭人的花名签是"桃红又是一年春"，出自宋末谢枋得《庆全庵桃花》诗，其原诗全文是：

　　　　寻得桃源好避秦，桃红又见一年春。
　　　　花飞莫遣随流水，怕有渔郎来问津。

　　这证明：袭人是被政治势力夺走的！她的"变节"，也是冤案——冤到连宝玉也疑心了，冤之尤奇者也。

　　考论袭人的结局，请参阅附录《〈红楼梦〉笔法结构新思议》。

「原应叹息」

贾府"四春",取名元、迎、探、惜,谁也不知这也有"埋伏";及见脂砚点破,方知暗寓"原应叹息"四字。即此四字,可总括书中众女儿的命运了。

元春在"五月榴花照眼明"时,遭遇事变,似是死于非命。她告诫父亲:"天伦呵,须要退步抽身早!"这意味着政局的危机即将爆发,谨防株连被难。

迎、探、惜,方是书中详叙的三姊妹。这三人中,探春是最出色的人物,不消细说,有目共见。她的言辞行止,处处让人折服敬重。

惜春话不多闻,似乎只有寥寥数语。一次是周瑞家的送宫花,她说:"我这里正和智能儿说,明儿我也剃了头同他作姑子去呢。"这句"开场白"其实是"结语"。又一次是画园子图时,她道:"我何曾有这些画器?不过随手写字的笔画画罢了。就是颜色,只有赭石、广花、藤黄、胭脂这四样。再有,不过是两支着色笔就完了。"第三次大约就是"杜绝宁国府",与尤氏顶嘴的冷言厉语。

二姑娘迎春呢，绰号人称"二木头"，其"寡言笑"不问可知。除了因奶娘盗典"累金凤"事发，她说了一席令人发笑的"不闻不问论"而外，似乎就很难听见她的声音了。

然而也有意外之例，人们却未必都记得——这就是，她"评论"过湘云。

这事十分有趣。

那是清虚观打醮盛会之后，湘云第二次来小住。时已天热，王夫人说她还穿那么多做什么……然后因绛纹石戒指的事，黛玉笑她是个"糊涂人"。湘云立即"反击"，摆出了充足的反驳理由。因而宝玉赞她"还是这么会说话"，不料这又惹起黛玉的醋意。

"会说话"是口才之义。但湘云不仅是"会"，而且还"爱"说话，即话多。

话多一义，却是先由迎春点明的。

此笔甚奇。

至于探春，绰号"玫瑰花"，在四春中才能最为特立独出，书中写她的笔墨最多，不烦多引。理家不必说，起诗社是她带头；抄检大观园时表现最勇敢。最特殊的是她烦宝玉到庙市上去买的小玩意儿，都是民间工艺，趣味盎然的小品杰作。这可见她的艺术审美水平特高——她批评那种富贵而俗气的"没处摆"的瓷器铜器（**大抵宫廷风格**）。其人之不俗，可以思过半矣。所以我这儿讲三姑娘，绝不重复别人常谈的那些"才自精明志自高"等等一切，而是想提醒读者体会她的"诗人型"的一方面。红楼人物，不是单一式的常型滥调。

再者就是人们往往忘记这"四春"姊妹的"参差关系"：元春，王夫人所生，与宝玉同母。迎春，是"大老爷"贾赦之女，而且是庶出（**妾生**），邢夫人对她很冷漠。探春，亦庶出，乃贾政之妾所生，与宝玉最好，却不同母。惜春，是宁府贾珍之妹，我们连她母亲的姓氏也无从晓知；她是"寄"居在西府老太太这边的，关系更特殊。

"四春"命运如何？

大姐是宫廷政变死于非命。二姐是"中山狼"的牺牲品，其死亦惨。三姐远嫁海疆，一去难归。四姐，"可怜绣户侯门女，独卧青灯古佛旁"了。

原应叹息，岂虚词哉。

诗曰：

琴棋书画四分春，若论才华总不贫。

薄命司中存簿册，原应叹息最伤神。

"四春"与八鬟

　　贾府四小姐,以"春"取名——元、迎、探、惜,脂砚说是暗谐"原应叹息"之音,皆隶"薄命司"之人也。元春是因生在大年初一而命名。迎春本是一种最早开花的卉木之名。探春似取于词牌《探春慢》("慢"是比小令长的词曲)。惜春则有东坡寒食诗的"年年欲惜春,春去不容惜",稼轩词的"惜春常怕花开早,何况落红无数"[①],等等,一时也难尽举。

　　"四春"各有两名贴身的大丫鬟,两名又分正、副,其取名亦"俗"中透"雅"。

　　如迎春,有司棋与绣桔。探春有待(俗本误"侍")书与翠墨。惜春有入画与彩屏——而元春只有明叙的抱琴,另一个"隐"而未露。

　　合起来:琴、棋、书、画,已成俗套。可是四个字上面各配一字,便又组成了"雅词"。

　　由惜春能画、探春喜字(笔簏如"林",宝砚"数十方"……),那么,可以推知元春必喜琴,而迎春则以棋为其所习。

---

　　① 出自辛弃疾《摸鱼儿》,一作"惜春长恨花开早"。——编者注

但人们不大注意还有四大丫鬟的各副手，其名亦各有扣紧的取义——

迎春的司棋，副以绣桔，"桔"乃"局"之谐音。"棋局"是古成语，诗词中常见。

探春的待书，副以翠墨，即书法的事情。

惜春的入画，副以彩屏，屏即画幅的代称。

这么一排列，就可看出：

元春的抱琴，必还有一个"副"者，她该是所取何名？

书虽未叙，亦可判知：锦囊。盖古琴皆有囊为之装护也。

"俗"而又"雅"，雪芹文心，大抵如此。

诗曰：

琴棋书画久陈言，化俗为奇义未宣。

琴有锦囊棋有局，彩屏须识画为缘。

雪芹的『女儿谥』

在红学文章中，我不爱读的是人物论。因为这类评论太多，而好的甚少；多数总带着庸俗社会学的色彩，还特别喜欢褒张贬李，挑瑕剔颣（lèi），苛薄不情。我因此自己也不写人物论，怕看人明白而观己糊涂——和人家不过半斤八两而已。

但每到一处学府去讲《红》，必有学员问我：你最喜欢的是谁？我又深知赏会雪芹的书，离开人物而不谈，只图"避俗"，也未免矫枉过正，何况自己也有些看法体认，若是谈谈，也无大妨。于是乃有此文生焉。

在历史上，皇家对文武大臣是"生封死赠"，身殁者还赠以"谥"号。比如"文忠""文正""文肃""武惠""武穆""文壮"……举之不尽，人亦习知。若循此义以察雪芹的笔法文例，则即可悟他对诸多闺友也是赠"谥"的。他的手法是只用一个小小的字样，便"定"其人品格性分。这本来是应当充分重视研究的，可惜人物论者总爱自出词语，不太尊重作者本人的胸怀见识。

我此刻为了避繁，只想借"太虚幻境四仙姑"为启端之例，来讨论一下雪芹的"女儿谥"法。

依刘心武先生的解读，四仙姑者：

痴梦仙姑（姝）——黛玉也；

引愁金女——宝钗也；

钟情大士——湘云也；

度恨菩提——妙玉也。

我觉得大有道理。那么，再看看他在回目中，曾给多位女儿赠"谥"，例如"敏"探春，"贤"袭人，皆是读者不会忽略而无所感受的，这就是"评价"，这就是"定位"。

这层意思简略交代一下后，方可斗胆试述我个人的意见——虽说是"个人"的，实则首先是尊重（弄清）雪芹的本怀真鉴。

雪芹对林黛玉并不肯下一单字为"评"，如有之，大约就是"痴"。我拟补充或变换一个"幽"字。

理由何在？

我体会的是黛玉最受感动、震动的是汤先生写出的"如花美眷，似水流年。……你在幽闺自怜！……"，还有"幽淑女"，还有"春困发幽情"，还有"醒时幽怨同谁诉"——以上都是写及黛玉的事情，"发幽情"是在潇湘馆，"幽淑女"是指她悲题《五美吟》，"幽怨"句是她的《菊梦》诗中之句……（还有可举，今不遑备检。）这应足够表明：我说应当谥以"幽"字，不为妄谈吧。

只因一个"幽"的特性，她所以太内向，太多愁，太不开展，太牢骚猜忌……这就是她的性格缺点的必然因果循环规律了。

幽，即孤僻，即寂寞，是故雪芹又写她是"世外仙姝寂寞林"，一丝不走。

宝钗的谥无须多费讨论，就是与袭人相同的那个"贤"字。贤者，有才能而不逞，有名位而不争，道德自守——守即操守。有操守者方是贤的本义。

宝玉对幽者是怜惜之，对贤者是敬重之。怜惜与敬重，皆非真"爱"（今世男女爱情的含义）。

有一次在政法大学讲演，答问时说为何也不喜宝钗，因她"太正经"，引起全场哄堂大笑。其实我并非说她"不浪漫""毫无性情",那离远了。我是说她太拘谨,太"正统",太"规矩",以致失去了风趣,礼法掩盖了性情……这就未免乏味减色。再说得"透"些,就是缺欠了一个"真"字。

那么,谁得一个"真"呢?唯推湘云一人。宝玉真爱的是湘云。

但世人总未弄清这种微妙的区分,总以为"问题"只发生在"钗、黛"之争上——此乃深为高鹗所骗之故也。

雪芹写湘云,"英豪阔大宽宏量",是一句最需玩味的"考语"。这等于"批评"了钗、黛:黛太小气,不"阔大";太娇弱,毫无英气。这是"致命点"。钗虽也有宽厚的一面,但她同样不是"英豪"气象。湘云的真,最为可贵可爱。她心直口快,毫不做作,摒除一切世俗的扭扭捏捏和"搔首弄姿",开朗、爽快、大方、坦荡。

只有她当得一个"大"字,一个"英"字。她的"憨",其实是"真"的一个别称而已。

雪芹用特笔赠予湘云的赞语,不是"明摆"的、死板的"文词";他用了个"特写"——当她有了葵官为侍之后,就给这个"女儿净角"起别号,叫"大英",就是说"唯大英雄能本色"!

本色,就是真我——没有假象。她把"英雄"拆在两处用。其实,雪芹最赏"脂粉队里的英雄",早在"可卿托梦"时就伏笔在先了。雪芹的哲理睿思:女儿也须英雄气概,也须名士风流。

是以,他写湘云吃鹿肉的豪迈时,旁人笑她,她的答辩,就是点睛一笔——

是真名士自风流!

这重要极了。

这似乎就是雪芹的一种人生理想:淑女、贤才、英雄、名士,四者的交汇组构,融化为一,方是一个"类型"。

当然,不待智者而后可知的重要一点:这也包含了他的"夫子之道"。

新睿亲王淳颖，题《石头记》，起联即云："满纸喁喁语未休，英雄血泪几难收。"已觑破了此义。加上当时已为人广知的"素性放浪"——此正谓名士风流的形景，迥与世俗迂儒腐士大异其趣。

在吃鹿肉一回书中，黛玉笑湘云，有讽语，湘云反击，冷笑道："你知道什么！'是真名士自风流'。你们都是假清高，最可厌的！"

她说的"你们"，兼指宝钗——因下文宝钗"参战"，却非黛玉还言，十分明显。

"你们都是假清高"，雪芹评世俗之辈也。那"假"字最是眼目。由此可证我说湘云之不可及，就在一个"真"字上。

提起"清高"，正好联上妙玉。"太高人愈妒，过洁世同嫌"，此谓之真清高，无上赞许，无上感叹。

但妙玉在一百零八钗中是个"别格"，不可与常情同论。她是"男不男，女不女，僧不僧，俗不俗"（俗谓不出家的平常人），人皆无以名之。所以论起来颇不容易。我此刻不遑细说，只先打一个比方：庄子说九方皋相马，是相赏于"牝牡骊黄之外"。[1]这就是说，真正高级的知赏，早已超越了皮毛外相，连"性别"也是不在分辨之内的，何况男女僧俗？以"常情"来看待妙玉之为人，只能是个"怪物"，还谈什么理解认识？

宝玉对妙玉是敬若神明，深能契合。可以说，雪芹写出妙玉，是他对女儿识解的一种"升华"，极不寻常，无词可喻。（**后世只一"老残"领会了，仿效雪芹写出一个靓云青年女尼来。**）

但世人不知理会，时做歪解，以小人度君子，已经可叹——还有一个高鹗和某红学家等人，糟蹋了这个特立卓绝的女性人物。是可笑乎？良可悲也。

人之精神不同，文化教养不同，学识见解不同，论事观人，安能尽同；但在"红学"上，在人物论文章中，其不同眼光与"心光"之差别之巨之远，除了再说一"霄壤""云泥"的陈言，还有什么办法可想呢？

---

①　出自《列子·说符》，原文说"庄子"疑有误。——编者注

谁讲湘云的趣事

　　湘云是怎样的人？宝玉口中不讲，老太太口中不言。她小时候与众姊妹不同，特爱淘气，却由王夫人提念了一句。至于当前的事，则只闻宝玉说越发长高了——可见此时的湘云正由小女孩的状态渐渐进入大姑娘的发育年龄。

　　这回是书中写湘云第二次来，即清虚观打醮之后，应在五月的季节，天气已热，所以王夫人说她"也没见穿上这些作什么"。

　　然后，钗、黛二人就一起追叙湘云前年的事了。一个讲的是湘云正月来住，穿了老太太的长大斗篷在雪地里玩雪人，一下子栽倒，弄了一身泥水……一个讲湘云穿上宝玉的袍子，头上也勒上冠子，哄得老太太直叫"宝玉"快过来，看灯穗子上的灰迷了眼（**"看"，口语中常见用法，即提防、唯恐、以免等意义**）……

　　湘云的好玩儿（**淘气**）和好男装，却在钗、黛口中透出，大有意趣，盖她们两个既不会嬉戏淘气，也更不"适合"男装。二人虽是善意的谈笑，也有讥嘲之语味微微表露。

　　湘云喜扮男装，又表明她体态英俊——不同于"弱不禁风"的千金小姐式少女，也不同于矜持拘谨、羞涩畏缩的寻常女流。她的"英雄"本色，已由钗、黛评出。

这回书里也透露出：湘云之来住，或在正月新春，或当"三四月"春末夏初的季节——而今年却正月十五不见来，三四月未写到，而直到五月初旬，又是元妃的事一过，她就来了。

好生奇怪：她与元春，是不见面或不相干的！

这其间有无深意曲笔？愧未能知。

也许，湘云从小常住祖姑家，那时元春尚未入宫，两个或许脾气不投，也未可知？

令人生疑的是：海棠社定要把湘云请来补诗；而大观园中宝玉初题与黛玉续题（**即黛玉事后追述**），却绝不见湘云为园子题咏一句。

但是，藕香榭的一副联，却单单要由湘云念给老太太听——

芙蓉影破归兰桨　菱藕香深写竹桥

这联里湘云和香菱的影子都隐约于水上桥边了。

一段奇文是《秋窗风雨夕》那一回，忽报宝二爷冒雨而来，真有"最难风雨故人来"之悲喜交加之诗境，最为可赏可会。黛玉一见宝玉戴笠披蓑，头一句便说："那里来的一个渔翁！"及至宝玉说"我也弄一套来送你"，她便回答说："我不要他。戴上这个，成了画上画的和戏上扮的渔婆了！"说出口又自羞惭，渔翁渔婆成了"对儿"，不该这么不留神……

这正是"儿女私情，总萦心上"，与湘云对反。

渔翁、渔婆，是船上的事。

到中秋夜黛、湘赏月，天上一轮皓月，地上一池清波，令人神清气爽，湘云便说："这要是我家里这样，我就立刻坐船了！"

在此，方点明湘云和船的关系——而渔翁渔婆之谶，却由黛玉"代言"。此芹笔之妙也。

湘云是脂粉英雄

第五回"幻境"中湘云的曲文云:"……幸生来,英豪(雄)阔大宽宏量,从未将儿女私情略萦心上,好一似霁月光风耀玉堂……"独舒序本"英豪"作"英雄"。我从"英雄"。

人或有疑:为何不从众而独取这个,哪如"英豪"通顺?岂不违众?

我说:不然。请听我的道理。

湘云后来收了葵官,给她男装做小童之状貌,又与她取名叫"韦大英"。

这是何意?盖明喻"唯大英雄能本色"一语,自己喜爱英雄气概。所以是"幸生来,英雄阔大宽宏量"。若"英豪",转为泛泛了。

或疑:女子怎么会用上"英雄"二字?太罕闻了。

我说:君不见秦可卿向凤姐托梦,说的就是"婶子,你是个脂粉队里的英雄!"。此正雪芹的独创,极是重要。怎么反倒疑它"不通"?

还有一个参照:脂砚透露,佚文有"王熙凤知命强英雄"一个回目。此是"名词"变用为"形容词"之例。

大凡雪芹第一用自创的字法句法,就有人不许他独创自铸伟词,定要乱改,把伟词拉向一般化的庸言常语。悲夫!

若问：何以见得湘云英雄？

例证不少。

如，独她敢批评林黛玉，直言不讳。

如，薛宝琴刚一来，就告诫她：太太屋里少去——那里人都是要害咱们的……是直指赵姨娘一伙。

如，她听邢岫烟寄顿在迎春房里，受委屈，有难言之苦，以致天冷了，反要典当衣服换钱应付婆子丫头们——气愤不过，立即站起身，要去质问迎春，宝钗赶忙喝住劝止，以致黛玉笑她："你又充什么荆轲、聂政！"

这不是英雄本色是什么？又何疑之有？

我劝那些总以为自己高明，雪芹的"语文水平"还不如他的人：还是虚心一点，多向雪芹学习学习，别忙着充当修改《石头记》的"先生""老师"。

雪芹时常有意运化成语，偏要改动其中一二字；有时是力避俗套陈言，出一点新意——均为腐儒下士之辈"不接受"，提笔就改，改"回"那个千篇一律的腐俗处，还自鸣得意，以为自己建了功勋。

甲戌本上的孙桐生的大笔浓墨，就是这么一回事。不明真相者，警惕上大当！

湘云之才

《红楼》中几位才女，群推黛、钗为首。以实论之，二人均不及湘云。

黛玉擅长的是七言长歌行，如《葬花吟》《秋窗风雨夕》《桃花行》三篇，堪称风调独绝，超迈等伦——别人一篇长歌体也未见有所表现。唯她的律诗、绝句都不怎么出色，只以自然见长，功力则不逮。湘云则兼而有之，精警而无一败笔（**凑韵，"溜了"**……）。宝钗工整稳重，然才调不大令人倾倒心折。

湘云是诗中主，证据是：海棠诗独作二首，众人皆服。菊花诗她是盟主，诗也最佳——回目所谓"林潇湘魁夺菊花诗"者，实是脂砚所题，自谦让人，并非公论。至于五言大排律、联句，湘云的才冠群芳更是一目了然，无可争议。

湘云之才过人，还在于她不专一格，凡谜语、酒令、词曲，她都独霸全席，无往不宜，各有精彩。

书中还有一个隐义，读者未必尽明。雪芹是有意将宋女词人李清照（**易安居士**）来比湘云。

这是因为，湘云原型是李煦的孙女辈，本姓李氏。书中"史鼎"即历史人物李鼎是也。

湘云不独工诗，而且词社是她的倡立。此社，她的开篇是《如梦令》，而李易安词集的首篇恰恰就是那咏海棠的名作《如梦令》——"绿肥红瘦"！是"巧合"吗？

我已说过了：与湘云关系至切的"藕香榭"之题名，也是取自易安《一剪梅》"红藕香残玉簟秋……"。

这些文证，理据充分，湘云姓李。

李易安是个有英气的女词人，不似娇弱矜持的那种闺秀常态。而湘云又正复如是。

所以词社独为她是盟主。

黛与湘，一落花，一飞絮，亦是有意安排。

秦少游有一首《江城子》，那词写道：

> 西城杨柳弄春柔。动离忧，泪难收。犹记多情，曾为（去声）系归舟。碧野朱桥当日事，人不见，水空流。
>
> 韶华不为（去声）少年留。恨悠悠，几时休。飞絮落花时节一登楼。便作春江都是泪，流不尽，许多愁。

飞絮落花，无限相思。一段伤心，旁人不解。

妙玉性最"乖僻"，语亦伤人，品茶时她批黛玉是个"大俗人"——而独与湘云无异词。

湘云见邢岫烟可爱可怜，要去为她抱打不平；心直口快，眼里揉不下"金沙子"；一派英气，并无第二人可与比肩。

"几个异样女子"，谁为最异？我推枕霞第一。

诗曰：

> 偏怜偏爱属湘云，谁愿相争较两斤？
> 才比易安英气在，更思红拂与文君。

「湘云不与宫车会」

清人题咏《红楼》，有句云："……湘云不与宫车会，独识南安老太妃。"（"与"，参与、在的意思。）是第一个注意到元春省亲盛典中，钗、黛皆在"应制"作诗之列，而独不见提到湘云一字。此为何故？未见有人解说。

省亲事在第十八回，直到第二十回，这才忽听丫鬟来报："史大姑娘来了。"

在全书中，一位重要女主角的出场，是如此突兀，全无"旁笔"倚对，行文之奇，实所罕见。

不但如此，娘娘传命，要在清虚观打平安醮，选日在五月初一至初三。这又是一次特殊的盛会。府中全家老少丫鬟女眷都随老太太到庙里去拈香看戏，仍是钗、黛无缺。可是，依然不提湘云一字——而恰如前番，热闹一过，湘云便又来了！

这岂能说是偶然？雪芹笔绝少毫无用意之例。

这就是说：湘云与元春无缘，不相干涉。元春赞过钗、黛，却不曾赞过湘云。

然而，正是在清虚观一回中，大笔如椽，突然显出了金麒麟这个绝大的关目。

我总以为，雪芹写书是有独特而又精密的章法结构上的安排的。试看湘云的第一次出场是在二十回，而再次出场是在三十回之后。这都有其笔法用意。这应是表明：湘云不在"盛"时中，是"后之三十回"的人物，而且特别重要。

金麒麟的正式"公布"在清虚观里，是由"国公爷"的"替身"（有代表资格）亲手给宝玉的，含义重大。

还有一层妙义：宝钗的金锁从何而来？薛家人自云是个"和尚"给的。然则那"和尚"与张道士，不正是"一僧一道"吗？

金麒麟，湘云身上的那一个，宝钗早就注意了——也许黛玉尚未留心；及到此时"又一枚"金麟出来"间色"，这才暗暗震动了黛玉，并因此引起了打醮回来的一场轩然大波。

而这枚"间色雄麟"，宝玉揣在怀里，留给湘云（黛玉一旁伺"机"），后因遇雨而遗落于"画蔷"的花下……直到湘云再来，交代了"绛纹石"戒指，方入园来——丫鬟翠缕一眼发现了这个丢在草地里的闪闪金麟，方又引起了与湘云议论"阴阳"的妙文妙理。

不禁要问一句：你可想过，这般曲折而精彩（精彩在我这撮叙中是不复存在了！）的文章，所费的文心和笔致，难道都是"闲扯"而毫无所谓的吗？

当然，这就又连上了绛纹石戒指的事情。

绛纹石何石？总想请教于石头专家，深惜至今未得机会。在我读《红》至此之时，总是自己"遐想"：绛是绛芸轩的那个"绛"，纹是通灵玉上有"五色花纹缠护"的那个"纹"，石当然也就是"石兄"的那个"石头"的"石"。

我的"玄解"对不对？姑且留与方家批评。如今只说湘云带了来是送谁与她的辩才无碍的妙趣。

那日已是五月上浣了，天气渐热；湘云一到，老太太就说：把外头的衣裳脱脱吧。王夫人接话：也没见穿这么多做什么？湘云答云：谁愿穿这些，都是姊子叫穿的。

这儿，还插有好文章：一是宝玉见她越发长得高了——表明隔时不见的新印象新感受，也表明湘云正在渐渐长成为大姑娘的风采。一是宝钗大谈湘云淘气的往事并问周奶娘：你们大姑娘还那么爱淘气吗？——也暗示着"如今长大了"，神情全在笔墨痕迹之外。对于这种文学赏会，不可粗心浮气，全无领略。

这期间，连从不"发言"的"二木头"迎春小姐也说了话，奇极！

还夹上王夫人口中逗露：前儿有人来"相看"（相亲），眼见快有婆家了！这一笔轻轻带出，却令人"震耳"。

然后，方叙绛纹石戒指。

当湘云解开手绢包着的四枚戒指，黛玉一见，立即嘲笑说她前儿不一块儿带来，今儿还是那个，真是个糊涂人！湘云也立即反击：你才是个糊涂人！这四个给丫鬟的，怎么能叫小厮带来？他口中如何混叫她们的名字？——况也记不清。然后指明说：

> 袭人姐姐一个，鸳鸯姐姐一个，金钏姐姐一个，平儿姐姐一个——难道小子们也记得这们清白？

于是众人都服气了——黛玉无话可答了。

此时宝玉遂赞湘云："还是这么会说话。"黛玉没话对湘云，却专会刻薄宝玉，说："他不会说话，他的麒麟会说话！"

这种文笔，简直神妙至极——可惜大多数人总看"宝黛爱情悲剧"，而对此毫不知味。

然后，方是入园，方是拾麟……

如今且说：湘云送绛纹石戒指，单单是给这四位丫鬟姐姐，此为何义？

雪芹是给我们暗示这四人代表四处四层，皆是宝、湘姻缘的见证和首肯人，即宝玉本人、老太太、王夫人、凤姐。

这一笔，力重千钧。

诗曰：

> 绛纹戒指赠何人？鸳袭钏平可证亲。
>
> 堪叹颦儿智不及，空知"说话"有麒麟。

史湘云与李清照

辛巳之秋，在铁岭开红楼文化会。那是由东北三省联办，地点选在铁岭，因为这里是曹雪芹关外祖籍地。这个会议上，铁岭的两位学者驳正了二十多年来流行的"祖籍辽阳说"，获得了重要的学术成果。

我放弃了自己早年的"辽阳俘虏"说，满怀喜幸也到铁岭去朝拜圣地，表达我对雪芹的仰慕崇敬，倾倒折服。

我做了两次即席发言，中间提到了藕香榭，那副对联单单要由湘云口中念出来给老太太听："芙蓉影破归兰桨，菱藕香深写竹桥。"——说明这是暗用宋代女词人李清照（*易安居士*）的《一剪梅》的词意：

> 红藕香残玉簟秋。轻解罗裳，独上兰舟。云中谁寄锦书求（通行本作"来"，疑是草书致讹）？雁字回时，月满西楼。
>
> 花自飘零水自流。一种相思，两处闲愁。此情无计可消除，才下眉头，却上心头。

"藕香"出此。"玉簟"，暗合湘云醉卧的石凳。"兰桨"，即兰舟，不必赘言。云中锦字，那"云"也与湘云之"云"暗切。"月"是一个关键字，香菱学诗，三次拟稿，只为了一个"月"的主题，而句意暗与湘云有关。"西楼"，联系着"红袖楼头夜倚栏"——正是两地相思的登楼望远的深情。至于"花自飘零水自流"，那又正是"沁芳""花落水流红"的全部书的主题，更是一丝不走。

我又指，湘云创词社，因自作了一首《如梦令》，十分得意；而打开李清照的词集，第一首就正是《如梦令》——咏海棠，海棠又即是湘云的象征情影。

这一切说明，湘云受了易安词人的很大影响。

但换个方式说，就是雪芹暗将湘云与易安相喻。

湘云的原型，恰恰姓李！

梁归智先生听了我的发言，立即悟到这一点，会后作诗咏之。

我因此颇多感叹：做学问，才、学、识固然重要，却还有一个"悟"字，更为难能可贵。

李清照女词人，特有英爽豪迈气，与俗女不同。她命运不佳，传说后来无以为生，只得改嫁（成了后人争议的一桩公案）。而红学中也有湘云两次婚姻之论，何其巧也。

红楼夺目红

第三扎

Third

雪芹批评林黛玉

一般读《红》人，视黛玉为"女圣"，地位至高无上，不可冒犯。

其实不然。连作书的曹公子对她也有"意见"，只不过人们习而不察罢了。

黛、湘是并列对举的——一个是老太太的外孙女，一个是她的内孙女，难分亲疏远近。

湘云自幼随祖姑在贾府长大，与宝玉最熟最密，黛玉是后来的"新"客居。这一点，却大有关系。

宝玉对湘云，是相知相厚，真情深情。他对黛玉，并无如此渊源根柢。与其说是"爱"，还不如说是怜是惜，是体贴关切。

宝玉不是糊涂人，对她们两个，是有比较评量的。

在"幻境"的曲文中，雪芹如此写道：

> ……幸生来，英雄（一作豪）阔大宽宏量（一作亮），从未将儿女私情略萦心上，好一似霁月光风耀玉堂……

这就重要极了！

谁高谁下？谁大谁小？

黛玉正是太不光风霁月，太不阔大宽宏——太把儿女私情放在心尖上，别的一概未见她有所关切，有所救助，有所同情，有所贡献。

就在这一层上，雪芹不客气地评论了她——从盛赞湘云之品格而反衬出婉批黛玉的缺陷。

所以，雪芹又写出湘云评黛玉的直言快语——

湘云摔手道："你那花言巧语别望着我说。我原不及你林妹妹，别人说他，拿他取笑都使得，只我说了就有不是。我原不配说他，他是小姐主子，我是奴才丫头，得罪了他，使不得！"

接着，湘云又接宝玉的话说：

……这些没要紧的恶誓、散话、歪话，说给那些小性儿、行动爱恼的人、会辖治你的人听去！别叫我啐你。

这就直截了当多了——如果这不代表雪芹的意见，又是从何而说起的呢？

林黛玉的言谈

林姑娘，自从一入外祖母家，处处留神，一步不敢多行，一言不敢妄发——怕府里人见笑，因自知林家的生活规格、家庭礼数远不如贾府之高贵。

可是，你听听她的口齿如何。

书文方至第七回，周瑞家的打发走了刘姥姥，受薛姨妈之命分送十二支宫花，因府中院落布局的路线关系，最后来到黛玉处，说明原委，将花呈上——毫无别意。可是，她接了花，开口的话就是："我就知道，别人不挑剩下的也不给我！"

周瑞家的是太太（**王夫人**）的陪房，她不多与老太太屋里打交道，与黛玉会面对话，不会很多，听了此言，默然无语。

你想一想，周娘子怎么"感受"这个客居亲戚的出言令人难堪？

这是"一步不敢多行"的人该当如此想、如此说的话吗？

我常常想：任何人若身为周瑞家的，听了这句话，不知心中做何感想？大约是思绪重重的，对这位小姐，必然敬而远之。以后也不想多打交道——那是顺路的便宜，何尝有谁挑剩之可言？

紧接着，就到了第八回，宝玉想起了要去看看宝姐姐。刚到不久，黛玉也来了，一见宝玉在此，头一句话就是"哎哟，我来的不巧了……"。经薛宝钗之反诘，她巧辩说是大家不一齐来，差换开，每日有人来，岂不更热闹？真可谓巧舌如簧，而内心的醋嫉，是人都能窥见，辩再巧也只供别人背后议论。

还不止此。因为天冷，雪雁特来送手炉，是紫鹃的关切打发来的。林姑娘不但没感到欣慰，反而排揎了丫鬟一顿，怪她们小心太过分了！你听了舒服吗？替受责者多少抱一点儿不平吧？

宝玉因贾环进谗，诬他"强奸母婢"，逼死金钏，这才激怒了贾政，气得无法可忍，要将宝玉打死……一场绝大风波，牵动了全家老小，悲声震惊一府……

此夜，宝钗因生哥哥的气，哭了一宿，次日亲到怡红院送药，恰值黛玉看见，见她眼哭肿了，便以为是因疼怜宝玉而哭的，开口就来了"机锋"，说："姐姐就是哭出两缸眼泪来，也医不好棒疮！"

我又要说：任何人如身为宝钗，耳闻此言，心做何想？

一个少女，如此心胸口齿，还自以为天天受屈？"一年三百六十日，风刀霜剑严相逼"，这话从何而起？她"吃"过一丝毫的"亏"吗？怪哉。

反正我不喜欢她。

我对她不仅仅是不喜欢，还有时发生反感。

刘姥姥二次来了，人人喜欢、怜惜这位乡屯贫妪，为人风趣，为了取悦众人，甘愿假扮为供人取笑的角色（**她心里明白，所以故意装呆卖怯……**）；临走时，平儿领她看，堆满了一兜的东西，是府里众位奶奶姑娘送姥姥的，连宝玉也送来一个成窑杯。

可是，姥姥走后，却出来林姑娘向所未有的一番表现：她竟十分得意地破口辱骂姥姥是"母蝗虫"！

这是什么气味？什么心田？

每读到此，反感强烈。今日如此写出，定会冒犯"众怒"——天下以黛玉为圣人者会怒而为之辩护吧。

惜春与妙玉

金陵十二钗中，二遭难（秦氏、元妃），二出嫁（迎、探），二天折（黛、钗），还有二出家——妙玉、惜春。（剩下的两位少妇纨、凤，一位小姐湘，一位弱息巧，皆另论。）这样一列，立时显出，"薄命司"中之最奇的还要数二女尼。

尼是梵语"比丘尼"的省称，通常叫尼姑，文一点儿说作尼僧，老百姓俗话则曰"姑子"。

大观园中还有"应制"的小尼姑，不在话下。单说正钗二尼，就有很多事情不易尽晓。

妙、惜不同，差异也大。

妙玉是带发修行，惜春是"剃了头当姑子去"（早就向周瑞家的说了）。

妙玉是受逼避难，并非自愿。惜春是将"三春""勘破"，"觅那清淡天和"。

妙玉深于文化修养，心契庄子之文，联诗才情超众。惜春只会画"几笔写意"，不能诗，不会文，连酒令也没听她说过。

妙玉多情，惜春寡情（耿介孤僻）。她们二人日后是否有缘同在一处？很难揣断。

雪芹对尼姑的看法如何？

写老尼，没一个好的。善才（财）庵的老尼姑做坏事，凤姐上了当，破了人家婚姻，金钱犯罪。水月庵的老尼，见了宝玉驾到，当"天上掉下活龙"！后来把芳官骗了去，不过当"使唤"丫头一般用意，何尝与"慈悲"有涉？[①]

尼庵里，圈禁着像智能那样的不幸少女——逃出庵去寻秦钟……

然则，妙玉之为尼，真真只是外貌瞒人避祸而已。她的"判词"说"欲洁何曾洁，云空未必空"，正是表明她想要高洁而那个世界不容她高洁，而所谓"空门"也并非真"空"之境，俗恶势力依然可以对她迫害欺凌，甚至诬谤诼毁。是悲悯之情，却被人歪曲为讥讽之意。

妙玉是奇女，品格最高，宝玉最敬慕，最崇拜，最感叹——"太高人愈妒，过洁世同嫌"！所以"世难容"，其语沉痛之至，伤情之至。

妙玉后来如何了？在全书结构结局中起的什么作用？无人能言。

有一条假批说她"日后"在"瓜洲劝惩"，我不相信如妙玉之为人，竟会去做什么"劝惩"的俗事。（**劝是劝善，惩是惩恶。亦即"因果报应"的佛教说法。**）

她是离尘的、抗俗的、受诬的，怎么去作那些俗态？若解释说成有人拿她做"劝惩"的对象，那就更是污辱了她的品格，成了为俗人利用的工具。雪芹会这么"写"吗？

我十分怀疑。

惜春后来之事也不可知。"可怜绣户侯门女，独卧青灯古佛旁"，是悲悯她——那就是"清淡天和"之乐境吗？

我也怀疑。

剩下一个芳官，因不在正钗之数，故人们不大重视。然此女地位重要，看

[①]　此处有误。把宝玉当活龙的是水仙庵老尼，要去芳官的是水月庵智通。见《红楼梦》第四十三回、第七十七回。——编者注

看前边为她所布置的笔意文情，就会知道不会是到被老尼骗去"使唤"为止。后文的事故还多，还更令人悲慨。

我的设想：在日后宝、湘重会的悲喜剧中，她是一个起作用的人物。

雪芹写她，和宝玉倒像一对双生子，她也适合女扮男装，性格颇似湘云：顽皮淘气，豪迈爽直，有英气，喜饮酒，受干娘的气（*如湘云受婶子之气*）……她入了尼庵，不会甘受摆弄，还会脱颖而出，还有作为。

可惜，佚稿尽泯，徒增惆怅。

妙玉与芳官

在探佚学上，最困难的莫过于妙玉与芳官二人的后来事迹了。

将这二人合讲，似乎有些不伦不类，但也有她们的"相联"之点，就是都成了出家人，而又都与宝玉的结局有某种神秘的作用。

一个是官宦小姐，一个是贫室女儿。一个为势家不容，投奔京师；一个为贩子所卖，得入贾府。身世地位如此悬殊，是为不伦不类。

但妙玉不知何姓，却列入十二正钗之中——须知正钗十一名皆贾府女眷，忽入一异姓女尼，如何解释？此点最显妙玉之奇了。

妙玉之奇，还在于红楼"四玉"（宝玉、黛玉、红玉、妙玉），竟居其一，非同小可。

芳官呢，虽是女伶"贱籍"，却独占了一个"群芳"的"芳"字——与其他十一名女伶之命名相较，显为群芳领袖无疑。她是全戏班中的首席"正旦"，派与了宝玉房中，怡红院内。这有好几层的为首为"冠"的意义，至为鲜明。

二人皆来自姑苏，又皆属"方外"，与平民百姓身份迥异。

自第五十八回女伶解散分派各房"使唤"之后，写芳官的笔墨是最多的了。及至到了第六十二、六十三两回群芳寿怡红的盛境时，芳官又是一个极为重要的角色。她是蔷薇硝和玫瑰露两案的主角，一案和"愚妾"赵姨娘勇斗，一案为柳五儿牵引，手眼作用，俱不寻常。到寿怡红，独她能醉卧在宝玉榻上，而她唱的那支《赏花时》，尤有重要寓意。

原来那是"临川四梦"《邯郸记》中的何仙姑向吕洞宾所说唱的一段话：

> 翠凤毛翎扎帚叉，闲为仙人扫落花①。……你与俺眼向云霞。洞宾呵，若得了人可便早些儿回话；若迟呵，错教人留恨碧桃花。

而宝玉则眼望芳官，口念宝钗签诗句，却被湘云一把夺去！

此皆有意的特笔，不是闲文。不必细述，已可见芳官在这重要节目中的特殊作用了。她后来被尼姑领了去，身入空门——如此就草草了却了她这一主角吗？当无此理。从伏线看，她唱的是何仙姑，日后应该是宝玉出家为僧时，又与她意外相见，并有崭新的情节事故。

至于妙玉，我对她的研究自承实在最为肤浅缺欠了，至今仍未能探得一个较为惬心合理的结果。在《红楼梦的真故事》里，略曾试写她被王府夺去为奴，以死拒辱的情景，但那不是"写完了"，只是"悬念"的意味，后文还有变化发展。

红楼三女尼：妙、惜、芳。还待细究。

---

① 亦作"闲踏天门扫落花"。——编者注

芳官与湘云

　　十二官散班后，分派各房，有"对应"，有错综，巧妙微妙，兼而有之。尤其小生与四旦的安排，最为有趣，而又关系着黛、钗、湘的"三部曲"。

　　十二官中计有四旦者：正旦芳官，贴旦龄官，小旦蕊官，老旦茄官。龄官的情，在于画蔷，且又离去，不论；老旦不计。所余正旦芳官给宝玉，小旦蕊官给宝钗——黛玉原应派龄官，然而却反派小生，即是错综法，与宝玉之分得芳官相对称。

　　由此可悟：黛玉乃是小旦——俱不属正旦之位。

　　那么，正旦芳官又"象征"谁呢？

　　答曰：湘云。

　　芳官身上有湘云的"影子"，其容貌、气质、脾性、行止、境遇……都与湘云相似相近。

　　芳官男装，人谓与宝玉似双生弟兄——此正湘云之风采也。

　　芳官喜饮，有豪放气，有直爽性，又与湘云同类。

　　芳官命苦，遭干娘之苛待。湘云命苦，受婶母之苛待。势亦略同。

　　芳官帮助柳五儿。湘云似与湘莲有后来情节——"湘莲"之名，音义可思。

　　最要者，宝玉生辰，群芳称寿，白天是湘云醉卧芍药裀，眠于红香圃。而当日夜晚则是芳官醉卧芍药瓣装成的"红香枕"——宝玉榻上。白天是醉卧"石凉"，夜深醉卧榻暖。"只恐夜深花睡去"，明是湘云掣得之签，黛玉戏改"夜深"为"石凉"——读者只顾看见字面有趣，全然忘了"夜深花睡"正又恰对芳官夜深真的睡者，而她正姓花（**行酒令表明她与袭人同姓**）！

　　你看雪芹这支生花妙笔，其巧妙处常常是一笔写出多少层次！真真叹为观止。

　　芳官是个"小湘云"，所以她分给了宝玉。

　　请再温读群芳夜宴寿怡红那一回书文的细节，写宝钗的签，宝玉拿在手中，反复吟诵，眼却看着芳官——却又是湘云一把将签夺了丢开。这些"闲文"，何所取义？难道只是为了"凑热闹"不成？思之思之。

　　总结一句：在雪芹笔下与宝玉意中，只有湘云方是相当于正妻的身份品位——而并非"续弦"之可比。

　　宝、湘二人是青梅竹马，是同食同榻，是旧圃新房，是风尘知己，是患难夫妻，钗、黛如何能与之比肩哉。

十二官

　　自第十七、十八回省亲到第五十八回解散戏班，梨香院内住着十二个小女戏子，买自苏州。梨香院，似谐音"离乡怨"。

　　清代伶人皆以"官"取名，此十二女计为：文官、宝官、玉官、龄官、芳官、藕官、荺官（**俗本讹为药官**）、蕊官、葵官、豆官、艾官、茄官。

　　她们在省亲、元宵、祝寿等庆典之日都曾有登场献艺的情景。到第五十八回，只因宫中一位老太妃薨逝，"国丧"期内天下停乐，故荣府戏班亦须解散。于是征询意愿，愿去愿留，各从其便。而愿去者只"三人"，余者皆情愿仍在府中——十二人中有一荺官早亡，十一名中去者不过宝、玉、龄而已。

　　散班后，将她们分派到园内各房中"使唤"。

　　按，书中所写老太妃丧礼诸事，皆有史实根据：乾隆二年开岁，康熙遗妃封熙嫔者病故，熙嫔乃慎郡王胤禧的生母。书中的"北静王"，即以慎王为原型，故特写贾母等随灵到"孝慈县"（**指京东遵化州东陵**）时，是与北静王住在一处，分东西院。盖清制凡宫中丧葬，内务府包衣人家女眷有爵者皆须入宫陪侍丧礼。俱非"虚构"可比。

　　且看这些小女伶分派的归宿——

文官，正生，贾母房留下了。

宝官、玉官，离去了。

龄官（贴旦），离去了。

芳官，正旦，归宝玉房。

藕官，小生，归黛玉房。

蕊官（**代药官的小旦**），归宝钗。

葵官，大花面，归湘云。

艾官，外副生角，归探春。

豆官，小花面，归宝琴。

茄官，老旦，归东府尤氏房。

以上亡者、去者、归东府者共有五名，留荣府者共有七名。

再看这些角色的分派归房的情况，十分引人瞩目，因为其间含有微妙的寓意。初步参悟约略如下：

（一）除去文、宝、玉、龄四官之外，八人的名字皆与花草相关联，而那四个非花草的则不留于园内。

（二）凡重要人物所配派的小伶官，皆以男、女对称为规律，如宝玉留芳官（**正旦**）；黛玉留藕官（**小生**）；探春留艾官（**副生**）；贾母留文官（**正生**）。

（三）所余蕊官（**小旦**）配宝钗；豆官（**小花面**）配宝琴；葵官（**大花面**）配湘云；茄官（**老旦**）配尤氏——此则为"性格"的正对，异于男女"性别"的"配对"。

（四）芳、藕、蕊等为一"类"，葵、艾、豆、茄等为又一"类"：前者属园内，后者属园"外"（**即出嫁的、东府的、流落的**）。

（五）宝官、玉官，二名似为"宝玉"名字的"分拆"，不知何义。或许这隐喻宝玉本有甄、贾之"分身"？此二官亦不留园内，是否寓日后流浪失所之义？

（六）最重要而又最明显的寓意则是藕官原与药官生死相恋，药官既死，以蕊官为续而又不忘药官，逢节必祭。此即"假凤虚凰""真情痴理"的真内涵。

　　准此，可推宝玉与黛玉只是虚配，黛死，以钗为"续"。然宝玉终不忘黛。

　　再后，宝钗亦亡，宝玉忽与湘云于艰困中重会，结为偕老双星，仍然始终不忘旧情，时时心祭——宝玉的心事，是不拘俗礼，只以一炉香、一杯水来"达诚申信"。

　　在宝玉的心意中，一诚一信，即是真情至意（**情深意重**）的最好表现方式。这种情意，亦即全部《红楼梦》的总精神、大命脉。

宝、湘重会

　　《红楼梦》原本的结局，是宝玉与湘云二人最后重逢聚合。这种文字（或情节撮叙）在清代及民初已有不少人见过。记于书册的自《续阅微草堂笔记》为首，亦有多条，今不复述。最近，由杜春耕先生又得知一条资料，十分宝贵。他于收藏的《红楼梦本义约编》（**光绪四年版**）一书中发现了两条文字，特蒙惠示（复印件），今引录如下：

　　　　"白首双星"，乃是先《石头记》之原目录也。考《石头记》乃是宝、湘为夫妇已是困苦流离之际矣。

　　按此见《本义约编》之卷一（页三九），是第三十一回评语的末条。其前尚有九条云：

　　　　着意写湘云。穷论阴阳，费许多笔墨，总为麒麟作势。
　　　　"是件宝贝，姑娘见不得。"微词。
　　　　翠缕一段，奇情异采，层出不穷。真是冰雪聪明，耐人思索……

　　见麒麟默默出神；宝玉一来，连忙藏起：写坏湘云。

　　麒麟又大，又有文采——宜翠缕之分出阴阳。自是宝贝也。

　　因论阴阳而及麟佩，因麟佩而拾麒麟。事在"相看"后，接袭人贺喜，是着意笔。

　　"几时又有个麒麟？"正对玉锁。

　　以上诸条具见著者读书之细，体会之微，然也正表明雪芹在此事上的笔墨之"着意"，令读者评者十分感受不同一般。他的那条专说宝、湘为夫妇的简评，尤为耐人玩味而深思。

　　这儿要点有三：一是"先《石头记》"，二是"原目录"，三是"困苦流离之际"——还有一个"考"字，更是眼目。

　　所谓"先"，亦即"原"义，因与下面"原"字避复而变换。此著者不知一百二十回程高本是伪续（故受其影响，以为钗、袭一"党"为奸坏人，害了黛、雯……字字处处深文周纳），但他却知道原有一个"先《石头记》"，即真本。他虽说是"考"，却又明言后来宝、湘重会是已在"困苦流离之际"——这却不是由"考"而可知的（书中无此明文与线索）。此四字极为重要。这充分说明在清代实有很多人都知悉书到后半部是宝、湘二人的事情，而且那种境地已是很清楚而具体的：困苦流离！

　　阴阳、雌雄、麒麟、双星，这是一部"探佚学"的总结穴。《本义》又给了我们再一有力的佐证。

后会有期

在雪芹真本中，其结局是"三春去后诸芳尽，各自须寻各自门"；是"家亡人散各奔腾"；是"花落水流红"……这是最大悲剧的末幅之一幕，原无可疑，不必多说。可是也有一个令人感到奇异的事相，同样隐现于诗词的零句中，总是引起我的惊讶和思索。例如："明岁秋风知再会，暂时分手莫相思。"句义如此明显，岂有错会之余地？加上另外的"慰语重阳会有期""纵是明春再见隔年期"这些句意来合看，就不由人不去推想：这其间还隐有一段鲜为人知的散后重聚、离又再逢的意外曲折重大的情节——我的这种揣度不错吗？若如此，那又是怎么一个经过？如何的情景？

这是不应视而不见、置而不论的大问题，但我记不起有几位研者曾加考论，开我茅塞。

反复思绎，我个人只能得出一个"结论"，就是宝玉、湘云的"因麒麟伏白首双星"一条线索。已有十多条前人记载，都说所见的一个不同于坊间流行本（即一百二十回程高本）的"异本""真本"，其八十回后皆不与程高伪续相同，最末结尾是宝、湘各历苦难之后复又重逢再聚。我们其实也不只是援据前人之所言，《红楼》本身即另有证痕。是以，我觉得上引诗词零句，应与这一结局相关，不然无可解说。

自然，我素来主张的宝、湘重会之说也有赞同的，也有反对和嘲讽的，大家的看法尚不一致；不过我仍愿那些不以为然的人士不吝明教，为我们解一解"后会有期"的诗句究何所指，不胜企盼之至。

重申一句：宝玉在咏柳絮的《南柯子》中，接探春的上阕"东西南北各分离"，云："落去君休惜，飞来我自知。莺愁蝶倦晚芳时，纵是明春再见隔年期。"这半首小词，寓意甚深；虽非硬翻上半首语意，却也有所转换：提出了隔年相见的要点。岂皆偶合乎？

诗曰：

> 后会分明字有符，隔年相见事何如？
> 三春去后诸芳尽，应伴云霞共砚书。

湘云的后来

欲探"枕霞"之佚文遗事，有四点需要注意：一是她的喜爱男装，二是曾因打抱不平而惹祸，三是葵官也改扮男童随她行事，四是她和甄宝玉的关系。

对湘云的理解，还须细玩香菱、岫烟二人与她的微妙联系。

香菱，从南方口音谐声，即隐寓"湘邻""相怜"等意。是以判词"根并荷花一茎香"提示她们二人谈诗最契，身世相通。故云"同病相怜"。

岫烟，与云霞相连，她在大观园中受气，处境甚难，以致当衣服济困，湘云明言"兔死狐悲"，欲为之申屈，而黛玉一语点破，说她要充当荆轲、聂政，此言是一大伏线。

葵官，本行是"净角"大花面，多为武侠英雄人物；而湘云为之取名别号，则曰"韦大英"——谓言"唯大英雄能本色"，与日后主仆二女皆扮男士而有义侠之重要情节。这都极关"紧要"。

湘云与甄宝玉的关系，伏线即在贾母向甄家来人细问他家也有一个"宝玉"，而独湘云对此说出一段奇语：好了，有了"对子"了，（日后再）打急了时，就跑到南京找他去吧！——此则又一重大伏线，亟待细绎端的。

再有就是湘云与妙玉的关系，更为吃紧重要。

芳龄永继

　　我写此文之时，手中正握有一枚"宝钗锁"，可这是一个玉制的，而非金锁。玉是东陵玉，质地非常细润可爱，只是色深，故一般重视白玉（和田玉）者不喜收藏。手中这枚玉锁，我倒很喜欢，原因是所刻篆字也很好，不是劣手所能为。锁之形体，是按照雪芹书中所绘式样做成的。（现时买到的"通灵宝玉"却不是按照书中式样，是另自设计的，故特注一笔于此。这也可为红楼工艺史上留一段掌故。）

　　我摩抚着玉锁，心中想着宝钗的事情，也不禁感慨丛生。

　　薛宝钗其人如何？有一种看法以为她是伪君子暗藏奸计，谋夺了黛玉的良姻，是个"反面人物"。旧时"评红"家对她极为贬责，甚至一言一动，都是"杀机"，可怕之至，可恶至极……

　　真是如此之罪大恶极吗？"调包计"的夺婚丑文，不过是程、高伪续者的把戏，本与雪芹原书无涉；大家对这位姑娘的坏印象，其实不过是受了伪续假尾的欺骗，诬枉了她。

　　在我看来，宝钗也是"薄命司"中一个很可悲悯的少女。她的处境，较之林、史二女，只不过多幸有一个母亲在——却又多着一个惹事闯祸的"呆子"

哥哥。

她为人处世，样样令人钦服，和平厚道，大方正派，关怀别人，体贴尊长，还加上学识过人，才貌兼美。综而计之，大观园中，难得伦比。

那么，她的短处何在呢？

如果说有短处，就是过于"少年老成"了，小小年纪，闺门秀女，会那么"世事洞明"，那么"人情练达"，就使人感到她太"成熟"太"世故"，没有太多的风趣，也就难于亲近。

她善于做人，处事讨人喜欢，博人好评。她喜欢"规劝"别人，怜惜别人。她机警，避嫌自保。她不怨天尤人，没有什么牢骚恼恨。

世上这样的人不多。焉能再做苛求，更责其"备"？

她的内心之苦，却不易为人所窥见。书中写她是孀母的唯一慰解者——哥哥时时惹母亲生气，胡闹招灾，莫可奈何……

哥哥粗鲁不择言，竟说她佩金是为了专等"有玉"的……

这话不是亲哥哥当说的，刺伤了一位少女的尊严，让她无立足之境。

她受过宝玉的不客气不礼貌对待，能宽厚容忍，不予计较。

她作诗雍容华贵，富丽谐和，不见悲伤叹恨的声息。

她不爱俗艳的打扮，屋里像"雪洞"——令人疑心她的审美能力有所缺陷。

"扑蝶"和"葬花"成了对比。

她是"蘅芷清芬"，与红不相干——扑蝶也是"滴翠亭"边，她门外是"翠烟桥"，直通"翠樾埭"。她的牙牌副儿也是一色纯绿："三山半落青天外"，"水荇牵风翠带长"……

她是"红"的对面。

这儿出了新问题：宝钗与黛玉，究竟谁代表"快绿"的绿？

有人说：宝钗的金锁是个假造之物，托言是个和尚给的，都是谎言。

这倒不是"罗织"罪名。"和尚"与道士几次出现，只听说有个石头化玉，哪儿又有"金锁"的一言一字？分明是薛家的把戏。

　　但是，这和宝钗本人又有何干？一个深闺少女，她会自己"萌念""设计"并且说出口来请哥哥去"首饰楼"（旧时的称呼如此，即制售金银饰物的店铺）里"打造"那枚锁佩？当然这是家里人替她生造的"神话"和妙计。

　　总之，这一切与宝钗本人何涉？她怎么要"负"这个"责任"？

　　当时的少女，只要一听说"婚姻""婆家""相亲"等话，就会脸红羞避。不要随意诬枉好女儿。

如何称钗、黛、湘

荣府中来寄寓的三位亲戚家姑娘是三大主角：宝钗、黛玉、湘云。看看府中上上下下怎么称呼她们，也大有趣味。

对黛玉，是称"林姑娘"，宝玉是口口声声"林妹妹"。"黛姑娘""黛妹妹"是绝对没听说过的。似乎只有一个特例：老太太因提宝、黛二人，说过"两个玉儿"——而版本校勘家还有异议，以为"玉儿"是"主儿"误抄脱了一"点"。

对宝钗，正相反，是"宝姑娘"，尊亲口中或呼"宝丫头"。

这就很怪。因为对双名的人，简称一个字时，总是抛开"排行"的那个共用字而以另外的那一字作称，方好区别。例如，宝琴即须称"琴姑娘"。同理，当然须有"钗姑娘""钗姐姐"了——可是没有这个称法，何也？

而且，既有"林姑娘""林妹妹"，却又不见"薛姑娘""薛姐姐"。此又何也？

再看湘云。

第一次出场是："人回史大姑娘来了！"第二次来，仍然是"史大姑娘来了！"。宝玉也称她"史大妹妹"。

尊长呼之为"云丫头"，姊妹们则昵称"云儿"。但丫鬟们却不称"云姑娘"。

说到这儿，就想起一桩"疑案"，也是书中"奇笔"。

就在第六十三回"寿怡红群芳开夜宴"时，那是林之孝家的查过了之后，关了院门，丫鬟们兴致勃勃，分头去敦请各位姑娘，雪芹原文独不提湘云是如何来赴席的——

> 小燕笑道："依我说，咱们竟悄悄的把宝姑娘、林姑娘请了来顽一回子，到二更天再睡不迟。"……宝玉道："怕什么！咱们三姑娘也吃酒，再请他一声才好，还有琴姑娘。"

务必注意：原书原文，丫鬟们高高兴兴，主动去请众姑娘，并不提史湘云"史大姑娘"。于是有后出的、不可全信的本子，这儿忽出一个"云姑娘"来了——校勘整理者们正在纳闷，不提湘云，哈哈，连曹公也有漏笔嘛！一见此本，大喜，遂提笔照添上去，"请客名单"中多出了一个"云姑娘"！

这应当"记功"才是——殊不知，却犯了"错误"！

原来，湘云白日吃多了酒，醉卧红香圃，醉得相当厉害，所以书中特写众人给她如何解酒，"方才觉得好了些"——实际并未全解。所以她被请入了怡红院休息。

这是暗笔——绝不言及她回到自己住的什么馆院里去。

更明显的是：白日行酒令，热闹一阵散席之后，众人出来各自游玩，这儿有几句话——

> 探春便和宝琴下棋，宝钗、岫烟观局。黛玉和宝玉在一簇花下唧唧哝哝，不知说些什么。

你看，这儿又是单单不提湘云一字。难道曹雪芹总是这么"善忘"

吗？——这是因为湘云仍在卧息，根本没出来。她是个最爱玩的人，岂能无故不随众出来散逛?

所以，到夜宴开筵，她一直在这里，又何用再请？

暗笔也就表明了湘云是夜宿在怡红院。

这段暗笔，隐藏着不愿明写的故事：湘云是夜不但是住在怡红院，而且是与宝玉同榻而眠的。

此事，探佚学专家梁归智教授首先揭示，他说：写湘云此一情节，是借芳官而表现的。

此说有理。芳官与湘云的关系很是微妙，应做专题研究才行，此处不及多涉。

想起富察明义《题红楼梦》诗中有两句："少小不妨同室榻，梦魂多个帐儿纱。"不知与此有关否？

绿玉——绿蜡

元春省亲，姊妹们应命作诗，宝玉也在其内。宝玉的五言律，全篇是：

> 深庭长日静，两两出婵娟。
>
> 绿玉春犹倦，红妆夜未眠。
>
> 凭栏垂绛袖，倚石护青烟。
>
> 对立东风里，主人应解怜。

宝钗偷眼看见了，就暗示宝玉：娘娘不喜"绿玉"，你偏要用，岂不有意反她？劝宝玉改改。宝玉一时想不出芭蕉的带"绿"字的典故，急得头上出汗了。宝钗乃提醒他用"绿蜡"，是唐朝韩翃的诗，说芭蕉似畏春寒，故犹卷而未展，像一支绿蜡……①于是宝玉如梦方醒，从她改了，作"绿蜡春犹卷"——这无问题。

---

① 出自钱珝《未展芭蕉》："冷烛无烟绿蜡干，芳心犹卷怯春寒。"原文说"韩翃"疑有误。——编者注

但多数本子上宝玉此句初稿却都作"绿玉春犹卷"。这就荒谬了。

因为：宝玉原句既是"绿玉"，玉与"卷"何干？岂非不通至极！

宝玉原句本作"春犹倦"——睡而未醒也，与下句"未眠"对比反衬。当宝玉尚不忆韩翃之句时，那"卷"又从何而来呢？

令人称奇的是许多"校本"对此一无所悟，照样沿误——一"悟"一"误"，差之远矣。

书中写及宝钗学识过人的地方很多，令人敬服。说她"伪装"，别的尚可装得来，学问的博通是无法假装出来的。

宝玉对宝姐姐是真心折服，对她是敬重，而不是昵爱。所以日后也是梁鸿、孟光"齐眉举案"的关系。

牙牌令奇文

"金鸳鸯三宣牙牌令"一回书，奇妙绝伦，多含深意，而人不能知。

比如老太太的"头上有青天""一轮红日出云霄"，皆是暗指雍正暴亡，乾隆继位后立即赦免了曹家的"亏空"和罪名，有颂圣之语义。薛家母女的词句，且置慢论，如今只看看黛、湘二人，就发现她们各有出人料外的异词奇文——

黛玉接令主的上句而完令云："双瞻玉座引朝仪。"又说："仙杖香挑芍药花。"这就奇了。可是湘云的更奇，她说："双悬日月照乾坤。"又说："日边红杏倚云栽。"又说："御园却被鸟衔出。"

这是怎么回事？两位姑娘满口里冒出了一派"皇家""朝廷"的词句！这与她们素日的"风格"迥异，令人触目而生疑，披文而莫解。

不是说黛玉和宝玉有一致的"反封建"叛逆思想吗？又哪儿来的这么些"颂封建""不叛逆"的古诗句呢？

这奥秘，要"盯住"二人所用唐诗都引来一个"双"字，重要无比。

原来，湘云那句"双悬日月照乾坤"用的是李白的原句，那是暗指唐玄宗还在，肃宗又立了一个新朝廷的"事变"，也可说是"政变"。恰在乾隆四五年间，也出现了类似的重大事件，而这事件株连了曹家的再次抄家遭难。

雍正的最大政敌是康熙太子胤礽，因自己是阴谋夺位，故极忌胤礽出而"反正"。曹家上次抄家拿问，表面"罪名"是假，真原因是曹家两三代人与太子的不可解脱的百种关系。这回，是太子的长子弘皙，又欲为父报仇，遂暗谋推翻乾隆，自立新朝——复康熙帝的本统。

"双悬日月"说了出来！

更妙的是：双悬并照的，一个是"乾"——不就是"乾隆"吗？而"坤"，是地，所以湘云第二句"闲花落地听无声"，那"地"也明白而又隐约地点出来了。"无声"二字是句眼。

这样一讲，则智者可悟：她们二人所说的"朝仪""玉座""仙杖""御园"，就不再是单指"乾"朝，而是兼指"坤"代。

这儿，就是《石头记》后文贾家被罪、人散家亡的主因——他家和胤礽、弘皙两世"逆谋"大案所有牵连，皆被"算了总账"，罪在不赦！

这样，可知书中后文必是写到了大事变，那托名"某王府"（**如义忠亲王老千岁之类**），贾家的女儿及亲戚家少女，曾入其府为侍女婢奴，当差服贱。再后来，方得"衔出"。

湘云是这场变故中的重要遭难者。似乎黛玉也有关系，尚不可尽明。

那"鸟"救了湘云，是谁？思之思之。

只有湘云是『满红』

　　"金鸳鸯三宣牙牌令"一回书，十分重要，读者却只在"热闹""取乐"上着眼，大失本旨了。

　　牙牌者，吾乡俗名"牌九"，普通为竹制，讲究的骨制，故又名骨牌（相对于叶子戎纸牌而得名）。"牙牌"实为雅词，很少真是象牙做的，其牌计小牌三十二枚，略呈长方形，上面镌刻小圆点儿，点数从一到六为止，但每枚是上下两组点儿组成。如两个幺点儿，名为地牌（俗呼"地幺"）；两个四点儿叫作人牌（俗呼"大仁"）；两个六点儿叫作天牌（俗呼"大天"）。此为天、地、人"三才"。其余如上幺下六叫"幺六"，上三下四叫"三四"，上三下六即名"三六"，但上四下五则名"花九"，上四下六叫"锦屏"，上五下六叫"虎头"。其余类推，以两数为称者居多，偶有异称，如上幺下三叫"幺鹅"，上下各二点儿叫"二板"，上下各三叫"长三"，上下各五叫"大五"（书中叫"长五"）。重要的是：点儿以红色为贵，而这一至六之中，只有幺与四是红的。

　　于是，"地幺"与"大仁"是全红色。

　　牙牌令是三枚为一副，点子配好，各有专名——取名重在巧取象形，又运用诗词成句，十分有趣。而它之讨人喜欢，是在于品格在雅俗之间，故邀共赏之乐。

看看个人的牌副儿，立即发现其寓意之深、运思之妙，令人叫绝。

众所注目：宝钗与其母薛姨妈均为全绿色。黛玉与贾母均为绿中有一红。刘姥姥是红中有一绿。而得到满红的，只有湘云一人！

红，专属湘云。这已毫无疑义。

本文不能把每人的牌副儿，取名取义、象形巧思都逐一细讲，那将太繁。如今只看湘云的一例。

湘云得的是左右皆为地牌，上下各一幺点儿，中间是幺四。一共九点，点点通红。

此副即名"樱桃九熟"，红点儿在此"像"红樱桃（在别副可像日、像月、像花朵……）。

鸳鸯起令：

> 左边长幺两点明——双悬日月照乾坤。
> 右边长幺两点明——闲花落地听无声。
> 中间还得幺四来——日边红杏倚云栽。
> 凑成樱桃为九熟——御园却被鸟衔出。

四句，各取象形象意，而应令者各答以唐诗一句，并且要合辙押韵。

艺术的巧妙，不必多讲自明，然而这四句诗又是何意呢？

讲起来真不简单，内中事情可太大了。

原来，第一句是李白诗，暗指唐玄宗时肃宗事——而又暗射乾隆初时康熙太子之长子弘皙亦自立"小朝廷"欲取代乾隆，而此事导致了曹、李二家的惨遭政治牵连。第二句是说因此两家女儿如落花委地而无复知闻。三、四句最奇，尚不知应做何解，因为"日边红杏倚云栽"是探春"得贵婿"做王妃的预兆，又如何与湘"云"发生联系？而且"御园却被鸟衔出"似乎隐寓曾为皇宫收入而又得人救出——此"御园"是否可能实指弘皙一方？良不可晓。

无论如何，这都表明了湘云日后的苦难经历，是十二分曲折险恶的。

[附说]

牌点子"象形"，如"五"排成花朵形，故喻梅花。贾母、薛姨同一想象。"三"，则宝钗比为水荇的翠带，连环的锁链，而刘姥姥却比为"毛毛虫"——是因为"三"是三个绿点儿斜着排列，所以如此有趣。余不备举。

黑点表示红色，白点表示绿色。

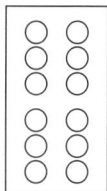

贾母：蓬头鬼

黛玉：篮子采花

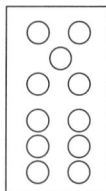

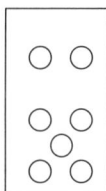

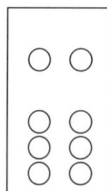

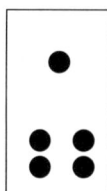

薛姨妈：二郎游五岳

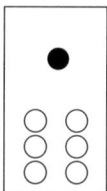

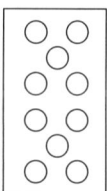

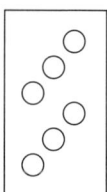

湘云：樱桃九熟

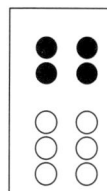

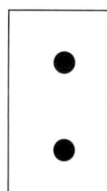

宝钗：铁锁练孤舟

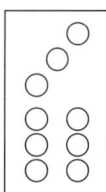

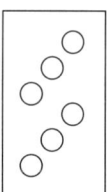

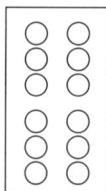

刘姥姥：一枝花

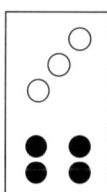

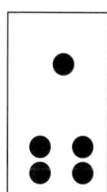

牙牌令的『爆子』与『巧儿』

　　牙牌令牌副的组合，每三张牌为一副，每张皆是上下各有不同点数，从"一"到"六"。组合后，如共有五处相同的点数，称为"爆子"——美称曰"梅花五儿爆子"（因为梅花是五瓣。"爆"或即"爆发佳点"之义）。如逢四处点同，而所剩两处点数又合成与同点之点数正同，则名为"巧儿"。

　　且看贾母、薛姨、钗、黛、湘、姥姥各人所得是何种好点子——

　　老太太的牌是《蓬头鬼》：即大天、虎头、幺六。这个副儿共有四处六点（大天是上下皆"六"，虎头是上"五"下"六"，幺六是上"幺"下"六"）。剩下的：一个"五"，而"幺"与一个"五"恰好又合成一个"六"。这是一副"巧儿"。

　　薛姨妈的副儿是《二郎游五岳》：两个"大五"（长五），一个"二五"（杂七）。两"大五"是四处"五"点了，"二五"又有一"五"，共五处"五"，单剩下一个"二"。

　　这是"爆子"。

　　宝钗的牌是两个"长三"，一个"三六"。"长三"者，上下各三点；"三六"者，上"三"下"六"，故共得五个"三"，只剩一个"六"。

此乃"爆子"甚明。

黛玉之牌：一个"大天"，上下皆"六"。一个"锦屏"，上"四"下"六"。一个"二六"，上"二"下"六"。合起来：四个"六"，而"四"与"二"又恰合"六"点。

这又是一副"巧儿"。

湘云的牌最奇：两个"地幺"，上下各"幺"。中"幺四"，又一个"幺"。是为五个"幺"，剩一个"四"。

显然这是"爆子"。

姥姥的牌："大仁"上下各"四"，又一个"幺四"，又一个"三四"（杂七）。合起来：四处"四"，又加"幺"与"三"，恰为"拼四"——

又是一个"巧儿"了。

再看颜色搭配，更是妙处多多。

老太太的《蓬头鬼》，是众多"六""五"，皆一片繁绿如云如雾，独一个"幺"，正如一轮红日出于云霄之上。

薛姨的《二郎游五岳》，以五处"五"喻五岳，以"单二"喻二郎。全绿无红。

宝钗的《铁锁练孤舟》（"练"或作"缆"）：五个"斜三"，恰像"链锁"。一个"单六"，喻为"孤舟"。

又是一个全绿无红！

黛玉的《篮子采花》："大天"两"六"，锦屏上"四"下"六"，"二六"上"二"下"六"——众绿之中独透"四"红，象征是篮中之花。

湘云的是《樱桃九熟》：三张牌，统统为一色，九点朱红，焕彩夺目！全书中独她膺此嘉名佳色！

姥姥的《一枝花》："大仁"上下皆红"四"，一个"幺四"又是通红，只一个"三四"（杂七）是上绿下红。这就是说：姥姥独占多红，只存一点点浅绿。也是少见的佳牌。

综上而观，雪芹的锦心绣笔，精细安排，如此出人意表，岂是"戏"语闲文？其间大有寓意，全待阐微。

骨牌与掷"色子"相同，绿不足贵，见红必胜。如今看看薛家母女无一痕红意可寻。老太太单红，正好黛玉也单红，巧不巧？

大红大喜的，只有湘云一个——而姥姥为之"副榜"。何也？必有妙义，尚未能知。

红学，红学——舍"红"又将何求？世上的"红学家"，却百分之九十几是"绿学家"——因为他们连"红"是何人何义也还不大清楚呢。

湘云四时花

　　《红楼》以花比人，所以行酒令也是"占花名"。占花名是象征，每人各占一花足矣。如黛玉是"芙蓉生在秋江上"，宝钗是"艳冠压群芳"的牡丹……人人熟悉。我的印象，唯独湘云，是四季各占一花，与众不同，出类拔萃。

　　在春天，湘云是海棠。诗社是海棠的主题。花名酒筹也是"只恐夜深花睡去"，实东坡海棠诗句也。至于宝玉自题怡红院"蕉棠两植"，诗是"红妆夜未眠"，亦是暗用东坡那首海棠诗："故烧高烛照红妆。"又曾特写园中那株"女儿棠"，"丝垂翠缕，葩吐丹砂"，而湘云的丫鬟正名唤"翠缕"。笔墨之细，隐义之妙，堪称奇绝！

　　但湘云在夏天又是"藕花"。故又特表藕香之榭的故事，与湘云紧密关联。

　　可是再到爽秋，她又是菊花的花神了——菊花诗一组十二首，实为湘云之悲欢离合的"经历记"。这一层，研者已多有认同了。

　　那么，冬天的湘云，又是什么花呢?

　　答曰：是梅，而且是红梅。

宝玉向妙玉乞得红梅，是一大关目。

回目中，"白雪红梅"与"脂粉香娃"紧联，表示此"香"（湘）娃是雪中寒梅而红妆不改。

所以，宝玉乞梅诗是"入世冷挑红雪去，离尘香（湘）割紫云来"。字字关合，无有闲文泛笔。

至于三首红梅诗，其中"流水空山有落霞"指湘云。"绛河槎"与后文联句"乘槎访帝孙"呼应，亦指湘云。注意，湘云中秋夜向黛玉说：若是在家里，我早坐船了！——日后宝、湘重会，与船有关。

还应提醒：在"割腥啖膻"一回，也是湘云为主角，特以"脂粉香娃"赞美之。而正是在此情景中，新来的李婶娘口中响亮地发出了一句惊人的话，道是：那位挂玉的哥儿和带麒麟的姐儿！

书到一半了，这才大笔点醒了一大奥秘，原来：玉佩金麟，才是一对儿——才是真的"金玉"之姻缘。

姥姥的艺术论

刘姥姥初进大观园，史太君十分高兴，领她到处见识见识，还告诉她什么花、什么石……各种名色。又问她这园子好不好？

于是姥姥答出一篇话，甚简无多而理则深，耐人咀嚼。

姥姥说："我们乡下人到了年下，都上城来买画儿贴。时常闲了，大家都说，怎么得到画儿上去逛逛。想着那个画儿也不过是假的，那里有这个真地方呢，谁知我今儿进了这园子一瞧，竟比那画儿还强十倍……"

姥姥并非"艺术理论家"，可她几句平常话却道出了一番妙理：艺术上表现出来的和现实中所存在的，二者的关系何似？都有几个层次？

人们常说风景如画。这表明人们是以为画作比实际美。姥姥看年画，见画上的花园很美，才想"入画"一游。可是当她身入大观园，方知比画更美。

当然，也许年画水平不高，但在姥姥目中，它已太好了。问题是：修造园子与别的不同——别的可以是从"模仿"的低级到艺术创造的高级层次，总之他无法"照画"而创实物（如"造"一枝与画相同的梅花、竹子……）；园林艺术的独特性是造园人不仅是个建筑家，更要是个大画家。因为一座名园的缔造经营、安排布置，实质是用花木泉石、楼台亭榭来"作立体画"！

所以，它不只是"如画"。

姥姥说，她感到比画还好！这就是说，名园即名画，不是"现实"的"自然形态"。这一点很重要。

有人问：倘如此，宝玉在题对额时却力倡"自然之论"哪！岂不与你上文的论法正相反？

我答：哪里，哪里。你老兄又把事搅糊涂了。宝玉说的是在省亲别墅的带皇家气象的殿阁式园子里，强扭一个"农村"，与四邻全无关联映带，这极不"自然"，是违反艺术和谐。

宝玉绝不是说：盖园子本身是"人工"，不可取——大观园该是一片"原始森林"（最"自然"）！

专家们往往犯这种似通而欠通的病症，人家的意思并没错，他非要挑个刺，出个岔儿不可，不如此不足以显示高明。

这种专家远不如刘姥姥实事求是。

刘姥姥的牙牌令

红楼夺目红

　　雪芹写姥姥，真是好看。我的"审美水平"不高，总觉得雪芹费苦心、花大力，写出来的林黛玉远不如姥姥之为人那么可爱——这定会又惹出一群人的反对和"围攻"，替林姑娘打抱不平，借端泄"愤"……然而又有什么好手段能改变我的发言权呢?

　　别的不说，单看姥姥的那四句牙牌之酒令，真是字字妙不可言。

　　鸳鸯说："左边'四四'是个人。"

　　姥姥对："是个庄稼人罢。"全是本色，朴素至极，得体之至!

　　人，什么样的人才是真正的人? 在姥姥看来，庄稼人才够"人格"，才居"人首"。

　　一句大白话、老实话，绝大一个命题。

　　鸳鸯说："右边'幺四'真好看。"

　　姥姥对："一个萝卜一头蒜。"

　　这是庄稼人的家常食物。从传统医学和今天的食物学来看，萝卜是北方面食的重要"解药"：能清热、通气、助消化。而大蒜是杀菌保健之要品。

　　鸳鸯说："中间'三四'绿配红。"

姥姥对："大火烧了毛毛虫。"

红像火；"三"永远是三个绿点斜排着，姥姥眼里它就像菜果上生的绿毛虫子。

有专家认为：这是预示后来贾府遭了火灾，毛毛虫是姥姥心目中对富贵人的"评价"，是一群害虫。

倘若如此，那可有趣极了。

鸳鸯说："凑成便是一枝花。"

姥姥对："花儿落了结个大倭瓜。"

这儿的妙趣，实又寓意不浅。

"花谢花飞花满天，红消香断有谁怜"，千金小姐之"幽闺自怜""闲愁万种"也。好花既落，无可奈何，悲感而已。但姥姥庄稼人看花落并无此种"诗感"和悲绪；她见花落不是坏事，是有盼头——春华秋实，它会给人充饥佐味。

大家听了姥姥的令，哄然大笑。读《红》之人也跟着她们大笑。

可是，雪芹是不惜笔墨，只为博人一笑吗？

他拿姥姥开开玩笑，给小姐们开心——曹雪芹太无聊了。

脂砚所云："所谓此书是哭成的"，"一字化一血泪"……又是从何说起的呢？

我的偏见与谬见：姥姥比黛玉可爱得多，也伟大得多。

黛玉骂姥姥是"母蝗虫"。你听了做何感想？同情谁？如何理解雪芹的笔意？

刘姥姥住何处

刘姥姥无家，孤寡一人，在女儿女婿家帮凑过活。她女儿住在哪里？——这地方是巧姐的归宿，值得一加推寻。

这样的"考证"可谓前无古人，太新鲜，也太难做了——因为并无线索可供参照启发。

我自己有个"偏见"，以为她是住在老北京的东门外近郊之地。

第一，刘姥姥是当天进城，当天赶回家，当时并无她可坐的车轿，全是步行，故知是数里之遥的近郊，绝不会太远。

第二，姥姥二次进府，带来了地里新摘的瓜果鲜蔬，大受府中（**城里人难得真新鲜的菜果**）的欢迎。当时北京城各城门进什么食物货品是有分际的，而进菜蔬的入口是崇文门，此乃进内城的东南的大门。由此可知，那时京郊的"菜农"多在东面一带。

第三，姥姥一见石牌坊，便认定是大庙，跪地礼拜，这表明她见的是东岳庙，在京城正东朝阳门外。

第四，茗烟去找"抽柴姑娘"若玉（**一本作茗玉**）的小庙，也是当日往返，在"田埂子"上乱转。这不像北门外、西门外的情形。

　　再者，从作者来说，雪芹后来在西郊山村，那远得很，至少距城数十里。北、南两面，似无他的太多足迹。唯有东面他常与好友敦敏等在"东皋"同游聚饮，地点范围是"二闸"（**正名庆丰闸**）这个城里人喜欢的地点，有河有柳，有小船，有酒楼，不但有诗境，来往也方便。所以雪芹心目中的近郊"乡屯"，应是从朝阳门外再往东走的一段村落，包括"六里屯""八里庄"这些小村小甸。

姥姥才是奇女流

　　一提《红楼梦》就是"林黛玉如何如何……"，这早已将非俗套的题目变成了俗套式的谈论。"林黛玉"之外，奇女不一其人，也不限于十二钗，也不限于姑娘丫鬟。在我看来，雪芹笔下的奇女，应推刘姥姥。可惜多数人误解了雪芹（**不懂他的笔法用意**），只以为姥姥不过是个让人取笑的贫婆村媪罢了。文学的事，若说赏奇识义，谈何容易。

　　姥姥何奇？她胆识才能、言谈颖慧，般般过人，真非凡品。

　　姥姥之奇，奇在独她能够饮妙玉奉与老太太的极上品名茶"老君眉"，也独她能醉卧在贾公子宝二爷的"白玉床"上。

　　是荣府的人捉弄了姥姥？还是姥姥捉弄了荣府众人？君试思之。

　　姥姥一出场，就是批评她的女婿王狗儿，一席话，句句响亮难驳，字字掷地有声——令那"男子汉大丈夫"狗儿黯然失色！

　　她自告奋勇，敢于去独闯豪门，又不惜忍辱而济助寒家。

　　她识相，知趣，机变，低而不卑，野而不鄙，身份拿得住，使命完得成。她讨得府里上上下下每个人的喜欢——而不是厌恶。

　　这是多么难得的事，多么可爱的人！

　　然而，世上真正了解理解她的才能奇致者究竟几何人？言念及此，安能不发一声慨叹乎。

　　姥姥心里是"透灵碑儿"，她早已明白鸳鸯嘱咐她的话，是为了酒席筵前博人一笑，就此顺水推舟，半真半假地同大家逗逗笑，开开心——这丢不了脸，伤不了身，却赢得了一片欢欣和喝彩。

　　她的具大度、识大局、有大才、怀大志，略可于此见之——倘非如此，她怎能于荣府"家亡人散"、无人肯来近前的危难之时却独敢"三进"府门，救出巧姐？

　　姥姥的知识丰富，阅历深沉，她说黄杨木雕刻精艺品是"黄松"，纯属故意装扮"乡下人"见识寡陋可笑；其实，黄松是人人都认得的，其木质松软，入手轻，而黄杨甚重，其质坚细；"乡下人"也从来不用黄松做"杯"的。姥姥岂能连这也不知，所以她是故意取笑而已。读《红楼梦》的人若把这些都当真了，那可真是"被作者瞒过"了（脂砚语）。

　　姥姥每当惊奇、感动时，无有言辞可以形容名状，就只会"念佛"。可怜亦复可爱。

　　念佛何意？

　　见所未见，诵一声佛号。

　　千恩万谢，无法表示，诵十声、百声佛号。

　　姥姥没读书识字之缘，你让她说什么"不迷信"的辞令来呢？

　　姥姥不朽。雪芹极重这位乡下老妇人，君知之乎？

可怜的老太太

红楼夺目红

　　有些《红》论家、《红》画家，受了伪续者的骗，和他们一起"合作"，肆意糟蹋雪芹笔下十分亲敬而悲悯的老祖母史太君，把这位可怜的老太太说成、画成了一个最可憎的、面貌肥肿、心肠冷酷、只知享乐、权威无上的什么"宝塔尖"，云云，等等。

　　可为浩叹，可为愤慨。

　　老太太的处境，在全书中属于最可怜、最孤零的苦命者。

　　她一生无数坎坷惊险，生死交关。丧夫，失子，过继子（**贾政**）生了儿子，方为唯一的爱孙（**宝玉**）——是心肝，是"命根"，是"一切"，是活下去的"依据"。

　　她年老了，过继子媳（**王夫人**）假孝循礼，面子而已，没有真感情。借来的得力掌家人是个侄孙媳，是面和心不和的假儿媳妇的侄女（**凤姐**）。家里有东院"大老爷（**贾赦**）党"，本院有王夫人的上上下下、里里外外的"王家党"。她的真亲人只剩了两个：先有史湘云，后有林黛玉，是内、外孙女，自幼寄居随养在此。

　　史家早已败落，林家子孙断绝，无有族人。府里的"势利富贵眼"，如何会瞧得起老太太这两家亲戚？"多嫌"（北人常用语）着她们寄人篱下，供衣供食……

老太太没有贴心人，只一个忠诚的大丫头鸳鸯。而东院的赦、邢一伙，蜚言秽语，诬害这个老太太的保护人。

老太太更大的难题是什么？是这两个内外孙女，都一天天长大了，都才貌过人——又都与爱孙宝玉配得上、有感情。心里委决不下：把哪一个给宝玉做夫妻，也无法对另一个是负责放心的态度和做法。这该怎么办？难极了。

但是，又来了一个"王党"一面的薛家，也送来了一个才貌出群的姑娘宝钗。

王、薛明知老太太心事，可是不好自己启齿："把我的内或外孙女给宝玉成亲。"可她们（**王、薛**）死不开口——因为她们心里想的是把宝钗"派"给宝玉。

老太太心里的滋味难言，也无可与言之人。孤独极了。

所以，当清虚观张道士一提为哥儿说亲的事，老太太立刻"表态"。你听她如何说——

> 你可如今也打听着，不管他根基富贵，只要模样配的上就好，来告诉我。便是那家子穷，不过给他几两银子也罢了……

老人家的心事，已倾吐分明：因家无力"赔送"（赔嫁妆的旧日礼俗），可以自己拿出钱来替她办——只要本人好，不提富贵人家。

王夫人等听得懂，对此总不作声，不接腔。宝、黛却听不懂，反而因道士提亲闹出一场风波。

这才是悲剧的关键。

注意：老太太派去劝解的，不是别人，是凤姐。然而，妙就妙在雪芹的一支生花笔：他同时就接上了金麒麟。

金麒麟的故事，才是宝玉的真姻缘。

这件"表记"的出现，是突如其来的，以前半字未曾吐露。宝钗的金锁，早早就在第八回出场了——那是假"金玉"之缘。黛玉本无姻缘之分，是个虚花，是个幻想，连一个荷包也由她亲手剪断了。

金麒麟，迟到三十回已过，忽由清虚观打醮、道友们赠礼，由宝玉之手把它拣了出来。又由贾母之提端，宝钗之认定，方明点湘云身佩一麟。

宝玉闻之，赶紧揣于怀内——又见黛玉已然发现，复又掏出，假慰她说：替你留着，回去带着……

黛玉"不买账"，知他是周旋，是酬应。

宝玉见黛玉嗤之以鼻，是酸意满怀，乃又揣起——真的给湘云一直留在身边。情意之重异乎寻常。

这个金麟的故事，还有重大的曲折发展，有分散，有失落，有复现，有重聚。这是构成"后半部"书的一条主线。

敏感的黛玉，极留心宝玉如何"交代"他新得的又一枚金麒麟——雄的，又大，又文采辉煌。

金锁由莺儿口中"现身"，而金麟由翠缕口中"分定"。总是"大对称"的板定章法。

妙极，神极！——然而即使如此，老太太也无力多赞一言。

故曰：可怜的老太太，"宝塔尖"云乎哉。

仁人之言

《红楼梦》里有两句不显眼的话，每次重读上它，总是依然感动。两句很平常朴素的话。

一句是老太太接待刘姥姥，听姥姥说得不甚得体，不大合宜，并不哂笑，却说"也是有的"，即不必大惊小怪，讥笑嘲讽。

一句是茗烟陪宝玉出城偷祭金钏，见宝玉施礼无言，默然难表，就代他祷念，说：姐姐与二爷虽是幽明相隔，但若知二爷相念，时常来看看二爷，未尝不可。

"也是有的"，不苛责，不多较，宽厚之至。

"未尝不可"，情之所至，感召通神，相为慰藉——何必过拘阴阳之大界限，是"可以"的。

这真是设身处地，体贴宽容，一片仁者之心，厚者之音。

轻看了这两句，必不能真懂《红楼梦》的精神境界。

刻薄的小人，见人家一张口说句话，就在一旁眨眼抿嘴，盘算如何抓他的缝子，跟上几句流里流气的俏皮话，以显"机警""敏锐"之才，十分扬扬得意——不及一位家庭老太太，也不及一个小书童者远矣。

诗曰：

人间到处有仁人，仁者之声一片真。

若向《红楼》求契赏，一言两语即精神。

晴雯的身份

　　宝玉房里的丫鬟，似乎没有读书识字的"文侍"；"红袖添香"者不乏，拂纸试砚者难逢：雪芹笔下亦不见给以明证，分与专司。唯有晴雯，不见她拈针掌线，剪帕裁衣；而在第八回出场时，她才是一位与翰墨有缘的女儿。

　　一段精彩的文字必不可忘记，这就是：宝玉去看望宝钗，黛玉随后也到；宝玉吃得醉了，与黛玉步雪而回——此时他二人尚是在老太太房里住，离盖园子尚早呢。

　　宝玉一到屋，迎出来的就是晴雯，她笑道：

　　　　好，好，要我研了那些墨，早起高兴，只写了三个字，丢下笔就走了，哄的我们等了一日。快来给我写完这些墨才罢！……我亲自爬高上梯的贴上，这会子还冻的手僵冷的呢。

　　宝玉赶忙替她渥着手。这时黛玉抬头一看，是"绛芸轩"三个大字，便说怎么写得这么好了！明儿也替我写一个。

　　你看，这才是书中最有"书卷气"的境界，极是有情有味，只是一般人未必多多品领此种笔墨的精神意度之高妙。

"绛芸轩",是一部书的核心之核心（**荣国府→大观园→怡红院→绛芸轩。此轩名随宝玉迁入园内，并未改动**），重要无比，却是单单由晴雯一个人服侍笔砚并且亲手悬挂的!

这个意味，轻微不足道吗?

宝玉入园后所作四时即事诗中，有两处似为暗指晴雯。一处是春，"自是小鬟娇懒惯，拥衾不耐笑言频"。我以为非晴雯莫属。

另一处更为隐晦，即冬日诗的"女奴（多本作'女儿'，北师大本作'女郎'）翠袖诗怀冷，公子金貂酒力轻"。这"女奴"指谁?

那句诗是暗用杜少陵的名句："天寒翠袖薄，日暮倚修竹。"怡红众鬟，并无能诗会赋的，然而却有"诗怀冷"之文意，何也? 这个问题颇费疑猜。

我旧日亦曾妄揣，未必即是。如今想来，"诗怀"是个喻词，说她不俗，有诗意诗境，不一定拘为能够作诗。若然，则袭人辈，乃是世俗人，不懂诗意诗境为何物，只讲"实际"。然则，数来数去，又唯有晴雯是"风流灵巧"，足以当之——她确在大寒夜，披着小袄儿，跑出房门去吓麝月。这不就是"诗怀"之"冷"，终于冻病了吗?

"心比天高，身为下贱"，八个字沉痛无比，笔力千钧——雪芹悲雯，亦自悲也。

芙蓉诔祭

雪芹真书，"后半部"佚去，千古特大恨事。"后半部"者，脂批又称之为"后之三十回"。究竟这所谓的"前"之与"后"，分界线在哪儿？

答案是"在第七十八回"祭雯读诔一毕，文即戛然而止，以下无字。诔后一小段"回尾"及以下两回书，是为了"行世"之计需凑个"整数"八十，以适应世俗喜全恶残的普通心理。（古抄本诔后无文，且有"兰墅阅过"的杂笔题记正在此处，是个"节段"的标志。）

所以，78+（后之）30=108回，是雪芹原书总回数。所以脂批也说"百十回"，是传统习惯喜用"成数"的变词——或者是，一百零八回是正文，首尾各有一回，前有楔子分为一回，末有"情榜"，也足够一回书的篇幅。

诔后何以无文，戛然而止？想象雪芹当时，将诔文写毕，已是血泪沾襟，笔枯墨尽，感情的激荡已使他不能写下去，笔落于几，颓然欲绝。

这篇诔文作得如何？听说也有不同评议。此刻不拟多做商量，且说雪芹写"怡红院浊玉"以何物品来祭这位含冤受屈的秋艳之女？

他说："谨以群花之蕊，冰鲛之縠，沁芳之泉，枫露之茗——四者虽微，聊以达诚申信，乃致祭于白帝宫中抚司秋艳芙蓉女儿之前……"

试看这四样祭品都是何义？

一、群花之蕊，即"群芳髓"之呼应；

二、冰鲛之縠，乃装盛"红泪"的典故之明示；

三、沁芳之泉，即"花落水流红"之重铸新词；

四、枫露之茗，再示"血泪"之悲——枫露茶，见于第八回脂批点醒寓意：枫叶色红，秋露着之，滴滴点点皆成血泪也。

可知，晴雯之屈死，是花落水流红的第一代表人物。宝玉伤之深，哭之痛，作诔字字血泪以成也。

脂批屡言一字化一血珠、"字字看来皆是血"之创作心情、遣怀文境。

乾隆新封睿亲王淳颖，于读《石头记》后写了一篇七律，起句即云：

满纸喁喁语未休，英雄血泪几难收。

真能感受雪芹的情怀况味——这流血泪的不是弱者懦夫，是位英雄！

知之乎？谁能道此？方是雪芹知己，浊玉朋俦。

（诔文开头"维太平不易之元，蓉桂竞芳之月，无可奈何之日"也与开卷"昌明隆盛之邦""奈何天，伤怀日，寂寞时"暗中呼应，脂批有所谓如常山蛇者是也。）

诗曰：

文心密处细如丝，一卷香消茶冷时。

解得此情大无界，为芹辛苦复何辞。

英莲——娇杏

一部《石头记》最早出场的两个女子，一个是娇杏，一个是英莲。一个是"侥幸"，一个是"应怜"。

雪芹写娇杏，正大光明，给人的印象很好——她没有什么"闲愁万种""情思缠绵"，不过在撷花时偶见窗内有人，便急忙回避，因素闻有贫士在此，不免回头看了一眼——

娇杏无"邪"意，倒是怜贾雨村贫寒抑塞。这算不算"情"？尚难硬断。

至于贾雨村，看到大丫鬟回头看他，便认定此女乃是自己"风尘中知己"，便一心想着"自顾风前影，谁堪月下俦"了，所以脂砚批他"自古穷酸色心最重"。这是一厢情愿，与娇杏原不相干。

可是，小姐英莲忽因元宵节看灯落于惨境，而丫鬟娇杏却成了知府太爷的正夫人。

雪芹怎么看待和评价娇杏？很难捉摸。看他写下的"偶因一着错，便为人上人"，应做何解？

若说"人上人"是反语讽词，那"偶"字已点明：全出偶然，有何可讥？然而"一着错"又分明批评娇杏不该随意多看陌生的男人，此是"犯了错误"。（"一着错"，程高本妄改"一回顾"，不在我的话题范围，彼本的无数篡改，均直违雪芹本旨，是另一回事。）

如此，说雪芹"反封建""叛逆性"云云，岂不是老大的一个矛盾，如何讲通？

这个问题十分复杂，不是教条和模式所能简单化作"结论"的。

还须注意：在写英莲时，雪芹用了一个"有命无运"之词，而写娇杏后来，他又用了"命运两济"。此二语分明是对照，是反比。

什么叫有命无运？又何者为命运两济？

且说"算命"早已被批判定为迷信，应该反对责斥了，虽然"命运"一词仍然收在"现代"词典中，而且普遍使用，到处诸般文字中皆"大摇大摆"地使用而未见"顾虑"或"挨骂"。

如今斗胆说破了吧——

这是"子平学"（俗谓批八字者是也）上的术语。

原来，所谓"命"，就是"生命""性命"等词中的那个"命"，并无神秘意味，它大致应是"天赋"的"定格"之义，亦即"天命"——大自然赋予的躯体、性情、气质等等一切，是一个人的"本相"，是不可改变的。而"运"，亦无神秘性，就是"时运"——所逢时代、时间运转行进的客观条件（环境、社会、政治变改、天灾人祸……）。

二者合起来，两全其美，方是大幸福人——故旧时也叫"大造化人"，造化正包括"造—命"与"化—运"。

若从"子平学"上讲，命和运是用十天干、十二地支来表示的。中华古历，年、月、日、时，都是用干支来书定的（数目字会讹误，而干支"定准"得多），所以一个人出生的年、月、日、时正好排列为八个字，是即"八字"之义。此八个字，叫作"命造"。（男命叫乾造，女命叫坤造。）

那么，"运"又怎么排出的呢？那是以"月"之干支为基（名曰"提纲"），男造之运，从月之干支顺排下去；女命的运字干支则逆排上去。

"批八字"就是从"五行"的生、克、制、化的复杂而辩证的关系中，审察出吉凶、穷通、祸福等等，一生的遭遇，是即为"运"。俗话仍说"走运"，即值逢好的干支（年月）。

粗述此一课题的情况，方能理解雪芹对书中人物的看法与评价，怜惜与慨叹。

"有命无运"是全书一百零八位女子的"总定格"，也即是人间的大悲剧："生不逢辰"！这后四字，即前四字的诠释，都明显地书写在卷中。

"命运两济"的呢？似乎只有娇杏一人。若如此，则娇杏并非"薄命司"中人，也不在"情榜"之列。

知府太爷的正夫人，不是雪芹要写的人物，虽然她本身并非坏人，也无恶迹。

把事情索性说穿了吧：雪芹所深深悲叹的"有命无运""生不逢辰"是骂雍正一朝的罪恶。

二丫头

宝玉难得到郊外去开开眼界，散散胸怀。八十回书中写到他出城的情景，屈指可数：一次是为秦可卿送殡，一次是偷祭金钏，一次是上东岳庙。此外，如清明扫墓、重九登高这些大节目，也未见有明白的文字，哪怕是一二句的"交代"或顺便提及，也都没有。

祭金钏是出北门，应是德胜门。送秦丧则不是那冷僻之路，应是出东门——朝阳门，老北京人口语仍叫元代的古称"齐化门"。

也就是说，"荣府"的坟地坐落东郊。

在路上，凤姐要"更衣"（**上厕等事**）休歇一下，要找一户农家。她的车是从大路上往北一岔，进入庄村一带。

宝玉平生第一遭儿来到这种地方，触目感受，事事皆新。看到各式农具，不认得，小厮讲解名称，各有何用……聪慧的公子哥儿，立刻悟到"谁知盘中餐，粒粒皆辛苦"！

句句皆有深意。

然而，又见了一件奇物：纺车。

男耕女织，中华之民的生产、生活、文明、社会……皆由此始——书中却没说及宝玉见了纺车的"哲思"。

大约这就是被一个村姑的出现打断了思路，而把精神移向了他最极关切的目标：女儿。

这女儿叫"二丫头"。

"丫头"本义是当顶中分、向两边梳挽的小女孩的双髻式，"丫"是"分岔"的意思，"头"即"头发"。

"丫头"，用为侍女的俗称，全称是"使唤丫头"，是"贱"职，是"奴婢"。在民间，生下儿女每每给个"贱"名，据说这样就能长命。所以生女叫"丫头"，生男叫"小子"——"小厮"的讹变。（*"厮"是"厮养"义，即养活"家女"，"家生子儿"。*）

二丫头，必是她上边还有一个姐姐。

二丫头，什么模样儿？如何头脚衣饰打扮？一字不言。只听她说了两句话。

小厮们还在"喝止"她——怕她莽撞惹了哥儿"少爷"。岂知宝玉连忙婉致歉怀，十分不安。

看二丫头纺线的姿态动作，秦钟说了不严肃的戏语，宝玉立即斥他："该死的，再胡说，我就打了！"全是敬意、欣赏意，绝无什么邪念。

这就是宝玉的为人和"个性"。

二丫头被唤走，他立感"怅然无趣"。

不想，已然登车告别这临时半晌的"下处"（休息地点）之际，忽又见那二丫头抱着小弟弟走来。宝玉就要下车找了她去——只是料定家里人是不依的，无可奈何，目送而已。车轻马快，转眼再望，她不见了……

茫茫天地，草草人生，缘止一面，即此永别——宝玉之心全是大悲大痛，无可自遣。而世人视他为"流氓"，悲夫！

春燕

丫鬟的名字，各有寓意，若细按，也会深有趣味，甚至会有重要发现。

先粗看取义于禽鸟的例子：

有鸳鸯，是老太太贴身侍者。聆其字音，大似"冤殃"。她在全书中地位重要得很——三宣牙牌令，全出她口。后被贾赦诬陷屈死。

人人尽晓的，黛玉有紫鹃、雪雁；宝钗有黄金莺；赵姨娘有小鸠儿。那么，怡红院里的诸鬟，以鸟命名的只有一个春燕。

这个"小燕子"，一向无人注意，我看大有关系。大家对春燕的印象，恐怕就是她与莺儿一起，采花折柳编花篮子，要送林姑娘。因此引出她妈打她骂她的一场小小风波。别的就"不在话下"了。

如今温习一下芹文，在何时何处（场合）又特写春燕——

一回就是"寿怡红群芳开夜宴"。

这次盛会，有"计划"，有"准备"，还有"发展"。发展者，起先未想、不敢"大做"，随后顺势、乘兴，这才放手大胆而行——这儿就有了春燕的功劳贡献。

可见在这"第二次饯花会"上，她是一个非常热情而活跃的女儿，她令人快欢、鼓舞。

于是，我想起湘云的牙牌令"御园却被鸟衔出"的奇语。

什么鸟才会口含樱桃呢？

鸳、鹊、雁、鹤，皆否。黄莺与夏景无大交涉。宋词人蒋捷名句"红了樱桃，绿了芭蕉"，正是四月孟夏之末的季候。樱桃是"红"的代表，是春后"荐新"的美品。这时，只有燕子才是鸟中主角，"燕嘴落芹泥"。

倘若如此，雪芹处处"伏线"的手法，也是个规律性艺术创造，那么落于"御园"的湘云，该是由春燕的妙计，方得逃离的。

书中写黛玉《葬花吟》，有"梁间燕子太无情"等句，她也曾叮嘱丫鬟留心照顾"大燕子回来"……她题稻香村，又有"菱荇鹅儿水，桑榆燕子梁"的话。可是，怡红公子的"即事"诗，有莺有鹤，无燕。

傅秋芳家的婆子品评宝玉，说他看见星星月亮，就长吁短叹；看见燕子，就和燕子说话……

宝玉那回病起，首次出门散心，见杏花已过，一鸟悲啼，因而伤感百端以至推及无可奈何、欲"逃大造"……这引起他万端思绪的鸟儿，则不像燕子。

总之，与怡红相关的，只有一个女儿春燕。她后来如何了？莺儿、春燕，有意配对儿，莺儿日后的情节命运，也不可知。

"无可奈何花落去"，沁芳流尽。"似曾相识燕归来"，她"衔"了"樱桃"回来了！

无限烟云，令我遐思梦绪，时切愚衷。

诗曰：

> 曾吟燕嘴落芹泥，红了樱桃日欲西。
>
> 出入御园轻似剪，宫墙高处不须梯。

情榜

在雪芹已写出的书稿中，原有一张"情榜"，应是全书的结束——这是明清小说的一种传统形式。（如《封神演义》有封神榜，《水浒传》有忠义榜，《儒林外史》有幽榜，《镜花缘》有女科金榜。）这个榜之存在，有何根据？曰：有脂砚之批为证。一次是说估量正、副钗等的名姓、数目；又一次是说宝玉虽历经各种"警教""觉悟"，而终不能跳出情榜。

这就不是单文孤证，不是想象之词。

情榜者，列出了全体诸钗名单，每个人名下给予一个"考语"（古之考语相当于今之"总结鉴定"），考语二字，上字一律是"情"，下字配以各人的"特征"。

黛玉是"情情"，金钏是"情烈"，晴雯是"情屈"……极少几个略可推知，大部分已无从臆拟。最奇者，宝玉非"钗"，却为群钗之"贯"（或作"冠"），所以倒能高踞榜首。其他"浊物"，另有"男榜"，不相混杂。此外还有"外榜"，大约是张金哥、周瑞女儿、刘姥姥之外孙女青儿、卜世仁女儿银姐儿、倪二之女儿、农女二丫头、袭人之姨姊妹等等与贾府并无直接往来、居住关系的女儿们。

男榜、外榜，也许都是十二名？不敢说一定。

正钗、副钗、再副、三副……以至八副为止，共为"九品"，仍是古代品第人物的传统。"十二"表女性（"十二"为偶数、阴数之最大代表），"九"表众多（"九"为奇数、阳数之最大代表）。故$12×9=108$。一百零八是"情榜"的总数。

为什么非要一百零八？是专为和《水浒》唱对台戏——你写一百零八条绿林好汉，我写一百零八位脂粉英雄（秦可卿语）。

这就是雪芹作书的用意、目标，也是艺术构思和审美规范。

每人给一个"情×"的定品考语，是从明代冯梦龙学来的，冯是个小说大专家，搜编甚富，著有一书名曰《情史》，又名《情天宝鉴》。这就是"情榜"所仿照的"范本"，因为那书里正是把古来写情的故事分了细目，标为"情贞""情缘""情私"……

"情"，自六朝人方特重此字此义。昭明太子编《文选》，创立了"情赋"这一类目。"太上忘情，下愚不及情——情之所钟，正在我辈"，已正是六朝王、谢名族一辈人的思想和言辞。

书圣王右军《兰亭集序》说："……一觞一咏，亦足以畅叙幽情。"又云："及其所之既倦，情随事迁，感慨系之矣。"

雪芹"大旨谈情"。

妙玉续中秋联句诗：

有兴悲何继，无愁意岂烦。
芳情只自遣，雅趣向谁言？

《红楼梦曲》的煞尾一支：

有恩的，死里逃生；无情的，分明报应。

空空道人"抄传"了《石头记》，竟改题为《情僧录》——自名"情僧"。

"情僧"——又一千古首创奇文！

情僧是谁？

所以，宝玉终究跳不出情榜。他生死忠于情，是谓"情圣"。

林四娘

.

《红楼》书至七十八回，写到晴雯的屈枉悲剧，感动了当时后世的亿万读者。但谁也不曾料到，在同回书中，占了一半还多的篇幅的，却出来了一位姽婳将军林四娘。

这半回书，何所取义？又是一个有待思讨的课题。

这也是一种"试才"，出题的还是贾政，应试的主角也仍然是宝玉，环、兰陪衬而已。这回，做父亲的假严厉放松多多了，并且"揭露"了他本来也是个诗酒放纵之人，现下明白家运与科名无缘，也不再逼儿子走这条世路，倒有点鼓舞他发挥诗才了。

这个大变化，重要无比！——仅仅两回以后的伪"八十一回"开头就是贾政又逼宝玉入塾，连黛玉也赞八股文"清贵"！这一派混账话，公然问世向雪芹挑战对阵，大放厥词，大肆毁坏雪芹一生的心血——而有些"专家"却助纣为恶，直到今日还在助伪反真，给高某的伪全本一百二十回树碑立传，并以"功臣"自居，招摇惑众。你道这种文化现象，安然在现时代泛滥膨胀，怪乎不怪？

林四娘，何如人也？是明末清初的历史人物，是少见的名实相副的"脂粉英雄"。雪芹举出她，是为自己的"妇女观"做证。

林四娘，奇女子。她比"十三妹"（文康创造的《儿女英雄传》中的奇女人物，即受雪芹之影响）尤为奇特。

林四娘是救父的孝女——这事又与雪芹救父有关。

林四娘父亲是南京官府的一名库使，因故"亏"了公款，落狱。和曹頫的获罪缘由正同。

林四娘为了救父（筹钱即可赎"罪"），与其表兄一起经营奔走，并且"同居"一处。二人亲昵，嬉笑玩戏，"无所不至"，但"不及于乱"——严守节操，没有男女之间的非礼之事。

这一点，又与晴雯有共同的品格，足以古今辉映。

我在此粗粗一列，就显示出在同回中忽写林四娘，至少已蕴含着这么些用意。

雪芹本人不是女子，不能相比，那么能比而代雪芹救父的女英雄是谁？就是李煦孙女，李大表妹——书中的史湘云。

湘云也是与宝玉表兄自幼"同室榻"，淘气嬉戏，而"不及于乱"的好榜样。

雪芹写湘云："……幸生来，英雄阔大宽宏量，从未将儿女私情略萦心上，好一似霁月光风耀玉堂。"句句有其事实背景。这儿点出"英雄"二字，但抄本多作"英豪"，怕是不懂"英雄"之深义（以为女子怎么称之为英雄？），遂改为"英豪"的。

我推测，芹书真本"后半部"就有湘云因代宝玉救父而入狱、而入"御园"的故事情节。

记载林四娘事迹的，旧年我已收集几条笔记，颇多失实之言，亦不详备，最后方蒙学友告知：林云铭早有一篇林四娘传。后又知香港中文大学牟润孙教授已在论文中提到过。社科院历史所的何龄修先生将全文录来，方得细读，感荷良深。

宝玉这篇歌行与林黛玉的三篇相比，果然另是一种笔路、境界。林姑娘的

《葬花》《秋窗》《桃花》长歌，风流哀艳，真像女儿声口。而这篇为宝玉所拟歌行，却又沉郁顿挫，悲壮诡奇。因此益叹雪芹之才真不可及，拟谁像谁，绝无"一道汤"之迂笔俗味。

话又说回来：这些诗，再好也不过是作书代拟人物之言；他自己的诗，全不可见了！

宋妈妈

怡红院中，有位可爱的宋妈妈。

雪芹托于宝玉之口，素常对婆子并无太多的好感——因为一嫁了男人就变了。大抵粗鄙琐俗，让人嫌恶（wù）。唯独宋妈，雪芹虽着墨无多，却已使我深感亲切。

这妈妈多大年纪？形貌如何？正如雪芹写人，绝不在这俗套上下一死笔。有人说过，叫她姓宋，是派她"送"东西，故信手拈来，自然成趣。此话有理。但我谓雪芹时时"一笔多用"，含义甚丰，是故尚不敢断言只此而已。

宋妈妈是给谁送东西？所送何物？这就内容太丰富了。

书到第三十七回，笔墨转入一个新格局新境界：三姑娘的精气神，创立"家庭诗社"。正好贾芸送来了海棠，于是即以此名花为诗社之佳称。只这一笔，便"象征"了此社实为湘云而设（*海棠是湘云的"花影"*）。

诗社创始，宝玉忽在此际想起要给湘云送东西——何也，何也？

笔笔伏线，句句妙绝！

然后，再看送的是什么。

那盒里装的是：红菱、鸡头，新蒸的桂花栗粉糖糕。

只看这名色，一片清秋新意跃然纸上。

有位红学专家（**专批别人，显弄自己**）大言不惭，说这可见雪芹写的都是"南方"风物（**因为他是南人**）。

实在是少见多怪，不懂老北京的事。

北京北城什刹海，旧时盛产菱、藕、鸡头。到秋季，街上叫卖，王府里女眷，特别喜吃鸡头米——芡实。这在皇族后裔金寄水的著述中写得一清二楚。什么"南方"风物？真是夏虫语冰也无法强比了。

回头再讲，那几样东西的含义又在哪里？

红菱和鸡头是关系到旧时妇女装饰的比喻性果品，这层意思较为隐晦。栗子是常常为人用作"立子"的吉祥果，大抵与婚姻相联。这些新果，带着浓郁的清新高爽的气味而又富于色彩和佳味。

栗子磨粉做点心，是高级考究的小食品。例如老北京的东安市场，驰名特产就有栗子面小窝头，十分受人珍赏。（**后来只以玉米面假充，无复真味了。现今连这也没了吧！**）

什刹海有很多别称，如"莲花泡子""鸡头池"等皆是。有趣而耐人寻味的是：在北京只这地方盛产菱、藕、鸡头；而偏偏老北京历代相传，说什刹海即是"大观园"（**的原型**）。《红楼》书里交代得明白：送来的几样东西，都是园子里自己新收的……

怎么这么"巧合"呢？

宋妈妈一到，湘云先问：宝二爷做什么呢？宋妈也不俗，居然能说出"要起什么诗社呢"。湘云一闻此言，大出意想之外，急得了不得。

及宝玉听了宋妈妈回来一述说，比湘云更急，立逼着老太太去接湘云……

书中凡写湘、宝的事，与宝、黛间的情景气氛是完完全全地异样悬殊，是极重要的一种艺术手法。

正是："花自飘零水自流。一种相思，两处闲愁。"

贾雨村之联与钗、黛何涉

"玉在匮中求善价，钗于奁内待时飞。"此贾雨村穷居葫芦庙时所吟之联语也。有人便"解读"了，说上句"玉"指黛，下句"钗"即薛宝钗，而且还说"宝钗后来嫁了贾雨村"，云云。

天下之奇，无奇不有，但未有奇过于此者也。

按此联前接五律，后启七绝，都是贾雨村困窘中自鸣自慰，自卜自期——共有二层心事：一是自己怀"才"不遇，一心盼想"发迹"；二是见了娇杏，梦想"玉人"看上了他，"是个风尘中知己"。如此而已。

所以，上句是自喻，暗用《论语》，若有美玉，是藏在匣中不让它面世呢，还是求善贾而"沽"（卖）了呢？孔子答曰："沽之哉！沽之哉！"是说有才即应"用世"（从政，治国……），不应隐逸无所作为。这全系自许自诩——怎么扯上了林黛玉？难道她是个招摇过市、求售自身的人？有谁读《红楼》而得出这样的"印象"？

至于下句，是以"钗"喻女，指他意中的娇杏——她身为丫鬟，如金钗闭于奁内，有朝一日会化龙为飞（用古典）。

这后三字是雪芹的巧笔：如果读成"待时而飞"，是静候机缘、得有"出头"之日的意思。然若读为"待——时飞",那就可以解为一心等待贾雨村来讨她做二夫人了!

盖雨村名"化",表字"时飞",号"雨村"者,是用《孟子》"春风化雨"的出典("化"又谐音"话","雨"又谐音"语",多层巧妙,出人意表)。这种双关妙语,全然属于此时此地的穷儒贾雨村的心事——这如何会与后来的林、薛二女有什么"关联"?

雪芹的书不易读,确须人解。但解者也须懂作者的笔法,看明白原书的文情事理,哪能"望文生义",胡乱拉扯,哗众取宠,自作聪明。我们要对读者负责,对作者负责,开口乱道是不道德的。

『饿不死的野杂种』

题目的这句话，是平儿骂贾雨村的用语，全部书中如此尖锐不客气的愤词，堪称仅见，而且出于最平和最稳重的平儿之口，则其分量之重，不问可知。

平儿叫他"野杂种"，是什么意思？这儿须回顾书之开头不久，冷子兴一说荣国贾府，雨村立即接话，自称是"同谱"同源；及拜见贾政，竟用了"宗侄"的名帖。平儿不承认这个假"宗"，故骂他为野杂种，冒充混装者也。

贾雨村先是巴结贾政，而后又去奉承贾赦，利用官权，毒害石呆子，强取人家的珍贵扇子（**书画、雕、刻**……）。此人之品格，卑下已甚，什么坏事都做得出。后来，居然升了"大司马"——兵部尚书。"中山狼"孙绍祖在兵部"待选"。这暗示：这两个坏东西日后勾结，贾府事败时，不但不报恩救助，反而落井下石。

书中写他，除开卷让他"出场"外，以后就统统是"暗场"手法。他护送黛玉入都，到府后黛玉再也未拜见她这位"业师"。他"回回要见宝玉"，却无一字正面写宝玉会见他时二人的言辞情状。他对恩人的女儿英莲（香菱）也无半句叙及是否知悉，是否有所表示。

平儿透露：府里自从结识了他，惹出了多少事！——无限"丘壑"，只一笔已然说尽了！

贾政老实人，不识其奸险之性，拿他当好人敬奉，酿出悲剧。在"后之三十回"书中，必然还有他的情节故事。

贾雨村的官太太娇杏，进过贾府做客吗？若果有之，她该碰见香菱——本是丫鬟、小姐，而今一贵一贱，地位悬殊。雪芹应有精彩文字。

孙绍祖是大同人。雪芹高祖曹振彦由顺治九年（一六五二年）任大同知府。我们推断必有救过"孙绍祖"这家人祖上的恩德。可是绍祖明知"当日根由"，却毫不顾念，反而要害恩人。

"中山狼，无情兽"！兽犹不是全然无情，知恩报恩的事时见于前人记载——而孙绍祖却连兽也不如。

雪芹对此，忍不住"破口"了。

我因此想到：雪芹当日定是受过这类野杂种、中山狼等等之人的欺凌逼害。反之，他也应是在极困难险阻时得过女子的深情助救，方得绝处遇生。

这应也是他尊女贬男的原因之一端。

回到书里来，再说一层：贾琏因不忍贾雨村害石呆子，说了一句话，被贾赦打得卧床难起，而宝玉被贾政怒笞几致殒命，也是刚刚会了贾雨村，而贾政嫌他会见时全无"表现"……

请注意：雪芹笔法是"对称对应"的，此两回书一明场、一暗场，明暗相呼应，可知王府长史官来找宝玉讨戏子，也是贾雨村说了坏话引来的！

诗曰：

为狼为兽尚分门，险毒还推贾雨村。

切齿骂他野杂种，堪悲绍祖氏为孙。

男人「秽臭」

红楼夺目红

　　雪芹抑男扬女，皆因一生受若干男人之害，有激而贬男崇女。他著书也为"几个异样女子"传神写照，本不是以写男传男为目的。但他笔之所至，生花粲妙，也是断不可及。

　　他写贾珍、贾琏，有褒有贬，十分"科学"。他写贾瑞、贾芹，又有另样笔触。他写贾芸，便大大不同了。

　　他写冯紫英，他写柳湘莲，他写倪二，好极了。

　　所以，事情不可一概而论。

　　最值得深思的，他还写了一个张道士。

　　这些男人，同样活在纸上，动在心里。他们三生有幸，进入了雪芹笔下，遂得永传不朽。

　　我很喜欢作为大户族长的贾珍：年根底下了，把东西分成份儿，放在院中给族中穷子弟过年，他自己披着猞猁裘，铺了狼皮褥子，坐在台矶上负暄——看着人们来领东西。他见贾芹来了，此人不务正业，吃喝嫖赌之徒。贾珍一见他那样子，就不容情了：

贾珍冷笑道："你还支吾我。你在家庙里干的事，打量我不知道呢！你到了那里，自然是爷了，没人敢违拗你。你手里又有了钱，离着我们又远，你就为王称霸起来，夜夜招聚匪类赌钱，养老婆小子。这会子花的这个形象，你还敢领东西来？领不成东西，领一顿驮水棍去才罢……"

你看这么多好的长辈气概，多么好的传统家教！难道现代的坏子弟不需要这么训斥训斥？他有尊重，他有威严，做子侄的会不惮畏？这种文字，也是《红楼》之独擅，在别处是找不到的——写出一位大族家长的身份，对待族中子弟的态度，有一番严正的气概，令人萌生敬畏之心。可见雪芹对这样的男子还是笔下有情，表示赞赏的，不尽突出男人"秽臭"这一点了。

当然，雪芹也没有掩饰贾珍的短处，赖嬷嬷的评论，"异兆发悲音"……皆不为之讳。这正是一种历史家的科学精神，亦即鲁迅先生指出的：不再是过去小说的好人一切皆好，坏人都坏的老套眼光了。价值正在于此。

还有写贾琏，又一笔法。人们只看见他好色这一生活面，却大抵忽略了他的长处。

他与妻（凤姐）同管荣府这个上下几百口的大宅，每日少说事情也有二三十件！凤姐只是掌管内宅女眷们的家庭细务，他却身负"对外"百般酬应的重任，一处弄不好都会招祸（上司、王府、贵戚、官场……），才干非凡。建大观园迎元春驾，他是主干才力。谁能替代？真是了不起的好样的人才。

他为人正直，没有恶迹。他父亲硬买石呆子的好扇子，人家不卖，竟叫贾雨村用"官"权强夺了来，害得人家家破人亡。贾琏实看不过，只说了一句对雨村不敬的反抗话（还不敢直抗父亲，那要犯大罪），就被贾赦一顿打得卧床动不得！

此事雪芹以"暗场"表之，以平儿之口大骂雨村"饿不死的野杂种！"——也不敢"骂"贾赦呀。

我很同情贾琏，为掌家，吃尽了苦头——却正是曹雪芹的神笔感动了我。

　　诗曰：

　　　　曝日风光腊尾年，狝裘狼褥大厅前。
　　　　怜贫分物般般事，写出男人气宇篇。

「三爷」与螃蟹

《红楼》中放风筝，与俗常所见儿童放起来的赏心乐事不一样，那叫放"晦气"，而且是真"放"走了它，不再收回（**存着再玩**）。

在此之前，从未提到过人皆有风筝玩，可是一提要放风筝，立时每人房里都拿出一个来。可谓一物不缺，应有之外，"不应有"也有之了。

妙的是，每人的风筝都与本人密切相关，配合成趣：嫣红是大蝴蝶，宝玉是美人，探春是大喜字，黛玉是征雁……唯独"三爷"（贾环）是个螃蟹。

把螃蟹"分配"给"三爷"，实在妙极。

螃蟹这东西，看上去就是恶物，二螯八足，横行无忌，欺侮别人，一身铠甲足以自保无虞，谁也"吞"不了它。

蘅芜君是作讽蟹诗的压卷人。看她如何下笔——这且稍待，我很想先"捉摸"一个新问题：为何刘姥姥二进荣府，史太君两宴芳园，却正是吃螃蟹？而且，螃蟹偏偏又是宝钗替湘云出的主意，然而又非湘云置办，也是宝钗家里讨来的，这有无寓意埋藏笔内？

螃蟹宴上，还发生了平儿抹了凤姐一脸"黄子"的奇情——这儿实际是透露了贾赦那边的人污蔑鸳鸯和贾琏有"暧昧"的谣言，又由凤姐口中变相吐出。

琥珀在这个场合例外地发了话。一切是如此地不寻常，少闻少见。

更奇怪的是，只听见姥姥惊叹这样的大蟹今年值多少钱，一顿需二十多两，够穷人过一年的——只未说到姥姥到底吃了螃蟹不曾？似乎她只是坐观，而不动"口"。

老太太说，虽好吃，却不是什么好东西，吃多了要出毛病。姜醋不必多说，还有绿豆粉洗手的考究，哪个高级人家懂得？

看来，家里家外，有蟹横行，大家还只顾口腹和玩乐。刘姥姥冷眼旁观，她虽不是"哲学家"，定有所感。

且看诗吧——

持螯更喜桂阴凉，泼醋擂姜兴欲狂。

饕餮王孙应有酒，横行公子却无肠。

脐间积冷馋忘忌，指上沾腥洗尚香。

原为世人美口腹，坡仙曾笑一生忙。

此乃宝玉之首倡。可注目的就是"横行"与"无肠"之语，再加上一个"冷"字——皆对无情之人之讽词，这不待多讲。结句引坡仙笑它"一生忙"，却充了仙人的口腹之欲，此当是暗指"后半部"书中的变故，皆非泛语。

再看：

铁甲长戈死未忘，堆盘色相喜先尝。

螯封嫩玉双双满，壳凸红脂块块香。

多肉更怜卿八足，助情谁劝我千觞？

对斟佳品酬佳节，桂拂清风菊带霜。

此为黛玉之作。她的诗，总显着刁钻纤巧，带着轻薄气。从首句看，似刺一武人，但下文多肉堆脂就又不太像了，不敢妄断如何。姑就结句而言，这个重要的"对斟"是说谁？

不必"统计"可知，大多数人必以为此指宝玉、黛玉二人无疑。但此"无疑"我却有疑。因为，"桂""菊"皆与她自己无关，桂与萱对，另文再讲。"菊"在此专属湘云。湘云是菊社主，本为同时的情事甚明。此乃从黛玉口中遥注后文，与《秋窗风雨夕》咏"离人"为同一手法。

再看宝钗怎么说——

　　桂霭桐阴坐举觞，长安涎口盼重阳。

　　眼前道路无经纬，皮里春秋空黑黄。

　　酒未敌腥还用菊，性防积冷定须姜。

　　于今落釜成何益？月浦空余禾黍香。

这是三首之冠，受到称赞。那么，宝钗的讽刺，又是对准了谁呢？

"眼前道路无经纬"，即是"横行"之同义。"皮里春秋空黑黄"，即无情无义，背伦反礼。所讲的都是虚妄之理。

关键端在结句。不管你多么横行霸道，最后终于是个"落釜"的结局。月浦者，蟹之故地也，如今那儿不见了它的形影威风，只剩下一片庄稼丰收的喜气。

依我看来，这也仍是"三爷"的写照。他一生只盘算害人，结果却自惹其祸，白白"填还"了仇家敌姓。

这岂不就是"到头来都是为他人作嫁衣裳"？

贾环应该是破坏黛、钗两局之人，一心害宝玉，却终为别人利用——贾家内部自相戕伐，外祟方得乘隙来攻。

"自执金矛又执戈，自相戕伐自张罗。"——庚辰本题诗也，何等明显！

"有恩的，死里逃生；无情的，分明报应。"这上句指巧姐，下句指贾环。

所以，吃螃蟹有刘姥姥在座。

湘云不在前半书中，是另一格局，故独她不作螃蟹诗。

怡红院浊玉

　　"怡红院浊玉"是宝玉祭晴雯的诔文中的自称署名，是很郑重虔诚而又谦抑沉痛的。这五个字可谓"来历不小"。

　　"怡红院"一称，并非正式命名，只是园中人的口语简称而已。其正式赐名是"怡红快绿"，元妃之命也。然此四字又非新创，只是"修改"了宝玉试才时拟题的"红香绿玉"。

　　即此可见，"红""绿"始终是此一处轩馆的眼目。

　　元妃为何不喜欢"红香绿玉"？书中不言，我亦未解。原拟与改后的差异何在？一是免去了"香"和"玉"，二是添加了对红、绿的赏识态度，即增入了"怡""快"两个"动词"。

　　"香""玉"等字眼，有点落俗，不喜有不喜的理由。但"香"喻"湘"、"玉"指"黛"的一层关系，就全然隐去了。

　　宝玉所以题"红香绿玉"，是紧扣院中的"蕉棠两植"。所以他的五言律诗也是"绿玉春犹倦，红妆夜未眠"。（"倦"言蕉之未展，还在"休息状态"，故与"眠"对仗。不解者改为"卷"，失其妙意矣，化活为死矣。）

　　蕉者，只有大叶铺绿。棠者，所谓"丝垂翠缕，葩吐丹砂"是也。此喻黛、湘二人，他人无份。

这样看来，黛玉之美在眉，而湘云之美在口。

黛玉必施粉，合乎《楚辞》的古句"粉白黛绿"①。黛本眉色，故号"颦颦"。其眉曰"罥烟"（**二字亦见敦敏咏柳诗**）。

对于湘云，回目中特别题之曰"脂粉香娃"，一清二楚。胭脂的美（**一次宝玉和袭人夜话，也有"粉淡脂红"之语**），属于湘而于黛无缘。

说到这儿，就必然要提一下宝玉"爱红的毛病"——吃人嘴上的胭脂。"怡红"之"怡"，似即因此。

重要一点是：宝玉自己愈往后愈只重红而不兼于绿。例如，"怡红公子""茜纱公子""绛芸""绛纱"，都是红，不见了绿。

在数十回大书中，叙事言谈，各种场合，总未见谁特别说到院中的芭蕉，只诗句中偶一点染，也很清淡，绝少重笔突出。

反之，在写小红时，特写海棠。在写晴雯时，特写海棠。

海棠在"占花名"酒令中再现，与他处呼应。

够多的笔法了——都是为了安排湘云才是"后半部分"书的唯一女主角。

对这些生花妙笔，至今"视而不见"者仍然大有人在。

---

① 出自《楚辞·大招》："粉白黛黑，施芳泽只。"——编者注

红 楼 夺 目 红

第五扎

Fifth

绛芸轩

宝玉自榜所居之室曰"绛芸轩"。此名始见于第八回,宝玉(与黛玉)从薛宝钗处吃醉归来,晴雯迎接着他,说:

> 研了那些墨,早起高兴,只写了三个字,丢下笔就走了……你头里过那府里去,嘱咐我贴在这门斗上的……我生怕别人贴坏了,我亲自爬高上梯的贴上,这会子还冻的手僵冷的呢。

于是黛玉举目看时,却是"绛芸轩"三个大字——还称赞说写得这么好了,几时也给我写一个……这是宝玉尚随老太太一处住的府院中(**西路中间大正房**)的情景。

及至第二十一回后宝玉随众姊妹住入园子里,他又将此轩之名移在怡红院中,证据是四时即事诗有"绛芸轩里绝喧哗"之句,应无疑问。

"绛芸"二字怎么解?

照"规律",雪芹总是一笔多用,一名兼义。此二字也不例外。

书中所有男子(**医生不算**)进过此轩的,只有贾芸一人。此点立刻令人悟到"芸"虽是书香的事，却暗含贾芸的关系。

恰好，贾芸入轩，是有小红（**林红玉**）引绪，而日后芸、红结为夫妇。由此又生一义："绛"即"红"色，此隐指异时芸、红二人救助落难的宝玉于困苦之中。

然而，宝玉幼时自号"绛洞花王"（**"王"，或讹作"主"，非**）。如此则"绛"又有自寓之义。"芸"，与"云"音同——是则轩名又含有最后宝、湘会合的要义。

但奇妙的是：宝玉得知湘云流离苦难中的下落，本是由贾芸而传来的音讯。

这样说，证据又何在？就在起海棠诗社时，正好是贾芸送来了一盆海棠。

须不可忘记：海棠花是湘云的"化身"与"象征"！

所以，只"绛芸"一名，早就"预卜""注定"了一件大事：由芸、红夫妇的功劳，使得宝、湘二人也终竟结为"白首双星"。

［注］

按《长生殿》而解，"双星"本指牛、女二星，是他（**她**）们二人的神力使得唐玄宗与杨玉环终成"连理"。总之，不论如何释说，这个巧妙的结构章法之奇，是千古无对的。

绛芸轩解『绛』

宝玉自题所居曰"绛芸"之轩，何所取义？有人讲过吗？我耳目闭塞已久，难以访求，是以只能略述白家的一点想法。

"绛"，是"红"的代词。"芸"，是香草，却与书卷有关。宝玉幼时即自命为"绛洞花王"，稍长方有"绛芸"一义；虽先后有异，而"绛"则一也。"绛"又可变换用以"茜"代。所谓"茜纱公子"，纱是窗，轩之一部分，而"轩窗"实又一义之复词。文字的妙用，即文心的慧性是矣。

"芸"，大约是"云"的谐音变词。因为"绛芸"也可以即"红香圃"的"红香"，而此圃实湘云醉卧之所也。

妙绪纷纶，无往而不贯通。

"怡"者是"红"，"香"者是"绛"，窗上有茜，丫鬟又有茜雪与红玉。曹雪芹则作"红"楼之梦于悼"红"之轩。

伟哉红，美哉红，奇哉红。

宝玉有"毛病"，曰"爱红"。他爱吃人家嘴上的胭脂——今之名为"口红"者也。

想起《楝亭集》早有咏红诗五言长篇，每一句都是"红"的典故，可惜我学识太浅，不能尽知，至今亦无笺注本。

看来，红是曹家的一种精神命脉，外人不知其中深味。

我想，红色在中华文化上的含义丰富而重要，比如它代表花，代表女性美，代表喜庆欢乐，代表旺盛欣荣，也表示命运——"走红运"，某名角"唱红了"……

红总是美好的。

饯花，辞红也。红逝，故悼红也。故我曾说：雪芹是有红则喜（怡红），失红即悼；与红相依为命，古今中外，恕无第二人。

如今世上出了一个"红学"。此"学"名"红"，红在何处？乱七八糟之中，似乎"姹紫嫣红开遍"——"遍青山啼红了杜鹃"，有此景象否？宋词中却有一个新词语，叫作"闹红"，是形容荷花的盛况。似可借来一用，加以变解。

红的代词变语，还有丹、赤、朱、赪、绯、茜，大同小异。少陵诗："可爱深红爱浅红。""晓看红湿处，花重锦官城。"李后主："林花谢了春红，太匆匆！"秦少游："飞红万点愁如海。"红之可喜可爱、可伤可痛者如是。

雪芹的"红"，谁能尽情领略之？

宝玉的十小厮和四男仆

宝玉有书童名曰茗烟，人皆知之。然茗烟又唤焙茗，一人二名，关系如何，因何改换？未有明文交代，人或疑之。

欲解此疑，须从宝玉的小厮命名的"整体"来推考。宝玉有小厮多人，"知名"者至少六个，这六人见于第二十四回贾芸入府拜见宝玉时，先见茗烟与锄药两个小厮下棋，因夺"车"拌嘴，次后见"四五个"小厮在那儿掏家雀儿，点名的是引泉、扫花、挑云、伴鹤。

所以合计点名的有六个。

既然如此，可知这六人是排名有律的：上一字是"动词"，下一字是"名词"（这是借洋语法之述语，我们古代只叫"虚字""实字"），因此确断茗烟本作焙茗，是他的"正名"。

那么，"烟"又从何而生的呢？

这要看宝玉给潇湘馆题的对联，其上句就是"宝鼎茶闲烟尚绿"。茗（茶之别称）烟的"出典"在此。

把焙茗改茗烟，想来是宝玉后来一时兴之所至随口这么叫了一下，就成了"雅号"了。

如此说来，是否茗烟是和黛玉那边有艺术暗喻呢？假如循此而推，则扫花、锄药，皆可视与黛玉的情节有关联。

但是，事情又不如此简单。引泉、扫花合起来，明明是"沁芳溪"的注脚；而引泉与焙茗合看，又是品茶拢翠庵的隐喻。

哪个对？还是兼寓数义？

然而真正令我惊奇的却是挑云与伴鹤二名。

如何解读这罕见而新鲜动人的小厮之雅号？还得从宝玉身上去寻找秘密——因为名虽小厮，也不过是宝玉的"分身法"罢了。

我的看法是这与宝玉乞红梅诗有关联。试看：

入世冷挑红雪去，离尘香割紫云来。

这本来是借梅喻"媒"，上句隐射薛（雪）宝钗，下句隐射湘（香）云。所以，挑云者，是这二句的"浓缩"，而双挑之中又以"云"为侧重点。

再看，宝玉的四时即事诗，其秋、冬二首，各有咏鹤之奇文：

苔锁石纹留睡鹤。

松影一庭唯见鹤。

这是指明：鹤为怡红院中最为重要的一个象征品格，也就是湘云的幻影，因为中秋夜黛、湘联句，湘云的奇文正是"寒塘渡鹤影"，而那鹤明明白白地是飞往藕香榭去——藕香者，即喻"偶湘"。

不要忘记：此榭，有特笔专叙形同史家的"枕霞阁"，而把对联读与史太君听的，又正是史湘云史大姑娘！

还有，写湘云男装时，用了特笔"鹤势"。史湘云，仙禽也。

以上说了半日，只有六名小厮，不知题目中的那个"十"，是何道理？

原来，这就要看第二十八回了，书到此回，忽有茗烟来报，说冯紫英冯大爷请赴宴。宝玉于是忙命取出门的衣服，坐在外书房换好装束，由四个小厮陪随而往——

哪四个？曰：茗烟、锄药、双瑞、双寿。

这就好极了！

茗、药二人，上文已述，贾芸先看见的就是他两个"夺车"。可知此二童之重要，于此复现。

但是，双瑞、双寿，前所未闻，突如其来，何也？

此二名，与前六者不是同一"体例"，另成新格——则又何也？

原来，四月二十六芒种节，是宝玉的生日，暗笔难知，故又特用"寿"字点醒。此日宴会，亦即祝寿之礼，故脂批说明："西堂产九台灵芝日也。"

这话实指宝玉（雪芹）生日是个大吉祥日，有特异的祥瑞为之征兆。

"双瑞""双寿"，义既解明，还剩下一个问题：为何又用"双"字？难道宝玉一人生辰，还拉上别人？

答曰：君不见第三十一回回目云"因麒麟伏白首双星"乎？

"双"字的根由，端在于此。

除了这个"双"，全书中再无用它的例子了。

雪芹的文心匠意、慧性灵情，于这些"细"处尤宜用心体察领会。

《石头记》没有闲文废字。在这一点上，也是古今特绝。

以上小厮已有八名之多，可是还不止此。又有扫红与墨雨二名，则令人感到稀奇，有点儿不好"处置"——

才叙过，已有"扫花"了，岂能又用一个"扫"字？况"红"即"花"之代称，习见于诗词中，更令人疑惑：莫非是版本之异，或雪芹原稿即有一人而先后两标之例（**书中不乏**）？如系二人，那"扫"字肯定是错字了。

至于"墨雨"，更觉突兀——因为它与以上九名之"语法"独异（**不是上字动词下字名词**）。再者，如"二扫"确系二人，则共得十名；若是一人，则合计只有九人，"墨雨"落单，加倍不合"体例"，应无此理。

那么，若容许试揣悬设，则墨雨还有一个对仗的小厮之名。

从各层文辞传统的习俗关系来"对对子"，似乎可以是"砚霞"。如若不然，即可解为：焙茗改"茗烟"，是与墨雨对称的。

宝玉有十个小厮，还有四个健仆，其名曰张若锦、赵亦华、王荣、李贵。四人之中大家只记得李贵，因为他答对贾政的询责时能够背出"呦呦鹿鸣，荷叶浮萍"——惹得众清客哄然大笑。（本是"食野之苹"，《诗经》的句子。）

其他三人，简直是"名不见经传"。这四人的取名，荣华锦贵，独无"富"做搭配。而看雪芹的思路，是"赵钱孙李"与"张王李赵"二俗语的拆拼复排而成。里面没有"孙"，也没有"钱"。

可注意的是："若""亦"二字。"若"者，外表如花似锦也，含的是内里无实。"亦"者，也寓有"本来不华，也像是华"的语味。

王荣者，"忘荣"也。宝玉从无求荣的念头；"王"也可读如"亡"，即"无"之义也。

李贵又何也？尚不敢断言。大约是"离贵"的谐音而小变（以上声代平声，曲律中有此一条原理）。

总起来看，宝玉是不荣不贵，锦绣繁华皆假象虚声，并非实际。

这是不错的。因为，连宝玉自身也是个"贾（假）"，其仆焉能有真乎？

结语：宝玉共有小厮十人，此十童命名，各含深意，甚至可以说是全书的主题关目，已具于此。

[附语]

第三十七回探春开创海棠诗社，实际主题是为了史湘云的正式入园主盟菊花诗而设。海棠是"七节"的秋海棠，其时探春曾因为"风露所侵"徘徊月下，皆是秋日情景，故诗句有"秋阴捧出何方雪"之诧，表明其时非冬天雪之意也。而校订版本者每将探春之邀诗柬末两句校为"若蒙棹雪而来，娣当扫花以待"，谓用"雪夜访戴"之典云云。其实不可通也。"棹云"[1]，是李贺诗中句意，与"云"双关，又巧用宝玉小厮挑云、扫花为对仗——"云"即隐湘云之为海棠社夺魁者。若校为"雪"字，全不可解，尽失文心匠意了。

---

[1]　出自李贺《始为奉礼忆昌谷山居》："不知船上月，谁棹满溪云。"——编者注

宝玉的『原则性』

原则性，这是今天人的"现代词语"，在乾隆年代，没人懂这种"洋话"。但雪芹的的确确有严峻不可侵犯的原则性——这就是他拒绝任何人向他灌输"功名利禄"的思想，并劝他走仕宦荣华的人生道路。

湘云和他最亲，实际远胜于黛玉之"密"，却也在他面前碰了硬钉子。

这就是那一回贾雨村又来了，又要见宝玉，老爷打发人来叫他，他无法，只得不耐烦地去换会客的衣服。这时满腹抱怨，厌恶这个"禄蠹"之人，说他回回定要见我做什么……湘云在座，听了就说："主雅客来勤"，他想见你，必是见你有些好处才如此——意谓也是"知音"之诚。然后又说，你也该会会这些人，以便日后"进入社会、官场"时，也好做人处事。（这都是我的复述大意，不是引据原文，因为那就会像做论文，提防要"变味"成死文章。在此声明，别篇亦同，不再絮絮。）

应知湘云是个心直口快、光明磊落的秉性，并无什么深心密意——更与她要宝玉走什么功名利禄的道路等等思想无关，不过为宝玉计，希望他适当应酬世路而已。

宝玉听了此话，立刻说道：姑娘（这二字，语气已严正极了），请别的屋里坐坐（丝毫不客气，下了逐客令！）。宝玉并"反击"：我也并无什么"雅"处，是个大俗人！

好极了！

宝玉的原则性，早在第五回进入秦氏外屋时就表现得再清楚不过了——他一见"世事洞明皆学问，人情练达即文章"的对联，就绝对没商量地喊道："快出去！"所以，只要一涉"世事""人情"，就违离了他那诗人的心灵境界，就无法忍受，片刻也不行，遑论与之"相处（chǔ）"。

然而，切勿弄错了：以为宝玉这就是要和湘云真的"决裂"。

事情的实相是：宝玉心知，湘云与宝钗同住，刚才的话，是受了宝钗的影响；他的"表态"，是说给袭人和宝钗听的。会读雪芹书的就会悟知：下面正是接上袭人发话，说宝姑娘也是上回这么劝了他几句，就被他不留情面，严词拒绝，而宝姑娘为人厚道，竟忍而离去，不加计较——若是林姑娘，早恼了，云云。

这话已然点醒，湘云本人只是个心直口快心肠热，并无什么真的利禄"思想"，不过学说了"宝钗体"的几句听来的话罢了。

然而，只因袭人拉上了黛玉做反比，这又引出了宝玉的一番"见识"，说：林姑娘何曾说过这种混账话？她若说这些，我也早和她生分了！

于是，评论家抓住这段书文，大加发挥，说黛玉和宝玉的"爱情"是由于有共同的"叛逆思想基础"，云云。于是力贬湘云，列入"反面派"。

黛玉"叛逆"吗？她"叛"了什么？"逆"了谁？她不过是个感情细致、喜欢诗意的女孩子，一点儿不懂得日后结婚生子、柴米油盐，如何"生活"的严峻问题——根本不同于什么"人生理想"，也够不上"处世哲学"。她不是真的悟知了宝玉的精神境界而有所契合——书中没有这样的表现之痕迹可寻。

宝玉一心只厌恶浊臭的男人们的秽恶，争权夺利，不做好事，玩弄女性……以女儿为"水做的"，以示区别。所以，当他听到女儿口中说出"世事人情"的话，便"发狠"说是臭男人们"祸延闺阁"——根源是男人之罪恶，他仍然不是真怪责女儿。

　　湘云是"从未将儿女私情略萦心上"的光明磊落之人，她被宝玉骂为"混账话"，直是"破口"了！但她也并未"往心里去"，不过浮云一掠，红日还明，何尝真要宝玉"走"什么"道路"？

　　光风霁月，英雄阔大——终于有始有终，无城府心机，有利害盘算——只有她有资格赢得宝玉的真爱。

　　附带题外几句话。

　　雪芹的书，既然"原则性"如此不可丝毫通融改变，那么伪续的"第八十一回"，一开篇就是"两番入家塾"，而此时的"林黛玉"的口里竟然说出了那八股文"也清贵些"！你震惊不震惊？如若前番疑湘云、宝钗、袭人为同流人物，不赞成功名利禄，而独黛玉不然，所以"宝黛爱情"最为崇高神圣。那对"八十一回"的黛玉又做何解释呢？力主八十回与后四十回"一体"无分的观点以及大捧高鹗"伟大"的论调，依据又到了哪一国土里去了呢？

公子是何人

在一部《石头记》中，谁敢称敢当公子之名？

第五回神游幻境，袭人的册子判词是：

> ……堪羡优伶有福，谁知公子无缘。

这公子是谁？宝玉。

又，晴雯的判词说：

> ……寿夭多因诽谤生，多情公子空牵念！

公子又是谁？宝玉。

一次见，可视为单文孤证。两次见，就不同偶然了。

还有三次见吗？

答曰：有。

在诗社里，宝玉作诗时，落款署名，四个字是"怡红公子"。

荣府"玉"字辈、"草"字辈人不少，未闻称哪个叫"公子"。

既如此，再看妙玉的幻境曲词：

> ……到头来，依旧是风尘骯髒[1]违心愿，好一似无瑕白玉遭泥陷，又何须王孙公子叹无缘。

这儿"第四见"公子一称了——又是指谁？

我说这公子仍然只指宝玉。

妙玉出家，是离尘；被逼还俗，是入世。入世即重落风尘，违其夙愿。但因已又还俗，日后又能与宝玉有缘相见于患难之中，并予济助关情。

看来，雪芹用笔，把"公子"一词用于四人：袭人、晴雯、妙玉、湘云——因为无论海棠社、菊花社都是以湘云为实际的主题人物，所以宝玉在社中单署此名。

君若有疑，请再读祭雯作诔之时，又转笔点醒"公子多情，丫鬟薄命"。

这该是"第五见"吧？

偶然乎？巧合乎？

至于"王孙"，说是行文措语，在词曲句法上需要搭配，这固无不可。但也不要忘记：雪芹就是王孙，不是夸张。他是赫赫威名的武惠王曹彬之裔孙——武惠封的是济阳王。

称之为王孙，亦非泛语。

诗曰：

> 公子怡红诗社题，神游簿册字迷离。
>
> 多情牵念须垂涕，莫把无缘作错思。

---

① 骯髒（kǎng zǎng），高亢刚直貌。——编者注

宝玉称公子

　　宝玉，在不同人的口中有不同的称号，这很自然；但也有异称、别署、绰号、自称……颇多意味。

　　比他大的，叫他"宝兄弟"，丫鬟们多称"宝二爷"。秦可卿须称之为"宝叔叔"——这在北师大抄本上最确，余者作"宝叔""宝玉叔叔"，皆非，因不合历史习俗。在诗社，大家公送他的雅号是"怡红公子"。脂批中有七律题诗一首，第三句是"茜纱公子情无限"（对句是"脂砚先生恨几多"）。又戏赠"无事忙""富贵闲人"二号。

　　但是清虚观的张道士只叫他"哥儿"。

　　"哥儿"，本是八旗人家称呼男孩的美词，很有韵味，不俗不鄙，非夸非妄。哥儿、姐儿，是旗人常语，是爱语、亲切语。偶尔用为嘲语反词，如京戏《法门寺》，刘瑾大太监"九千岁"，就把跪在下面不敢抬头的郿鄠县令赵廉叫作："哥儿呀，哥儿，你眼里还有皇上吗？！"

　　至宝玉自呼，则是"怡红院浊玉"。

　　这好极了。

　　写到此，不禁想起多年前广东一位归侨作得好诗，投函赠我多篇佳句，有一首七律的起句就是"摇落深知浊玉悲"——是运用老杜的"摇落深知宋玉悲",只换了一个字,也是好极了!令我击节难忘。

哥儿,口语;公子,文言。连在一起,却成为"公子哥儿",也就成了一个专词,雅俗共赏——可褒可贬,视其语气而定。

循此而推,就又有了一个"王孙公子"。

罗列这些干什么?君不见,这在芹书中是都曾用过的。

宝玉诔雯,中有"公子多情,丫鬟薄命"之句。"幻境"中判词也说她:"寿夭多因诽谤生,多情公子空牵念。"袭人的判词里说:"堪羡优伶有福,谁知公子无缘。"

可证雪芹把宝玉定位于公子,并无别意。

于是,问题来了——

在咏妙玉的曲文中,出现了"……好一似无瑕白玉遭泥陷,又何须王孙公子叹无缘"。不禁要问:"……谁知公子无缘"是明言袭人嫁了蒋玉菡,故谓宝玉无缘,而这儿又一个"公子"和"无缘",尽管上边多了"王孙"二字,那是为了配七言句法,并无异义,然则说妙玉"无缘"的这位"公子",到底是说谁呢?

或云:此"王孙公子"犹如《水浒》的"公子王孙把扇摇"一样,是泛词,非实指。但是同是第五回的同一个"公子"词语作为两义而用之,那就是说:他把书中主人公与当时贵宦人家的"少爷"等而论之,混为一谈,这样的铸词与"炼字",于文妥否?于心安否?

现实中的雪芹是武惠王之孙,是称之无愧的王孙,书中的宝玉是"国公"级的子孙,攀个"王孙",也不为"不够级别"。因为重点要害是书中只有宝玉是"幻境"之主。

"遭泥陷"——这泥又是谁?

宝玉以为,女儿是水做的,男人是泥做的,故为"浊物"。宝玉自署"浊玉"。不妨用数学方式画个等号:

泥做—浊物＝宝玉。

因此，一个可能的寓意是妙玉后来受了宝玉落难的牵连而遭到官府的拘捕逮问或其他刑辱发遣——比如当时的"规矩"总是将"犯官""罪家"的女眷人等发落到贵人家去做奴服苦。

妙玉是避"势家"仇人才带发出家的，为尼是个逃脱的形式而已。所以"欲洁何曾洁，云空未必空"，官府不把她当作真"出家人"，仍然是贾府之内的一个"女口"，照样判"罪"——是为何曾洁、未必空的本来语意，是愤语悲语。可叹"专家"不知芹笔的"曲"，竟认为是对妙玉的讽、贬，把她的结局说成了不堪入耳的境地。

呜呼！

妙玉是奇女。雪芹把她尊为甚高的品位，绝不会也不忍那么糟蹋她。"红学"自然需要"学问"，但更需要"精神"——精神世界、艺术境界。伪续的"走火入魔"的胡言呓语，已够混账了，何苦再为那种"精神世界"做一员"锦上添花"的干将？

当然，"太高人愈妒，过洁世同嫌"，太高过洁，应得"报应"，受这诬谤——雪芹所见所料，嫡真不差分毫。

诗曰：

> 研红先务自研心，利禄卑私日夜侵。
> 岂独妙姑泥所陷，红楼千古是悲深。

宝玉的诗

　　宝玉自入诗社，每每被评为劣等，受罚，他怡然自得，甘居人后——是不愿压倒女儿们。到他自作时，或与环、兰等同作时，则独展才华，风调不群。非可小视书中表面文章也。

　　他的歌行体最好，咏林四娘一篇，远胜《长恨歌》。至于律诗，五律以咏怡红院最为浑成精整；七律则推那四时夜景即事，篇篇有情有致，无懈可击。

　　那是宝玉搬入大观园之后，快活满足，尽情享受之时，曾作过四首即事诗，体乃七言律，时分四季。其词云：

> 霞绡云幄任铺陈，隔巷蟆更听未真。
> 枕上轻寒窗外雨，眼前春色梦中人。
> 盈盈烛泪因谁泣？默默花愁为我嗔。
> 自是小鬟娇懒惯，拥衾不耐笑言频。

　　此《春夜即事》诗也。这诗"劣"吗？尤其是颈腹二联："枕上轻寒窗外雨，眼前春色梦中人。"信为警句。"盈盈烛泪因谁泣"，从古人"红烛自怜无好计①，替人垂泪到天明②"脱化而来。"默默花愁为我嗔"，作"点点"者非。花嗔自己，此花谁耶？——下接小鬟不耐，即嗔之所指也。这是十三岁的荣府哥儿作的呀！自然难说就能与李商隐比美，可也总算"难为了他"吧？

再看——

> 倦绣佳人幽梦长，金笼鹦鹉唤茶汤。
> 窗明麝月开宫镜，室霭檀云品御香。
> 琥珀杯倾荷露滑，玻璃槛纳柳风凉。
> 水亭处处齐纨动，帘卷朱楼罢晚妆。

此《夏夜即事》诗也，写得更是精彩。别的且慢表，只看那中间两联将麝月、檀云、琥珀、玻璃四个丫鬟的名字巧妙运入句内，何等自然贴切。此篇以结联二句风韵超群，境界全新——写出了夏夜女儿们畏热乘凉的全景，"水亭处处齐纨动"，大观园内傍水楼台，彩扇一齐摇动，真好看极了！

令人不大觉察的，倒是首尾连起来，合成了"朱楼梦"三字，巧而不纤，隐而不晦，洵为佳制。

> 绛芸轩里绝喧哗，桂魄流光浸茜纱。
> 苔锁石纹容睡鹤，井飘桐露湿栖鸦。
> 抱衾婢至舒金凤，倚槛人归落翠花。
> 静夜不眠因酒渴，沉烟重拨索烹茶。

此《秋夜即事》诗也。暑去凉来，季候推迁，"绛芸轩里绝喧哗"，只这一句，已把秋天的静、肃表达尽致——也暗暗带出了宋玉的"悲哉秋之为气

---

① 出自晏几道《蝶恋花》："红烛自怜无好计，夜寒空替人垂泪。"——编者注
② 出自杜牧《赠别》："蜡烛有心还惜别，替人垂泪到天明。"——编者注

也"的感怀兴叹。

以下写睡鹤，写栖鸦，庭院之静肃中也。写婢至，写人归，室内之清幽也。天凉了，要加被褥，故侍女为添凤衾。自外进房的女儿，则在灯前卸妆——"落翠花"，我旧日不太懂，后悟"翠花""珠花"皆女儿头上所戴"首饰"。宋元话本还有"卖翠花的"（即串户入室的卖首饰的妇人）。"落"，"摘卸"之谓也。那时的妇女，只能到夜晚归房，方可卸妆宽衣，"自便"松散一下。若说这也是"劣"诗，只怕稍欠公平。虽不敢说是清新俊逸，也自潇洒风流。

> 梅魂竹梦已三更，锦罽鸺衾睡未成。
>
> 松影一庭唯见鹤，梨花满地不闻莺。
>
> 女奴翠袖诗怀冷，公子金貂酒力轻。
>
> 却喜侍儿知试茗，扫将新雪及时烹。

此《冬夜即事》诗也。冬夜之诗，写梅魂竹梦，俱已"入睡"，而人犹不眠。"三更"与春夜之"蟆更"呼应。"女奴翠袖""公子金貂"，写得真好，是富家冬景，文采斐然。翠袖诗怀，用杜少陵"天寒翠袖薄，日暮倚修竹"之句意。奇怪，怡红院中女儿，哪一个是能诗者呢？多年思索，未有确答。写那种高雅孤秀的东方文化女流的神采风度，来喻写《红楼》中人物，却是极为精彩而又含蕴。

注意：四诗的"重点"，是"铺陈"衾被之精美与夜渴茶饮之频繁。

这又所如何来？有旧作一文，今附录在此。或有会心，未可知也。

这些闲言表过，言归正传——就要问了：他写这四首诗，安排在这个地方，用意何在呢？

我请你注意思索几点：

第一，为什么不作四时白日即事诗，而单作"夜"诗？

第二，为什么在四首诗中，"霞绡云幄""抱衾金凤""锦罽鸺衾"就三次特写夜里的豪华精美的"铺盖"（被褥）？

第三，为什么四首诗中，"鹦鹉唤茶""荷杯倾露""不眠酒渴""拨烟烹茶""侍儿试茗""扫雪烹茶"这么多的"饮事"？

我这三大问题，请你先答。答出来，太好了。答不出，只得听拙论一讲。

原来，这并不是什么"即事"，而是我提出的"伏脉千里"范围中的一奇绝的手法！

宝玉此时作的"享乐"之诗，实际上是在遥遥地射伏着他自己日后的"受苦"之境。这大约也可以算在戚蓼生所说的"注彼而写此，目送而手挥"的令人惊异不置的新奇笔法之内。在雪芹原著中，当读者阅书至后半时，看到的并不是今日流行的程、高篡改本那样子，而是贾府彻底败毁了，大观园成了荒墟废土，宝玉落难了，无衣无食，也无住处。他与"更夫"为伍——或是本人充当了此役，或是无以为生，最后替更夫打更，然后谋求一个借寓栖身之地。

更夫有什么稀奇吗？没有稀奇，但"不寻常"，他们是昔时最穷最苦的人，五冬六夏，职业是为人巡夜打更。"更"是夜间报时的古法，将一夜分为五个更次，宫中特殊，要打六更，专名叫作"蛤蟆更"（也换言"蛙更"）。一般人们安眠热寝中，总是在那最寂静的夜空里传来清脆达远的柝声，柝是木头做的，中空，道理与木鱼相似，俗称"梆子"。柝声总是由远渐近，近在耳边了，然后又由近而远，渐渐地听不到了——但它又会有规律地循环转回来。那时候，人们大致是初更开始夜息，室内活动，三更为夜深，一般都入睡了。五更开始渐渐破晓，早作之人即起床了。而更夫则要轮班巡夜，他们穿着最破烂的衣裳（夜里没人去"看"那"服装"），腰里挂着响铃，一动就响，手里不停地击柝，也有专打着灯笼的，叫作"帮更的"。尤其在隆冬寒夜，苦不堪言。但最苦的还是他们的住处——更房，冬季无火，无有足够御寒铺盖，只有稻草、鸡毛等物，厚积于地，打更回屋，卧于其中取"暖"……

日后的宝玉，深谙了这种"生活"滋味。怡红院中，绛芸轩里，茜纱窗下，百种温馨，最精美的衾褥毯罽，最可口的荷露雪茶，侍儿的服奉笑语，沉烟檀雾的馥氛，翠钿宫镜的光影……一切一切，日后俱化云烟，如同远梦——

更房的苦况，与之构成了人世间最强烈对比的两种"境界"！

当读者看书看到宝玉受苦时，再回顾这四首"即事"诗，方才如雷轰电掣、冰雪泼头一般地恍然大悟！一面为宝玉的身世处境感泣，一面为雪芹的艺术笔法惊叹！

宝玉"帮更"时，渴极了，连一滴水也没的可饮。这就又是"即事"诗里再三再四特写茶汤酒露的奥秘之所在。

宝玉真的落到那种地步了吗？谁说的？有何为证？莫随意附会，信口编造。

不是附会，也无编造，有书证，有人证。今为取信于读者，略列一二。

书证的发现与存在，最早见于甫塘逸士的《续阅微草堂笔记》。其文云：

> 《红楼梦》一书，脍炙人口，吾辈尤喜阅之。然自百回以后，脱枝失节，终非一人手笔。戴君诚甫曾见一旧时真本，八十回之后，皆不与今同：荣宁籍没后，均极萧条。宝钗亦早卒。宝玉无以作家，至沦于击柝之流。史湘云则为乞丐，后乃与宝玉仍成夫妇——故书中回目有"因麒麟伏白首双星"之言也。闻吴润生中丞家尚藏有其本，惜在京邸时未曾谈及。俟再踏软红，定当假而阅之，以扩所未见也。

此书证也。人证则是杭州大学姜亮夫教授《我读红楼梦》所传：其少时在北京孔德中学图书馆见一抄本（我后托友人询知尚能忆为十六册），所述宝、湘重会时，是为更夫之宝玉将巡更所执灯笼置桥栏上小憩，而湘云在舟中，见其灯，识为荣府旧物，遂问之，聆声识为宝玉。

这样，我就要提醒读者：你可还记得香菱咏月诗"第三稿"的颈联吗——

> 一片砧敲千里白，半轮鸡唱五更残。

那儿出现了更柝之隐隐远影与微音（其实"隔巷蟆更"那句，早已透露了）。

《冬夜即事》诗中还有重要的一句：

女奴翠袖诗怀冷。

怪哉！怡红院中从未闻晴、麝、纹、痕等丫鬟中有一个女诗人。此何谓
也？原来又有奇妙——也是清代人陈其泰，在他的"桐花凤阁"《红楼》批点
本中，有一段记载他祖父陈石麟在乾隆时于吴荪圃（璥）相国（大学士的别
称）家见一抄本，宝、湘重会后，于贫苦中值除夕守岁，二人遂感今追昔，对
饮联句，用的韵就是第七十六回凹晶馆中秋黛、湘联句的原韵！他祖父极赏其
中几联警句，常常自己背诵击节。

这才明白，那"女奴"正遥注日后的湘云而隐伏了暗笔，因为湘云大约
是由于其家也同时获罪，籍没做了奴婢（一条资料说是"佣妇"，亦即此义
也），与沦为乞丐当是先后阶段的不同。

这就是《红楼》艺术中运用诗的形式的一个最有代表性的例子。那些批评
《红楼》诗"劣"与可"厌"的人，当然没有想到雪芹设置在书中的诗，既
"是"诗，又"不只是"诗。孤立、片面地"赏"他的这种奇诗，所见自然是
毫厘千里了。

读罢上文，再归"正传"：请看雪芹的笔，何尝是"单摆浮搁"的俗品？
那都是表一层，里一面；前一伏，后一揭；前一呼，后一应；勾连回互，机趣
横生，精彩突现——过后方知，初读粗看，茫然不得其味，不会其旨。

是谓"一喉两声"，"一手二牍"。我改成大白话叫作"一笔多用"。一
笔多用的"反面"，也就有了"多笔一用"的妙法。好比绘画上的"皴染"和
"积墨"，须多次叠色，方得深厚的景境，而非"一目了然"的"入口甜"。
大艺术要渐入，要领会，要感悟。

［注］

"女奴"，从程本。或作"女儿"，与"侍儿"重复。或作"女郎"，恐
是后人所改，不可为据。

宝玉读什么书

"愚顽怕读文章"，今人早已不知雪芹笔下的"文章"那时候特指科考必习的"八股文"。书坊里刊售八股名篇，还加以评点"导读"，以供童生秀才们"揣摩"，当年是一大畅销书。宝玉怕读的是这种"文章"。

妙玉说："文是庄子的好。"这儿"文"才指古人的"散文"。庄子的文不能叫"文章"。

在清代，读"文"最流行的书是《古文观止》。此书有"文"，也有辞赋和骈文，所以《红楼》书中所引的古文零句，皆出这部书，如《醉翁亭记》《滕王阁序》等是其例也。

宝玉读《庄》，是何版本？并非后来的郭庆藩、王先谦等学者的详注本，而是文家林云铭所著的《庄子因》。此书盛行于康、雍、乾时代，其性质不是研论"老庄思想"，是评点庄子的文笔，即从文学的角度而解说评议，与哲学论著不是一回事。此书直到民国时期，仍有石印本流行。

所以，林黛玉嘲宝玉，作七绝，第二句即"作践南华《庄子因》"。（《南华经》是《庄子》的别称。）

但后世人不懂历史实况了，奇怪那"因"字"不通"，认定是"讹错"，还公然改为"庄子文"。这种聪明自作，例子多得很。

黛玉那首诗全文是：

> 无端弄笔是何人？作践南华《庄子因》。
>
> 不悔自家无见识，却将丑语诋他人！

这却又怪了。

怪者何？一首小小七绝，四句二十八字，在格律诗中最短，绝对不许有重复字——句中的字尚且不能重，何况两字同押一个"人"字韵脚？

这儿错是错定了。

怎么解呢？原来第一句本应作"无端弄笔是何心"，"心"字隶书写作"心"，而"人"字则书法上有作"心"的写法，即"人"字的"捺儿"上加三小撇儿。这就与隶书"心"字只差了一小点。抄者不辨，遂讹为"人"。

作诗的行家或许质问了："心"是个"侵韵"，与"因""人"不同韵，岂能同押？

我说：作诗规矩，从来是律、绝的首句可起韵，可不押韵；而押韵时又允许借用音近的韵字。北人读"心"（本音sin）如"新"（本音xin），没有闭口韵。完全可以通用于起句。

参证不必多举，即如第五回回前诗——

> 春困葳蕤拥绣衾，恍随仙子别红尘。
>
> 问谁幻入华胥境，千古风流造孽人。

恰好正是"真韵"诗的起句借押了"侵韵"字。

这并无可疑。不晓者妄改，是非颠倒，比比皆然。

宝玉的见证人

打开书，第一个评价宝玉的是冷子兴。冷子兴，古董行的人，王夫人陪房周瑞家的女婿。其人虽非官宦、学士，却"大有见识"。但真正的评价却出自贾雨村之口。

然后，黛玉入府，向她评介宝玉为人的，却是他的生母王夫人。

后来，五月初一在清虚观打醮，是贾母与张道士，二人的对话中，各有一笔，夸奖了宝玉。

这些都非"要害"。

"要害"出在谁人之口？出自傅秋芳家的两个婆子——她们说出了一篇奇文，真乃全部书中最极神来的奇笔！

最大的贬——最高的赞。

刘姥姥对宝二爷似乎不大注意，未闻有一语提到这位公子哥儿。看不上乎？不理解乎？以小孩平常无奇视之乎？

但是，偏偏是姥姥从后院门进入了绛芸轩中最深处。

从后面进怡红院，有石桥流泉，有竹编的花障（爬蔓花草的篱笆），姥姥以为是"扁豆架子"。有贴的西洋女孩画，有大玻璃镜……

这一切，偏偏让姥姥目中见之，你道奇也不奇？

姥姥此时什么样子？满头的菊花——凤姐为她打扮的。

姥姥在宝玉床上的睡态更写得传神："扎手舞脚"——挓挲着手，伸放着脚，略无"收敛"克制之意，"得其所哉"！

姥姥人奇，遇奇，缘奇，福奇。她的"精神境界"，无人可比。

宝玉把妙玉"嫌脏"的成窑茶盅给了姥姥。这是一个令人瞩目的特笔。

日后，姥姥是否也有感恩而报答宝玉的情节？可惜文已佚矣。

群芳夜宴

第二十七回饯花会，暗笔写宝玉生辰；第六十三回占花名，明笔写宝玉生日。前后辉映，"对称"章法。

夜宴是偷偷举动。起先不敢大做，后来放开了胆量，这事和丫鬟们的兴致和势情大有关系。

这是一回极奇特、极精彩、极重要的文字，呼前应后——最末一次盛会，此后即是"三春去后诸芳尽，各自须寻各自门"了。文绣而事韵，笔喜而意悲。

这是"冒险"犯规的举动，所以先得请大奶奶（李纨）出席坐镇，庶免罪责。

然后分头去硬请强拉，推辞不愿者也扭不过丫鬟们的"力量"。

先看看夜宴的"经费"，是不能叫厨房出的。请看怡红院中袭人的安排——

我（袭人自云）和晴雯、麝月、秋纹四个人，每人五钱银子，共是二两。芳官、碧痕、小燕、四儿（蕙香）四个人，每人三钱银子，他们告假的不算，共是三两二钱银子，早已交给了柳嫂子，预备四十碟果子……

这个"名单"很重要，是怡红院中的四名大丫鬟、四名中等丫鬟，此八人各有故事情节、关系作用，而小燕（即春燕）名在第七位。

然后再看那是怎么"开展工作"的——

果、酒等等一切都安排妥当了，于是计议行酒令。袭人道："斯文些的才好，别大呼小叫，惹人听见。……我们不识字，可不要那些文的。"宝玉方说："咱们占花名儿好。"晴雯忙说，我早想"弄这顽意儿"了。袭人说，弄这个"人少了没趣"。

由这一句话，方引出小燕的豪情雅兴，她说：

依我说，咱们竟悄悄的把宝姑娘、林姑娘请了来顽一回子，到二更天再睡不迟。

小燕这一提议起了作用，所以她是这场花团锦簇的盛会的重要人物，切勿轻视了她。

以下是，袭人不愿这么办，怕"开门合户"的或有不妥。宝玉则十分同意，说："怕什么！咱们（此指自己家，有别于薛、林也）三姑娘也吃酒，再请他一声才好，还有琴姑娘。"众人听说也请宝琴，都说她跟大奶奶住，再往那儿去请，就"叨登"（闹腾）大发了（"大发"，北语，"大"字重读，"发"字轻读，语尾表"大"的程度语气，无实义）。宝玉又说："怕什么！你们就快请去！"

至此，方写"小燕、四儿都巴不得一声，二人忙命开了门，分头去请"。以下方是晴雯等怕她二人请不动，又后赶了去……

如今讲说清白之后，这儿"现"了一个"漏洞"来。

"呀，你瞧！曹雪芹大才，也出漏洞——都请了，却没请湘云！可她是夜宴的大主角呀……"

好心的某抄本（晚出的），还替雪芹在小燕话里补上了"云姑娘"三字。有的校订者也就依了这个"补救"，添上了。

是"漏洞"吗？

雪芹岂能如彼其疏忽？我的第一疑是：小燕口中似应称"史大姑娘"，罕有什么"云姑娘"之语式，书中只有长辈或宝钗等半开玩笑的"昵称"，才叫她"云丫头"。

为此，与友人通信讨论，遂再细读前后文，这才发现了秘密。

原来，这日行刁钻酒令，湘云自创奇令，大家捉她"请君入瓮"，她酒吃多了，醉卧红香圃芍药裀，即怡红院后院。众人找着了，见她过醉了，连忙给她解酒（并口含醒酒石），扶归怡红院卧息。（《醉扶归》正是她自己说的酒令中的曲牌名，妙极！）她卧息解酒了，众姊妹方得出来散散，一段原文这般说——

> ……各自取便，说笑不一。探春便和宝琴下棋，宝钗、岫烟观局。林黛玉和宝玉在一簇花下唧唧哝哝，不知说些什么……

这样，直到回末，也未提湘云一字——接下去的文章却是特写芳官一人。

我因此恍然而悟：湘云醉得可以，虽经解酒，只不过好些，并未全然恢复，故她根本未曾随众人出来散逛，仍然留于怡红院中。

所以小燕根本用不着再去"请"她。这儿没有什么"漏洞"。

好意为雪芹"补绽"的，恐怕多半是反而不对了。

诗曰：

> 寿玉群芳锦绣围，海棠攀得醉扶归。
>
> "云姑娘"是无稽语，小燕分明识是非。

［附记］

友人梁归智教授说，放下湘云不再交代而一味接写芳官，是一种手法：借芳官而写湘云。二人同爱"淘气"，同爱吃酒（**而醉**），同与宝玉像"一对"……皆是艺术暗示。依梁先生之意，不独湘云白日未离怡红院，是夜亦即寓在此间（**大意撮述**）。这一见解，附记在此，以资考论。

［附说］

第二十七回，所谓"饯花"，实为宝玉祝寿——盖宝玉自谓他之一生是为了饯送群芳而来的；故第六十三回行酒令又特以"占花名"点醒：麝月的签文正是"开到荼蘼花事了"。一丝不差。

第二十七回暗写生日之后，也已特笔点醒，即友人请赴席，即寿筵也。此次出门赴会，特笔叙明所随男仆有"双瑞、双寿"（**他处绝未出场**）。可证拙见非同妄臆。

落霞孤鹜

宝玉在书中有一个象征，是孤雁失群，茫茫天际。

这个比喻，一次出于黛玉之口，一次来自湘云之妙令。

前者是当宝玉看见宝钗因卸香麝串而露出雪臂，不觉看住了，有了"遐思"，黛玉尖刻地让宝钗来看"呆雁"。此语趣极亦酸极。

后者是湘云行那刁钻古怪的酒令，黛玉说出"落霞与孤鹜齐飞（《滕王阁序》），风急江天过雁哀，却是一只'折足雁'（骨牌副），叫得人《九回肠》（曲牌名）……"。这就正式点破了"雁"与"霞"的亲密关系。

史大姑娘是"云"，是"霞"（枕霞旧友），是鹤（见另文所证）。宝玉则是如宋词中所云"和云和雁飞"的宾鸿孤鹜。

藕香一榭，取名于易安居士李清照的《一剪梅》：

> 红藕香残玉簟秋。轻解罗裳，独上兰舟。云中谁寄锦书求（俗本作"来"，草书致讹）？雁字回时，月满西楼。
>
> 花自飘零水自流。一种相思，两处闲愁……

所以榭之题联也是"芙蓉影破归兰桨，菱藕香深写竹桥"。字字贴合，一丝不差。雪芹之笔，细针密线——却好似天衣无缝，浑成自然，不见堆砌雕琢。其才之慧，实难尽测。

宝玉后来又称茜纱公子，也见于四时即事诗之秋事"桂魄流光浸茜纱"，义同。这个典是在何处？

原来，贾母史太君亲口告知凤姐：所存上用名贵织品名叫"霞影纱"。这纱原说是为了给黛玉所居（**全是一片绿**）换换色调，实际却是应在湘云身上。

妙笔生花——也生霞矣。奇甚。

『沁芳舟』

雪芹书里没有这个名目。"沁芳舟"是我妄拟的，是想说说大观园中船的事情。

大观园中有"大主山"之名，相对应的，应有一个"大主水"才是——只不过是我之表意，并非说真能这么措辞，那不太"像话"。其实，沁芳溪就是这条"大主水"了。

我曾说过："沁芳"二字是雪芹对王实甫《西厢》名句"花落水流红"的"浓缩"和"重铸"，不仅词意均到，而且倍添雅致。你可以说它是"香艳""哀艳"，但不如说是"悲艳"——真是悲艳绝伦，让人不忍细加寻味它的深悲大痛。

如若能说"大主山"是园子的骨骼，那就可以说沁芳溪是园子的命脉。园子的生命靠它来运行、流动——活起来；不然，修盖得再好，也还只是一座"房样子"，一堆死物而已。

沁芳溪上，自然要有船。

有船？——这实在不是什么稀奇事。稀奇的是还有渔公、渔婆。

造园伊始，筹备诸船事务，就包括到苏州聘请"驾娘"一项，因为苏州是水乡，女人也会驾船。似乎采菱踩藕等事，也是这些女儿的专长特擅。

提起采菱踩藕，立刻想到这正是京城老时候西北城内什刹海的情景，多层线索证明雪芹曾住"海"侧。更令人神往的是，西北郊的六郎庄盛产莲藕，故有"藕乡"之称——这与"藕香"恰好同音；而六郎庄者，又是李煦家（**即湘云老家**）之居地。蛛丝马迹，实在令人发生艺术联想与文化赏契。

元春省亲，第一道典制是坐船游赏，然后才正式升座行礼。那是上元佳节之夜，正月十五是中华民俗文化上最美的一个神奇创造：灯节。彼时，沿溪两岸，各色灯彩耀如白昼，一条芳溪宛若游龙！及至"舟临内岸"，这才遥遥望见正殿的碧瓦朱甍。

再者，史太君首次游园，也是先坐船，从荇叶渚一带登舟，到了花溆，见有登岸的石级（**即古名"埠"，也叫"步"**），才上岸去看了宝钗的住处。这次行舟，是李纨提议早就将一切筐幔驾娘都预备齐全，而且凤姐自告奋勇，第一个掌篙启航……

莲荷之盛，是夏日美境；到了秋天，"菡萏香消翠叶残，西风愁起绿波间。还与韶光共憔悴，不堪看！"宝玉说他最厌这些破荷叶，要除净；而黛玉偏说，她独赏李义山的一句"留得残荷听雨声"……两人的审美意趣不同，实乃心境感怀有异。

三首《西江月》

一部《红楼梦》，三首《西江月》。

这话怎讲？

三首《西江月》，两首属宝玉，一首属湘云。只有他们二人才是全书的真主角——其他一干人，皆是陪客的身份，助兴的朋俦。

书中怎么写宝玉？手法十分丰富，冷子兴"介绍"，贾雨村驳正；黛玉初见，王夫人"警告"。后文不在此刻话下，此刻就出现了那两首《西江月》，宜诵全文——

无故寻愁觅恨，有时似傻如狂。纵然生得好皮囊，腹内原来草莽。潦倒不通庶务，愚顽怕读文章。行为偏僻性乖张，那管世人诽谤。

富贵不知乐业，贫穷难耐凄凉。可怜辜负好韶光，于国于家无望。天下无能第一，古今不肖无双。寄言纨绔与膏粱：莫效此儿形状。

这真好极了，字字句句掷地作金石声！也可说是黄钟大吕，《韶》《濩》

霓裳。

要注意几处"关键词"。

第一就是"无故"二字。下连"寻""觅",相依共倚。

按在一般世俗常义,对愁之与恨(**此恨并非怨恨、仇恨,是憾恨、抱恨的恨事,即难遣之深怀,无奈之惆怅……**),是避之唯恐不及的;纵然避而不能,也是有缘有故,非同自求——宝玉却是"天下本无事",无人与他添愁送恨,他总是"自扰",即主动去寻觅,去招迎。

这是第一要害。充其量,这种病可以致命。

此为何症? 曰:这叫"诗人病"。诗人之症,病状就是"多愁善感"四个大字。

诗人与俗人最大的区别,在此一端。

在世俗人眼中,诗人不可理解,非常可笑,是个疯子、傻子,是个"怪物"。

这疯这傻,就是·个"痴"字的现象和实质,性情与言行。

"都云作者痴"。作者最痴,宝玉亦最痴,所谓二者一也。

如若二者非一,作者绝对写不出这种真情情痴——因为他实在难写,无法形容,"不堪言状"!

宝玉相貌,人人见之称羡。连北静王初会,也极口赏爱说"果然如宝似玉"。雪芹对宝玉的外相和内衷,各有呼应的笔墨:前者是黛玉初识宝玉的一段形容,后者是傅家二婆子对宝玉的"评议"。文情不侔,各臻绝妙尽致,令人神往,令人绝倒。

看外相:

> 黛玉心中正疑惑着:"这个宝玉,不知是怎生个惫懒人物、懵懂顽童? 倒不见那蠢物也罢了!"心中正想着,忽见丫鬟话未报完,已进来了一个年轻公子:头上戴着束发嵌宝紫金冠,齐眉勒着二龙抢珠金抹额;穿一件二色金百蝶穿花大红箭袖,束着青五彩丝攒花结长穗宫绦,外罩石青

起花八团倭缎排穗褂；蹬着青缎粉底小朝靴。面若中秋之月，色如春晓之花，鬓若刀裁，眉如墨画，眼似桃瓣，睛若秋波。虽怒时而若笑，即瞋视而有情。项上金螭璎珞，又有一根五色丝绦，系着一块美玉。黛玉一见，便吃一大惊，心下想道："好生奇怪！倒像在那里见过一般，何等眼熟到如此！"……再看，已换了冠带：头上周围一转的短发都结成小辫，红丝结束，共攒至顶中胎发，总编一根大辫，黑亮如漆，从顶至梢，一串四颗大珠，用金八宝坠角；身上穿着银红撒花半旧大袄，仍旧带着项圈、宝玉、寄名锁、护身符等物；下面半露松花绿撒花绫裤腿，锦边弹墨袜，厚底大红鞋。越显得面如敷粉，唇若施脂；转盼多情，语言常笑。天然一段风骚，全在眉梢；平生万种情思，悉堆眼角……

评内衷：

那两个婆子见没人了，一行走一行谈论。这一个笑道："怪道有人说他家宝玉是外相好里头糊涂，中看不中吃的，果然竟有些呆气。他自己烫了手，倒问人疼不疼，这可不是个呆子？"那一个又笑道："我前一回来，听见他家里许多人抱怨，千真万真的有些呆气。大雨淋的水鸡似的，他反告诉别人，'下雨了，快避雨去罢。'你说可笑不可笑？时常没人在跟前，就自哭自笑的；看见燕子，就和燕子说话；河里看见了鱼，就和鱼说话；见了星星月亮，不是长吁短叹，就是咕咕哝哝的。且连一点刚性也没有，连那些毛丫头的气都受的。爱惜东西，连个线头都是好的；糟蹋起来，那怕值千值万的都不管了。"两个人一面说，一面走出园来，辞别诸人回去，不在话下。

这皆是古今中外，天下第一、绝无仅有的奇文，大文学作家们，无一人敢如此说，会如此写。令我顶礼赞叹，不能自已。

读《石头记》，要从这儿找到路灯，找到指南针，是"大明咒"，是无上灵慧彻悟之门。

"庶务",即人情世故,生活处理……一切"人事"。"文章",那时专指应科举的八股文,名曰"制艺""时文"。

八十回书,人人称美宝玉,并未见"世人诽谤"。八十回书文,还只写到他"富贵不知乐业",也绝未到"贫穷难耐凄凉"之境。这些,明明白白是"后之三十回"书中的情景了,必然句句有应。

《好了歌》注解已有"金满箱,银满箱,展眼乞丐人皆谤"。这是指谁?

乞丐是贫穷至极。人皆谤,岂不即是"世人诽谤"?

宝玉不喜富贵俗人、俗务,却又不是假清高,甘愿挨饿受苦……他是唯诚唯信,不说谎话欺人——这也是诗人的素质真怀。

他自思自叹:于国于家无望。"无能"治国安民,也不会光宗耀祖。所谓"愧则有余,悔又无益——大无可如何之日也",呼应如闻。

宝玉一生为人,一生忘己,"无事忙"谓此,"无故寻愁觅恨"亦谓此。

都云作者痴,知痴者却极少。

贫穷诽谤的境界,究竟何似?那时雪芹笔墨的文采精奇又是怎样的?——于是引发了"红学探佚学"的创立与发展壮大。

另首宝琴的《西江月》属于湘云,另文略及,容于异日详说。

藕香榭与探佚

　　从第二十一回起，《红楼梦》的中心移至大观园。园的主景最要者先须识得一个沁芳桥亭，此为总纲。然后一个进景，也是跨水而四通的枢纽点，就是藕香榭。此榭非同小可，关系着全书全局的一条命脉。

　　先看这座水榭的命名。

　　"藕香"二字，出自宋女词人李易安（清照）的《一剪梅》，前文已引。要知道，不但"藕香"二字，源出于此，而且榭内所题对联——

芙蓉影破归兰桨　菱藕香深写竹桥

　　这才分明是同一用意的运化，因为"兰桨"即"兰舟"的代词，只是为了平仄调音变换而已。

　　然后，须悟"藕香"又即谐音"偶湘"一义。

　　这座榭，与史湘云的事情息息相关，至为重要。

　　如有蓄疑不解，请听我逐条讲解破译。

　　第一，大观园建成、众姊妹住入后，贾母史太君第一次正式游园是带领刘姥姥进园一开眼界。来至此榭坐下，先就看对联，而命谁读听？单单就是让湘云念与她听。此为特笔。

第二，贾母因到这水榭来，就特向众人回忆少小时候家中也有这么一处亭榭，叫作"枕霞阁"。史太君的母亲，正是湘云家里的上辈，而"霞"亦即"云"的变换代词。一阁一榭，隐隐关合。

第三，毫无争议的考证表明：曹雪芹祖父曹寅的岳家、妻兄李煦正有一个园子，中建竹阁与藕香榭的规制一样。

第四，脂砚斋就在史太君追述枕霞阁遗事时，即时批注说：（大意）读此一段，恍然此书之前已有一部《十二钗》的了，我拟将那些故事写成小说，世上岂不又添一部新书？（**原文详情，请参看《红楼梦新证》第九章第二节《脂砚何人》。**）

观此可知脂砚其人实即书中史湘云的"原型"。所以她是口读此联与史太君听的"自家人"。

第五，到开菊花诗社时，湘云即取雅号曰"枕霞旧友"。

第六，到凹晶馆中秋联句时，湘云云"寒塘渡鹤影"，黛玉云"冷月葬花魂"。又特写湘云以投石惊起一鹤飞往藕香榭那边去了——此皆象征她们二人的日后结局（"鹤"与"荷"都象征湘云，另文有论）。

如此简例，却已足以表明雪芹在设置藕香榭这处水阁时，内中早含多层寓意，而宝、湘二人历经苦难坎坷之后复再重会——据见过"异本"《石头记》者传述，那是二人在船上忽然睹面惊认故人，又正是"独上兰舟""芙蓉影破归兰桨"的隐射所指了。

藕香榭关系全书结局，并非虚语。

甄、贾二玉

很多人以为书中有甄、贾两个宝玉，面貌、性情等等，一概相像，乃是作者的一种"分身"的手法，本即一人而已，并无两个。这种看法对不对？值得评量。

再一个普遍的理解就是把绛珠草感恩还泪的对象"神瑛"派给了贾宝玉，都无疑词。这儿实际上问题是太大了。

第一，大石炼后虽说"灵性已通"，但它一动不能动——向二仙施礼也不能，特有道歉之言。那它在二仙"大施幻术"化为一块小美玉之前，并未有任何"经历"情节，如何它会又成了"赤瑕（俗改'霞'）宫"的"侍者"，而且还日日在"灵河岸上"（与青埂峰风马牛）游走呢？

这是根本讲之不通的！

第二，僧道二仙的话，明确说的是绛珠原随神瑛降世为人，拟将一生眼泪作为酬报——故谓之有一干"情鬼"将要下凡入世，趁此良机，将石头"夹带于中"，令它也去享受一番人生滋味。

言辞如此明白！这一场新奇的"情案"的正角是绛珠与神瑛，而石头只不过是乘隙"混"入的一名"夹带人物"！它又怎么会"就是"神瑛呢？怎么巧辩曲解，也是枉费心机的。

有人定会申"理"，说黛玉初入荣府，宝玉一见她立即说是"好生面善"，如"久别重逢"的一般，这正是二人"前盟"的力证。

要知道，石头经"挂了号"（批准"通过"），真到下凡时，是"混"在人家"一干情鬼"当中的，它不但见过绛珠与神瑛，而且还"偷"了神瑛的形貌——因为大石本来不具有人之体状，僧道只把它幻化为美玉，也不曾赋予它以人的仪表。石头实际上是"效法"了神瑛的一切外秀内美。

绛珠入世为黛玉，神瑛下凡成为甄宝玉——二人投在一处，而绛珠错认了恩人，以为石头是神瑛，难以审辨"真""假"了。这就是双层的命运悲剧：一则"乱点"了"鸳鸯"，不会有相逢之机会；二则石头与绛珠又本无施与和酬债的缘分，所以"两边"都是不幸的结局。

但是这又绝不是说石、绛的感情是虚假的，他（她）既会于一处，情缘就成了真诚的相敬而互怜的关系——这种微妙的错觉与真相，二人并无法得知，是到了最后，尘世情缘已满，应复归本位时，这才由僧道二仙为之点醒说破。当此之际，二人如雷轰电掣，如梦之觉，如误之愧，然而悲喜交加的心中，又不悔不忏，仍以至情厚意各自达诚申信，这就是"甄""玉"的精神意义。

邪祟、冤疾、祸福

在为《红楼梦》八十回后探佚之工程中，疑难尚多。在全书设计大节目中却不可忘记娲皇炼就、僧道点化的通灵宝玉，它是全书主人公怡红公子的"前身"与"结晶"，它对贾宝玉一生命途遭际的起伏变动，实有极为重要的作用。

证据就在它的一面镌有正名与八个字的吉语"莫失莫忘，仙寿恒昌"，一面又刻有三句要言，道是：

一除邪祟，二疗冤疾，三知祸福。

这三条，可知是宝玉一生的三件大事。其第一条"除邪祟"，已应在了第二十五回的马道婆魔魇法，不必赘述求表证。这就十分清楚。在后部书中还有"冤疾"与"祸福"两大事故，非同小可。

邪法害人，得玉之除祟而获救。阅书方知——这是想象所难及的。同理，则"冤疾"究为何事？我们确实无从捉摸其真情了。然既探佚，也还不能置而不论。

第一难解就在一个"冤"字。

冤，在本书中有二义：一是冤枉，如"冯渊"之被屈"逢冤"是也。二是"冤孽"义，此非"仇敌"，却是"不是冤家不聚头"的那种"情孽"一义的"冤家"，即相恋之人，时时发生"矛盾"、麻烦、纠纷……而又难分难解。是之谓"冤家"相遇。

到底"冤疾"是指哪一意义？

书中有"冤冤相报定（'定'，多误为'岂'，乃行草书形讹）非轻"之语，此指冤而成仇，故言相报，报是"报应"，善恶因果论者的观念。然书中又有"冤债偿清好散场"之句，恐更值得注意。

因为，从宝玉为人而观之，他从不肯伤害冤屈别人，却处处体贴维护，焉有冤仇报应之事？如此可推，他的冤疾，恐与"冤债"关联。

但是，如照"还泪"之说，将宝玉派为"神瑛"，那么他是又酬于前番灌溉恩缘者，而非"欠债"人——他又怎么会成了负有"冤债"以致"冤疾"之人呢？

这也让人颇觉费解。

我想，大约原书是这样的：晴雯被枉而屈死，他感情上已受重创；继之以黛玉又因赵姨母子的诬陷，也衔冤自尽，于是他伤痛过甚，很快卧病难起，势至垂危。

为此，阖家百计医治无济，最后还是僧道复现，指点以玉为"药"（比如用玉为"符箓"而制药，不是真服食了它），病果霍然。

这是一个可能的情况。

至于"祸福"，似较易理解。汉语文中的"反正联词"（如褒贬、兴衰、起伏、多少），字虽二者并举，义却侧重其一。所以"知祸福"实谓预知灾难，因宝玉的家境是愈后愈惨，并无"福"可言。如此，则似荣府"事败"获罪之前夕，通灵玉应有征兆显示，不知发出何等光色（甚至声响、异象……），向宝玉紧急警告。

假若如是，那宝玉知警之后，又不知做何"准备"或欲谋解救、逃脱。也许"狱神庙"一回书中，对此还又有奇文妙谛。

知祸福，也许还与"失玉"大有关系。这就是脂批逗露：荣府败后，凤姐在穿堂处"扫雪拾玉"。再者，又还有"甄宝玉送玉"的情节（见元春点戏，第三出为《邯郸梦》的《仙缘》之下的脂砚批注）。此所送之"玉"，不知指人（贾宝玉）还是指所失的通灵玉？总之，玉虽遭失，终须还归——不然，不成章法结构，书文无法结束。玉既归来，也可以勉强解为一种"福"的意义了。

我的想法是，在雪芹心中笔下，真正的福绝不是什么"家道复兴""重沐皇恩"的那种卑识胡云，而是与湘云得续旧盟，略如妙玉预示的那样，在"钟鸣拢翠寺，鸡唱稻香村"的新境中"双星"偕老，如杜诗所说的"往来成二老，谈笑亦风流"①，这方是真正的"清福"与"情福"。

---

① 出自杜甫《寄赞上人》："与子成二老，来往亦风流。"——编者注

「离人」是谁

"离人"一词，两见于《石头记》，一次是黛玉的《秋窗风雨夕》，一次是宝琴的《西江月》。

如今先说黛玉。

黛玉的诗，书中不少，真好的，端推三篇七言歌行：《葬花吟》《秋窗风雨夕》《桃花行》。三篇中，尤以后二篇风流潇洒、哀艳瑰奇，远胜《葬花》名句。

《秋窗风雨》一首，开头即云：

> 秋花惨淡秋草黄，耿耿秋灯秋夜长。
>
> 已觉秋窗秋不尽，那堪秋雨助凄凉！
>
> 助秋风雨来何速？惊破秋窗秋梦绿。
>
> ⋯⋯⋯⋯
>
> 连宵脉脉复飕飕，灯前似伴离人泣！
>
> ⋯⋯⋯⋯

这儿，以"秋"字连贯为句，真如玉盘走珠，蚁穿七穴，无字不俊，无句不佳——但"助凄凉"应作"助秋凉"才是，因为"凄"字这个字位缺了"珠串"般的"秋"字，大为减色，何况下即是"助秋风雨"，乃"顶针续麻"之格也。

我每读至此，即生此憾，甚至疑心这是抄误，而非芹之失检。

话题是要说"离人"的出现，在黛玉口中忽作此言，是自指乎？抑或他指乎？

林姑娘是个刻薄别人的专家，她总是"自思自叹"，何尝涉及他人？况且此诗即作于灯前，窗外风雨似伴人泣——也正是陪伴自己的语意方合，因为这儿没有另外的人在悲秋流泪。

可是，她若自称"离人"，是指与谁的离愁别恨呢？

她与宝玉只有一桥（沁芳桥）之隔，一入园时，宝玉早就计算好了：他们二人选住的两处，距离最近，书有明文。

难道真是像李义山的诗"红楼隔雨相望（wàng）冷"吗？就算如此，也说不上是什么"离人"呀！

这可真让人费解了。千金绣女，不应失言若此。

薛小妹的《西江月》是为了应史湘云之邀，前来咏柳絮的。她那词规矩是分上下两片，上片结句是："三春事业付东风，明月梅花一梦。"而下片结句又是："江南江北一般同，偏是离人恨重。"

这是自寓吗？不太像。似乎是指别人。

咏柳絮而词义扣住离别，是自然的，因为古人折柳惜别，柳就成了离别的"信记"。昆剧《折柳·阳关》有《寄生草》一支曲，其结句云："……这柳呵，离情倩作绾人丝①，可笑他自家飞絮浑难住。"

史湘云单单要建柳絮词社，分明暗示她是一位漂泊的苦命人，她一生多经离散——这才真正当得起"离人"之称。

① 疑为"纤腰倩作绾人丝"，出自汤显祖《紫钗记》。——编者注

这个"离"字很重要。曹雪芹开卷即言他的书是一段"离合悲欢、炎凉世态的故事"。宝姐姐带的金锁，上镌有"不离不弃，芳龄永继"的话。

看来，宝玉与宝钗，先合后离。江南江北，两番离散，则不再是钗、黛的事了，应指湘云的漂泊大江南北，而多次遭到离失之苦意悲情。

还说李易安的《一剪梅》吧："花自飘零水自流。一种相思，两处闲愁。"这方是离人的心怀声口。

潇湘馆，音似"消香馆"。

梨香院，音似"离相怨"。

林黛玉，音似"麟待玉"。

其实，"麒麟"二字一"拼音"，就是"芹"字。

南方人念"金陵"，与"金麟"全同（不会区分in与ing）。同理，南人读"情"字也像"芹"。所以南人又不能分辨"秦""情"——都像"芹"。

"春梦随云散"，是生离。"飞花逐水流"，是死别。"湘江水逝楚云飞"，则兼生死离别之痛。

读芹书，"大旨谈情"，因"麒麟"而伏双星，斑斑大节目，而竟不悟湘云方是红楼之"主角"，可乎？

红楼夺目红

第六扎

Sixth

何来『前盟』

读《红楼》读不懂的地方还很多，最不懂的是"俺只念木石前盟"。

"盟"者何也？谁和谁"盟"来着？

人们说：不就是绛珠和神瑛吗，这还有错儿？还不懂个什么？

你说得倒挺干净利落。我的"智商"比你低不到哪儿去，我要请你答一答——

绛珠草将要枯萎，神瑛见而悯之，遂灌溉救活——那时草还未"修成女胎"，神瑛与它并无"爱情"可言，一位侍者与一株草，"盟"在哪里？"盟"的什么？

绛珠是感恩，不是"爱"上了他，而且准备的是报答，报答之方是以泪还债。这是感谢，不是"热恋"，又"盟"个甚底？

就算"盟"了吧，是他她二人之事。二人要下凡历劫，是为一干"情鬼"的"还泪奇闻"——这个机会让"二仙"抓住了，应石头之请，将它"夹带"于内，同到警幻处"挂号"——是"闯混儿"（**北上乡语**），是使招设计，蒙混把戏。请问：石头又和谁"盟"过？它和神瑛"盟"不上；它同绛珠"水米无交"，面都未见，怎么就"盟"起来了？

务必垂教，以解下愚之惑，千万别客气吝教——也千万别巧言诡辩或强词夺理。

答得上来吗？

"撒手锏"只一招儿：又是什么"石头即神瑛""神瑛即宝玉"云云。

这也缴不了卷。若绛珠下凡即黛玉，那"同案"的"情鬼"债主就是神瑛。神瑛下凡，是为甄（真）宝玉，所以"贾二爷"才叫贾（假）宝玉，表明他是个"混充的"。他根本不曾与绛珠有"缘"，又何"盟"之有！

辩者又振振有词：不是宝、黛一见面，就如旧识吗？怎么没见面？

我说：见面是在警幻"案"前第一遭，石头看到了两位"情鬼"的形貌，并且因自己本无"人状"，便偷袭了"真"容，自成了"假"貌的。是故甄、贾二玉一个模样，正如孙悟空之与六耳猕猴。任你怎么巧舌如簧，我也不承认你已托出了"盟"的根由证据来。

辩论终结。

那么，"木石"之盟，究竟是谁呢？

"石"是石头，自称人称，都没纠缠。"木"，是谁？什么木？严格说，木是树，不等于草。除非将"木"解为"植物"。但，石头自称"蠢物不能施礼了"，它连动一动也不能够，故为"蠢物"。它高十二丈，纵横见方二十四丈，其重不知多少吨！它没法跑到"灵河岸上"去，不要说"草"，连青埂峰也只能"抬眼"看看而已。（伪续本偷篡石头"能大能小，自来自去"八个字，正是破绽自显。）

又有辩解说：幻境册子判词，不是画的枯木挂玉带，黛玉姓林——不就是木吗？

好像很有理。但理直方能气壮。宝、黛相见，是在书中第三回"入府"；以"木"姓之表妹此时才识，那"前盟"之"前"着落何在？能举一字以为证否？

前盟即旧盟。小男小女，二孩自幼同处，俗套叫"青梅竹马，两小无猜"，二人天真无邪地会说："咱俩等长大了，就拜天地。"（那时不说什么

"结婚"这种现代话。）这是前盟旧誓。

宝玉和谁是这么一种至亲至契的关系？

只有一个湘云，她自幼跟祖姑在贾家久住，天天和宝玉一起淘气。袭人记得，提起过。

除了史大妹妹，再无第二人。

湘云姓"史"，原型姓李。姓李的原姓"理"，后逃生藏于一棵李树下，得以存活，遂改姓李。

"李"是木，不是"草"。

脂砚批书，批到"还泪"一段时，即云：余亦有此意，但不能说得出。这方是"一芹一脂""余二人"的真谛。脂砚实即书中之湘云，本是李家女杰。

"木石前盟"，若如此"破译"，或许虽不中亦不远。

总之，"石头"没有过第二个"前盟"，这是"铁字眼"，动是动不成的。

诗曰：

何曾宝黛有前盟，莫把人言信耳听。

木石本是孩年语，李棠花开记旧情。

秦可卿命尽之处，叫作"天香楼"。天香者何？雪芹字字皆有匠心巧设，不是闲言旧语。

"天香"有二义，皆涉花木。一是形容牡丹，谓之"国色天香"，崇拜之至了。但我不想多为牡丹锦上添花，到此为止。二是形容桂花，却要多讲几句——因为这对《红楼梦》实在是太重要了。

据孟棨的《本事诗》所载，初唐诗人宋之问有西湖灵隐寺诗，记其一联云："桂子月中落，天香云外飘。"这就是"天香"（**不与"国色"相联**）通指桂花的来历。

再有就是宋人虞俦《尊白堂集》有怀人诗句云："芙蓉泣露坡头见，桂子飘香月下闻。"显然也就是宋之问原句的运用。

二例证明：桂之所以为天香者，因是从月而来，故为天上仙葩，有殊凡品。月中嫦娥桂树，妇孺习闻。

可是这株天香宝树，却偏有一个名叫"吴刚"的，手执巨斧，日日伐之。

嫦娥本人是个悲剧，她的珍木仙花也是个悲剧。

由此可以悟知：秦可卿其人，来自"天上"，不是普通百姓人家之女。她气质如桂之芬芳，品貌似月之皎洁。她为何悬梁自尽？根本不是什么与公公贾珍"幽会"那一套谰言。

秦可卿的原型是胤礽之孙、弘晳之女，因祖、父两代的政治祸变而隐去真名，寄养在"营缮郎"秦业家。"营缮郎"者，是内务府营造司的郎中（或员外郎）。这家人因把她养不了而转给了"贾（曹）府"。

这件"隐"去的"真事"，是曹家二次抄家的罪款之一条。

这实在关系太大了，雪芹终于将她死去的真情节全部删去，并另想办法来"写"她。

这"办法"之一是借香菱以叙可卿。香菱特以"香"字领名，本名英莲（应怜），是"甄士隐"（真事隐）的爱女，不幸于元宵（开年后第一个月圆节日）祸起（霍启），落难为奴。

香菱生得极像可卿——这又是雪芹的"曲笔"。

周瑞家的送宫花，第一次碰到香菱，有一段特写：

> 周瑞家的因问他（金钏）道："那香菱小丫头子，可就是常说临上京时买的、为他打人命官司的那个小丫头子？"金钏道："可不就是。"正说着，只见香菱笑嘻嘻的走来。周瑞家的便拉了他的手，细细的看了一回，因向金钏笑道："倒好个模样儿！竟有些像咱们东府里蓉大奶奶的品格。"金钏儿笑道："我也是这们说呢。"……

这就把可卿和香菱"联系"了起来。周瑞家的对香菱的同情怜惜，也就是宁、荣府中人对可卿的心情态度。

送宫花，这怎么忽与可卿有了什么交涉？似不可解。谁知这是薛姨妈吩咐，从香菱手上所取，交至凤姐手中，再由凤姐吩咐分送与可卿的。一切似极自然而然。而雪芹的细针密线，人所难知，亦于此可见一斑。

送宫花的"作用"甚多，如院落路线、各种伏笔（惜春说"出家"）、黛玉性格（别人挑剩下的……）等等皆是（我所谓"一笔多用"之佳例），但可卿实为重要对象，这更不易晓。

这回的标题诗云：

> 十二花容色最新，不知谁是惜花人？
> 相逢若问名何氏，家住江南姓本秦。

可以为证。

这回书是"梦游"之后紧接的文章，却是刘姥姥一进荣国府。姥姥是收拾残局救巧姐的重要人物，并不"芥豆之微"。而香菱、可卿却于此时"出场"，或"现身"，何其遥遥伏线之奇也。

从"天香"说到这儿，宜将笔挽回到主旨：可卿本是"天"上即皇家之不幸落难人，与婶子凤姐最契，同是"脂粉英雄"，同虑宗族家计，真是知心莫逆，不把男子放在眼里。其人"兼美"，宝玉的衷曲之间最为赏她。

可卿之死，绝非什么"淫丧"，那是烟幕或故作诬谤之词。其时，大约当政者已然得到秘信，探知了这个女子的真身份，是政敌"危险人物"胤礽、弘皙家的匿隐者，也是祸根一条，不会容她存在。可卿为人，心胸识见，一切洞然，不愿因己而又为两府引惹灭门之祸，故此一条绳索自己先"行"，于心方安。

这一切，唯贾珍等心里明白，故悲痛特甚。人言可畏，贾珍又原有行为上的不检，遂为恨他的人"抓"住，作为造谣的依据。

"一场欢喜忽悲辛"，不久"事发"，"家亡人散各奔腾"……

绝大的悲剧，亦绝大的冤案。

诗曰：

> 天香桂子月中开，咏月香菱事可哀。
> 真事已如游梦幻，宫闱谁又送花来。

『水中月』与『镜中花』

镜花水月，本为成语旧喻，而雪芹拈来借用，便生新义，别饶妙姿。"水中月"，正指中秋月夜黛玉投水自沉的悲剧。因另有《冷月寒塘葬宓妃》一文已为老调，今则从略，而专讲"镜中花"。

按怡红院晴、袭以下，有四鬟，名曰碧痕、秋纹；又曰麝月、檀云。此四人分二组，所关重要。（余者蕙香、春燕、茜雪、小红等另论，等级再降一筹。）

碧痕、秋纹，皆从"水""月"而得名。此喻黛玉一边之象也。

麝月、檀云，皆从"镜""花"而得名。此二人乃湘云一边之象也。

碧痕，水月之迹，易晓。秋纹，殆指秋波涟漪，所谓"波上谷纹"之意。

麝月、檀云，何以与镜花相关？此有确证。

试读宝玉四时即事诗之《夏夜即事》，其颈联云：

窗明麝月开宫镜，室霭檀云品御香。

出句明点"镜"字。此已十分有趣。再看麝月的故事，则有一段特写，即正月中间诸鬟各寻嬉乐，晴雯去掷骰抹牌为戏（**家庭小儿女赌博为戏**），室内只麝月守职，宝玉为之篦头，二人同对镜而言笑——此则点醒"镜"字也。

李白诗云："云想衣裳花想容。"故以"云"暗联"花"字，而"檀"则喻花之芬芳。

然而更甚者还有一层："室"，家室之义；"云"与"香"连，倒言之正是"香云"，即"湘云"之谐音也。书中"香"皆与"湘"字为音喻，如"红香圃"，湘云醉卧之处。如宝玉乞红梅诗："入世冷挑红雪去，离尘香割紫云来。"亦正以"香""云"联音而影喻湘云也。

是故，《枉凝眉》一曲"水中月"所以暗指黛玉，"镜中花"则所以暗指湘云——作曲时湘云的"原型"脂砚女，下落尚未探知，后情难卜，故有镜花之叹恨。然而其中用"镜"，实又含"破镜重圆"一典之预期与私祷，而远引"因麒麟伏白首双星"之要义。

不仅如此，由脂砚透露：袭人在离去之时，叮嘱宝玉说"好歹留着麝月"。可知当宝玉、湘云重聚，身边唯有麝月还在，昔年园中旧人，别无二人。此真可谓"镜明香映海棠花"了。

凡此一切，字字无虚，一笔多义，为雪芹笔法之一绝。文心匠意，妙致奇才，令人思议难及。

义忠亲王老千岁

老千岁者，东宫太子也。康熙大帝得次子胤礽，两岁即立为皇太子，后封理亲王。"义理"相关，故化称为"义忠"。老千岁的"老"字也另有语味——藏有一个"少千岁"，即胤礽的长子弘晳。

义忠老千岁后来"坏了事"，立而废，废而立，最后救不得，但雄心不死，壮志长存——他通过一名医士秘密传信息；时常算命打卦，问："我还升腾否？"

雍正叫胤禛，用计毁了哥哥太子，谋篡了帝位，整个皇族都气愤不服，胤礽更甚。

所以雍正是假，胤礽是真。雪芹的"真假论"，也包括这方面的内情——假的倒斥真的为"假"。

不幸，曹雪芹家本是康熙家奴，立了太子，当然也就是胤礽的家奴，他们得给太子府里当差办事，那关系可就太密切了，也就感情深厚了。

雍正极忌胤礽，怕他"复活"做真皇上，自己假的要大露马脚。曹家是"太子党"，不会"同情"于假皇帝，于是雍正也忌恨曹家——他们尽知"根底"。

老千岁"坏了事"，曹家也就倒了霉，避都避不及，逃也无处逃。

南巡时，坏人阿山、噶礼等进谗，太子（**南巡的实际主角人物**）要杀"陈青天"（**鹏年**），曹寅力救而免，就是曹寅在"小主子"跟前的情面。

义忠老千岁的棺木，是薛蟠之父从"潢海铁网山"带来的，无人敢用——给了秦可卿。

冯紫英忽陪父亲"神武将军"冯唐远赴"铁网山"去打围，往返费去一月的时光。冯紫英"上次"还打了"仇都尉"的儿子。

隐隐约约，事故麻烦，形势非常，不知何因？

"潢海铁网山"是"假语"，其实就是辽海铁岭。在明为卫，康熙设县，曹家关外祖居地，被俘归旗即在此地。铁岭明清有大围场，康熙曾在此打猎。

雪芹的笔，半含半露，告知读者：义忠亲王老千岁的事是祸根，不是闲文赘墨。

老千岁被囚死后，少千岁弘皙要报仇——报在雍正安排好的弘历（**乾隆**）身上，就暗组了小政府，联络皇族多人，要推翻乾隆。

这回曹家又受了挂累。弘皙也"坏了事"，于是才有雪芹一生所经的二次抄没，家亡人散。

这才是作书的"真事隐"。

"索隐派"也知此种传闻，但他们却把宝玉解为"传国玺"，将袭人讲作"龙衣人"，以为这是"争位"的"影射"云云。这就是"索隐"方法与历史考证的根本区别！

诗曰：

千岁亲王老义忠，曾随银驾住东宫。

铁山潢海谁行猎？怕有遗思在卷中。

座上珠玑『照』日月

受刘心武先生的提示，我方注意考证黛玉入府，目中所见，一匾一联，匾是"赤金"，是为皇帝御书规制；而联是"錾银"，正合"千岁"（太子）品级（犹如俗言"金銮殿"与"银安殿"之分）。"乡世教弟"，指他们皆来自辽东，历代亲谊。"东安郡王"，"东"是太子"东宫"之义。"穆莳"，"莳"是种了花木又复移植的一个不多用的专词——隐喻太子胤礽立了废、废了立，最后遭黜的命途变动。而联文"座上珠玑昭日月，堂前黼黻焕烟霞"，又合胤礽"楼中饮兴因明月，江上诗情为晚霞"（**见《居易录》所载**）的风格句法。

因此可证：荣禧堂大匾是康熙御笔，对联是太子所书。

曹家"获罪"，正因胤礽是雍正的政敌和"心腹之患"。

然而，一究抄本异文，竟发现一个奇迹：蒙、戚、杨本联文的上句写作"座上珠玑照日月"。奥妙又出现了！

抄书人只能"减省"力气，将字的笔画减少，而不会反而增多，如若底本原是"昭"字，他焉能凭空多写出"灬"来？必无此理。

那么，"照日月"不是不如"昭"字平仄谐而文义顺吗？又怎会用上一个

"照"字，不过是抄误而已。

这样解，是一种思路。还有另种思路——

应记得：湘云的牙牌令有"双悬日月照乾坤"之句。

"日月"和"照"都重现了。

这偶然乎？有意乎？

按"双悬日月"句，出李白诗，暗寓唐玄宗、肃宗同时并立的特殊政局；所以雪芹在此运用来以隐喻乾隆、胤礽长子弘皙并立的一度政治变局——这又即曹家再次抄家的主因（"亏空"等等是借词掩实）。

如此看来，"照日月"即"双悬日月照乾坤"的那个"照"，非"抄误"也。（后来因故或因批者抄者改为"昭"，是另一回事，有先后之别，不是矛盾是非的现象问题。）

自从解开了"日月"之"真事隐"以后，也逐步解了我多年之疑：为什么"月"在《红楼》全书中占那么重要的位置——开卷是中秋咏月；上元节也是"灯月齐辉"之节；香菱学诗是三次咏"月"；黛玉诗结句是"寂寞帘栊空月痕"；中秋夜黛、湘大联句是"月"的主题之拓衍；脂批说芹书是"中秋诗起，中秋诗结"……

尤奇者，到"乾隆二十一年丙子五月初七日对清"之语记在第七十五回之前，而又云"缺中秋诗，俟雪芹"。

好奇怪！雪芹如此大才，书中各体诗、词、曲具备而皆精彩倍出，怎么这儿代贾兰拟一首（大概无非是七言绝之类）却如此"才尽"？直到癸未（二十八年）逝世，也补之未能？

现在有点儿晓悟：这处"中秋诗"，与前更不同了——更难"隐"而又"照乾坤"了，所以到底没有写定。

现在重温中秋联句，那些"宝婺情孤洁，银蟾气吐吞"——谁写过月亮的这种"壮气"？那些"犯斗邀牛女，乘槎访帝孙"，这"帝孙"分明也不只是典故本义，而是实有所指：帝位的儿孙之正传，非同小可（并且各有情节经历）。所谓"晴光摇院宇，素彩接乾坤"，这"乾坤"二字更非一般常义可知矣!

香菱的诗"精华欲掩料应难",字里行间,深意存焉。

诗曰:

日月双悬昼夜明,谁知苦难伴渠生。

穆莳即是东宫贵,世谊乡亲证旧情。

雪芹婉笔刺雍正

雪芹自云，写书不敢涉及朝政，书中诸人皆是臣忠子孝，此乃“此地无银三百两”也。据我看来，他骂雍正篡位，至少就有三处痕迹。

一是在维扬郊外酒店里，贾雨村巧遇冷子兴，二人对话，话题转到“正邪两赋”之人，于是又引出冷子兴问道：“……依你说，成则公侯败则贼了？”雨村答曰：“正是此意。”

这“意”是什么？就是胤禛诡计夺位，成了皇帝，而他的骨肉手足以及不忿反抗的大批皇族贵戚，都变为“不忠不孝”之人，都成了“奸党”“逆臣”。胤禛本是“雍亲王”，特名年号曰“雍正”，表示自己才是“正”宗正根——本来成语是“成则王侯败则贼”，雪芹故意将“王侯”改“公侯”。这手法将是避嫌遁祸，实则“欲盖弥彰”——人人都会在此一停，思忖为何不用“王”字？

第二处就是《好了歌》。此歌四“股”，分为“禄”“财”“妻”“子”。此乃旧时的人生目标（**或迷障贪恋**），其首“股”云：“古今将相在何方？荒冢一堆草没了。”

这儿又出现“将相”——其实是不敢明写“皇帝”，只好以“相”代之。

是说雍正费尽了心机（还发了百万言的自辩自表的"谕旨"），也只坐了十二年的宝座，篡夺了人间的亲情珍宝，终归是草没尘埋而已。

第三处是人们诧异的一股"颂圣"的文辞，奇怪如何雪芹会出此俗文败笔——甚至有人疑是他人所妄加。

其实，雪芹的笔法狡狯之至，他说：凡做皇帝的，必仁必圣，那"天命"方让他独当此位。所以，若他"不仁不圣"，那天命也就归不了他了！

这是骂语巧说。这全是痛斥雍正不仁不圣。

但为何单标"仁""圣"二义？

不是别的，正是他家怀念的"先皇"康熙大帝，老皇上。因为，老皇的"庙号"正是"圣祖仁皇帝"！

雪芹是向读者宣言——好一个不仁不圣的假冒皇帝，天命会归于他吗？绝无此理。

我揣度，八十回后佚文中，还会有骂雍正的妙文。是雍正害得雪芹家亡人散，无衣无食，流落荒村，贫困一生。

［附记］

"王侯"是成语原文，"公侯"是避忌变改。作"王侯"者，甲、庚、舒三本；而其他七本皆作"公侯"。此岂某一本偶然之异？其缘由有二可能：（1）雪芹初稿作"王侯"，后方改为"公侯"避祸。（2）本作"公侯"，抄整者不明雪芹用意，以为"误"字，反改"公"为"王"了。

《好了歌》的"文法"，已有多人引来旧有相仿韵语歌词等，以为"有所本"。我记得京戏《花子拾金》也有此体，如："干个什么好（呢）？开个××铺（子）好！——哎呀，那个玩意儿我也干不了……"如此反复多次，亦《好了歌》也。

康熙太子与《红楼梦》

我写下的这个题目，也许有不少读者立即质疑，以为我这"考证派"要拾起"索隐"的故技老套来了，心里在发笑——还会有人暗打主意："哈，这回他又生新花样，异端邪说，又提供骂他几句的材料了……"

这些，随他自生自灭，无大关系，与本文毫不相干。

这个题目的起因是为了考证辽北古史地，证明雪芹早在其书文中已然写明了他的明代上祖故乡实为"辽海"铁岭卫。

理据何在？请看秦可卿丧殡那一大段奇特文字：贾珍务要寻购上好的棺木而苦无中意者，适有薛蟠来吊唁问知此情，说出一席惊人之谈——乃是一部《红楼》中的最大关目。他说：他们木店里存有一副好"板"，是他父亲从"潢海铁网山"为"义忠亲王老千岁"带来的，后因这位"千岁爷"在政局上"坏了事"（**失败了**），就不曾用，也"没人敢买"……贾珍就立欲抬来（**薛蟠说连价银都不要**）。贾政知后，劝贾珍此非常人所宜用，让他另行选觅。贾珍哪里肯听，终于用了这副"樯木"板。

故事大意如此，轻描而实为重笔——雪芹一贯是如此用笔行文的。

只因秦可卿这段故事内容非同一般，文内处处有事故，所以我就从"潢海铁网山"下手，寻求解答。

雪芹在全书中两次特提这个"铁网山"，前后呼应，特别引人注目。又一次是在第二十七回，暗写宝玉生辰，薛蟠设宴，而正在此时人报"冯大爷来了"！玉、蟠急问为何久不见面，方知随父到铁网山去打围（**行猎**）。此处特笔写明，是三月二十几启行的，"前儿"才刚回来——往返将及一个月之途程。这正是北京、铁岭之间的距离，素有"里七外八"之谚语（**关内七百里，关外八百里，共为一千五百里之遥**）。此为第二次点醒"铁网山"一名。

打围为何要到"铁网山"？这是因为铁岭地方本有大围场，八旗人到关外"老家"去打围，是为了习武（**骑射兴邦的满族**），为了"不忘旧俗"，连康熙帝出关"东巡"时，都曾在铁岭北郊的三塔堡打猎（**此地今名为"山头堡"**）。至今铁岭邻近的西丰，仍有围场遗迹。

这一点说明之后，方知"坏了事"的"义忠亲王老千岁"曾留用的"樯木"者，即隐指铁岭山中所产大梓木，其特点是质坚、高大而笔直，可做船桅之材，故以"樯木"喻指之。

为什么"老千岁"要选用梓木为棺？这是暗用汉代典故：皇帝之薨用梓木为棺，称为"梓宫"。后世相沿以此词尊称皇帝的棺柩。

由此可以晓悟：这位亲王老千岁，身为"皇帝级"，正是皇太子（**预封的继位人**）变称，实指康熙太子胤礽也。（**胤礽两立两废，后遭软禁，政治失败，故云"坏了事"。**）

胤礽是一英才，康熙钟爱，自幼亲授读书，入选师傅（**大臣**）是第一流学者如张玉书、李光地、熊赐履等人。做太子的，定然是文武全才，既工文辞，又善骑射。

正因如此，他也许有娇宠放纵之缺点，即为嫉妒他的兄弟辈留下把柄，乘虚诬陷，《指严说荟》曾记胤禛（**雍正**）指使喇嘛僧用幻影之术制造胤礽假象（**不堪之行为**），故意让康熙看见，由此失宠。后来竟至有疯癫之症状，终遭废黜。

且说他的文采如何呢？我们不得而尽知了，史料已不可寻。幸而王渔洋

《居易录》中偶尔保存下一份珍贵的遗痕，而由此却透露了胤礽与《红楼梦》的微妙关系。

胤礽作的一副对联，文云："楼中饮兴因明月，江上诗情为晚霞。"这就重要极了。

考察雪芹原本，其情节终始，真不妨说是由明月起到晚霞收。

曹家似乎曾悬有胤礽所书之对联，联语应与此联相仿。

请看第三回黛玉初入荣府，眼见的正房堂屋的那副联，写道是："座上珠玑昭日月，堂前黼黻焕烟霞。"下款是"同乡世教弟勋袭东安郡王穆莳拜手书"，奥妙就在这儿逗露出来。

事情多得很，我们所知太有限，然而若真讲起来，也觉得啰啰唆唆了。

不要忘记，曹家是内务府包衣，每日须与太子打交道，供应、服役，百般礼数与生活的特级需求，都在职务之中，更何况内务府总管大臣是索额图，索是胤礽的外祖兼"监护人"，势倾朝野，曹家须仰索之鼻息。

胤礽豪纵奢侈，向江南织造讨东西要钱，他的"嬷嬷爹"凌普，一次向曹寅要去了二万两——不见记录的讨索，还无法"估计"。

胤礽以皇太子的身份，随父皇康熙南巡，成了"主角"。他听了总督阿山的进谗，责斥江宁知府陈鹏年（民称陈青天）所修"行宫"不够华美，要杀陈——这时胤礽震怒，无一人敢出声息，独曹寅不顾生死之危，磕头流血，请下了陈的一条性命！（此事江南传为无上美德嘉行，因为曹寅素与陈不和，而当此际，却为之申冤仗义，这种品节感动了江南的亿万官民！）

这就说明，曹家悬有太子书联，是当时的实事，因为曹寅老母即是康熙的教引保姆，自幼抚养成长，情同慈亲，所以康熙御书"萱瑞堂"匾为赐，就是喻为母亲之义了。

"荣禧堂"即是"萱瑞堂"的化名幻笔——因为韩炎作《萱瑞堂记》明文（康熙帝驻织造府，曹寅老母孙氏夫人拜见，帝尊之为"吾家老人"）"见萱草荣于阶下……"即御书此匾为赐，可证"荣"即喻指萱荣之义（至于以"禧"代"瑞"，小小变化，无烦琐讲）。黛玉抬头看此匾时，只见是"赤金、九龙、青地"的最高规格，并钤有"万几（jī）宸翰"的宝玺——尽写"先皇（康熙）御笔"的势派。

然而，此刻更要注意的就是那副对联——"座上珠玑昭日月，堂前黼黻焕烟霞"。又特笔明文写清是"錾银"——正与"赤金"相连对举。旧日的小说戏本，皇帝之殿称"金銮"，太子之殿称"银安"，这金、银二"级"，标示分明。再加上"东安郡王"（**注意：并非"东平郡王"，是两回事**），又隐太子为"东宫"的制度。所以此联实为太子胤礽所书，已甚明显。

但最主要的"隐语""廋辞"还在"穆莳"一名。

考之古训诂"莳"有二义：一为"立"也，二为"更（改）种（植）也"。这儿，雪芹是施用了最巧妙的笔法字法，来暗指太子胤礽的既立又废（移植）的重大史实，这大事关系着曹家的政治命运，生死存亡！

康雍史事，复杂万分，很难于这样一篇文字里解说清楚，只能小结一句：曹家的巨变，是由"义忠亲王老千岁"——"勋袭东安郡王穆莳"这儿引发而发展的；考明"潢海铁网山"的"檣木"是指辽海（辽北）铁岭山中所产巨梓，隐指秦可卿所用棺木是"梓宫"皇帝级规格——因此遂又引向一个崭新的关键问题：可卿究竟是何等身份之人？她托词于"育婴堂"抱来之孤女，而她却能"托梦"于凤姐预示政局的巨变，嘱之早做处置？这就无怪乎作家刘心武先生提出的"秦学"之说，虽然颇遭疑问，窃以为中有合理成分。看看一个少妇之亡，竟惊动了"大明宫"总管太监和北静王等诸家"路祭"，确实不能只以"小说渲染"看待了。

惊人的『主奴』关系

　　曹雪芹受我们的钦慕尊崇，不足为奇；最奇的是称扬咏叹的同代人竟都是他原先旗主的家里人。

　　努尔哈赤（**清太祖**）有"三幼子"，武功最著，也最得他的宠爱，即：阿济格、多尔衮、多铎。他们曾是一个重要时期的正白旗旗主，曹家就是他们的"旗鼓包衣"（**旗奴身份，但也可以任官职享富贵，在旗内则是"贱"籍**）。三幼子，阿济格封英亲王，人称"八王"；多尔衮封睿亲王，人称"九王"；多铎封豫亲王，人称"十王"。英王的后人敦敏、敦诚，是雪芹至交，赞佩雪芹为"邺下才人"（**比拟曹子建"八斗之才"**），文如冰雪，诗有奇气。又曰"诗胆"如宝刀之寒光。多尔衮的乾隆时继嗣人新睿王名叫淳颖，作诗称雪芹之书"满纸喁喁语未休，英雄血泪几难收"。而豫王的后人裕瑞则传述了雪芹的音容笑貌，性格特点，生活嗜好……而且大赞《石头记》原著，大批后四十回之伪续，认为是有百恶而无一善，最为切中要害，痛快淋漓！

　　此"三王"之后以外，还有康熙晚年暗定嗣位人胤禛之孙，名叫永忠，读了《红楼》，作诗说："可恨同时不相识，几回掩卷哭曹侯。"

　　请看，这是何等惊人的"主奴"关系！

清代一般文士中没有谁真正理解认识雪芹为何等样人，而淳颖却称之为
"英雄"，你看惊人不惊人？

何谓英雄？难道是说雪芹是个"武将""剑客""绿林好汉"？那是笑话。

这英雄是指精神方面的义侠仁勇的"傲世"气概，不畏贵势的奋斗抗争，
以及骇世惊俗的文学创作。他没向任何来自皇家的压力、舆论、伪善道貌等等
屈服，这方是"英雄"二字的真谛。雪芹确是大仁大勇、大智大慧、大慈大悲
的中华文化的代表人物。

诗曰：

谁谓奴门诞圣贤，三王贵势正熏天。

才人诗胆英雄泪，玉叶金枝识性天。

冷香丸疑案

我们读雪芹的书，很多地方还读不懂，不可（**也不必**）充作什么都贯通了，妄以专家自居。因为雪芹的手法太多太妙，非一般文字所能常有（**已有前例或类似者**）；加上"后之三十回"已佚，以致前面的许多伏线难以"玄解"，所以才需要试做揣测推考。有的解开了，有的虽不一定即对，已然足备一说，以资后来者继续研求。可是还有不少连初步揣度也觉很难，甚至无从下手。

例如，宝钗自述"冷香丸"，药味、分量、引子，多隐"十二"之数，已有学人（**如杜琇女士**）指出。然"冷香"何义？在此起什么艺术作用？竟不可知。

宝钗住"梨香院"，是白色；吃"冷香丸"，也全是白色花蕊合成。白与冷相联，与红为"对"。红则与暖相近。这些都可以"立说"。既然如此，应有红色的暖香——所以黛玉问过宝玉：人家有冷香，你有暖香没有？

"暖香"确有，是惜春住的那处地方，叫作"暖香坞"。

这可就太奇怪了！

我的印象，暖香与红香相联，故湘云醉卧的是红香圃，是红，是香，是暖（**芍药花开，已进初夏，蜂蝶纷纷了**）。依"理"推，与"冷香"为对仗即是湘云——怎么却由一个性情孤僻、日后出家的惜春"占"了去呢？

此事，我百思不得其解。

只有一个设想：惜春出家，未待贾府祸败，家亡人散，而是事先识定，见机行事，早早离家去了。（**也许是与妙玉同行的？**）她的住处空下来，湘云彼时见宝钗已回己家，蘅芜苑锁闭，她遂移住于暖香坞。至此，方合了本义。

在全书寻找"暖"字"暖意"，须看两处联语：一是"花气袭人知昼暖"，明出"暖"字。二是"嫩寒锁梦因春冷，芳气笼人是酒香"。此下句虽不明出"暖"字，却实与"冷"对，芳香酒味，即是暖义在内了。

"冷""暖"的对比，义不单一，非出偶然。其中恐怕还有曲折层次，非仓促可明。留待慧心人破解可也。

如果照我上文所揣，有一可能即是后来湘云住了空下来的暖香坞，若非绝对不可通，那还可以找到一个出奇的参证：在雪芹叙到此"坞"时，有一特笔，说是此处进入之前，有一穿道，内外两向刻有字迹，曰"穿云"，曰"度月"。

这就又奇了！试问：为什么在"暖香"之"坞"偏偏题此四字？此四字又与"暖"与"香"与"坞"何干？！

如果是日后湘云来住，那么"云"就有了着落。巧合乎？偶然乎？

或问："云"是对了，"月"又何也？

我说：当袭人不得不离去时，叮嘱宝玉的一句要紧的话就是"好歹留着麝月"！麝月是后来与湘云在一起的人。所以又有诗题曰："可怜转眼皆虚话，云自飘飘月自明。"

这些蛛丝马迹，总让人不无可以深求的隐笔。也许，湘云在此还有一段重要的故事情节。

「龟大何首乌」

《石头记》第二十八回写宝玉向王夫人述说一个极贵重费钱的药方，其中有一处"人形带叶参三百六十两不足龟大何首乌"，多种旧抄本皆同。（**戚本"不足"作"还不够"，明是后改。**）于是现有几家校订本都标点为"人形带叶参三百六十两不足，龟大何首乌"。

这样显系无可奈何的一种断句法。但问题得不到解决，尤其"龟大何首乌"更觉不成语义，令人讶异而发笑——因为龟有大有小，如何能成为一个"度量衡"的标准？龟有极小的初生者，有千年的巨大者；况且何首乌形状是"立形"，如粗大萝卜或蔓菁状的，又非扁平物，如何会与"龟"较量大小？实不可通。

早年与亡兄祜昌共作《石头记会真》时，在这个难题上费过脑筋，也找不到满意的答案。最初也只得遵从抄本作"不足"，但在按语中表明："不"似乎为"六"之讹字，"六足龟"是珍稀品种，应即指此。

这种想法一直萦绕于心中。过了一个时期，终于据《大明会典》中的明文记载"暹罗国曾献六足龟"而恍然大悟，那处难解之文，实应读为：

> 头胎紫河车（胎盘），人形带叶参三百六十两，六足龟，大何首乌……

这就顺顺当当，毫无疑难之处了。

因此，再考过去坊间流行本，也得到了一种曲折的"参证"，即：藤花榭本、王希廉（护花主人）本、金玉缘本皆作"四足龟"。

"四足龟"本身亦令人发笑，龟有四足，又有何珍何贵？然而，这个"四"却毕竟透露了"消息"：那本应是个数目字。而一经查到"六足龟"，便茅塞顿开，恍然爽然了。

"六"误作"不"，是底本行、草书法之讹。至于"四"与"六"，也很微妙，因为从篆书上看，它们的区别只在一个"点"，"四"上无点，"六"则有之。如"六"字失点，即成"四"字。现在，这难题应该依从"六足龟"而断句，不必再沿旧抄之讹了。

记得医家说，《山海经》记载"三足龟"，服之可终身无大疾，又可消肿，是一种珍药。那么可以推知，"六足龟"必亦另有奇效，故此列入那个特别费钱的药方了。

可供参证的还有六足鳖。这种奇物，几部古书皆有记载，说是其形如肺，而有四目六足；而且口中吐珠，故名为珠鳖。六足龟只见于《大明会典》，而六足鳖则《山海经》《吕氏春秋》《大明一统志》均有记载，说法一致，称产于沣水。

看来，配药的奇物中，应为"六足"的龟鳖是没有疑问了。

其实，六足龟的记载，在清代史籍中叙及域外进贡奇物时，也多次载明有暹罗进献六足龟的事实。据今生物学家云，此种龟是在尾部及左右后肢根部之间，长有几枚小趾状的发达鳞片，故得"六足"之名。由此可证，雪芹所作虽名曰小说，而种种事物，皆非编造虚拟，各有实证可查。

我以为，像这样的例子，性质较特殊，不宜再拘"版本无据"而不予变通，应当改作"六足龟"，加上按语说明原文抄写致讹，就不为鲁莽了。

诗曰：

虽云芹笔有新文，龟大首乌竟何云？

原是珍奇龟六足，启颜一快解疑纷。

芳园见柳

人们想看大观园，进园找什么？轩馆不必说。花木则寻赏桃、杏、梨、棠、牡丹、芍药、竹子、芭蕉……大概无人看柳。

其实，进园第一联上句就是"绕堤柳借三篙翠"。宝二爷的住处什么样？"粉墙环护，绿柳周垂"。

宝钗的题园佳句：

> 高柳喜迁莺出谷，修篁时待凤来仪。

宝玉的四时即事诗之《夏夜》：

> 琥珀杯倾荷露滑，玻璃槛纳柳风凉。

这还不重要吗？何以人皆不理不睬，不思不悟？

"五九六九，河边看柳"，柳是春的报喜人。

"杨柳依依"，《诗三百》已然告诉人们：万木丛中，柳最富于感情。

"最是一年春好处，绝胜（shēng）烟柳满皇都"，唐句也；"红酥手，黄滕酒，满城春色宫墙柳"，宋句也。说明至晚到唐、宋之世，中华古国的京城是柳的大园林；即到元代大都（今北京），仍是垂柳"郁郁万株"——那景象境界，我们如何能以"想象"了之？

雪芹在世的时代，东城有御河桥，这儿是以垂柳为胜境的地方，想来是御河两岸，柳色依依。正所谓"年年柳色，灞陵伤别"——灞桥折柳，执手送行之地……

"余生也晚"，唯见北海后门紧旁一株古柳，其高入空，仰头延颈以望之，遐想万千……后来，就伐掉了，那宫门便变得黯然失色、索然无味，我再不愿重到那地方。

大观园的柳，岂不可珍，岂不可赏？

因此，宝玉的好友名叫柳湘莲。因此，大观园的内厨房有柳嫂子和柳五儿。

柳二郎自尤三姐饮剑轻生，远走他乡，后来如何了？据脂批，他似乎做了"强梁"好汉，又救了薛蟠，侠义士也——就这么完了吗？

薛小妹新编怀古诗，《蒲东寺怀古》有云："不在梅边在柳边，个中谁拾画婵娟。……"①宝琴许婚梅翰林的儿子，书有明文。我久疑心，这句诗是暗示宝琴的命运也是婚变或迫离，后来嫁了柳湘莲。

如若料得不差，那就是宝玉重会柳郎时，将小妹"介绍"给他——以赎昔年未能为三姐说好话的过愆。这个可能性很合理合情。

宝琴的乞红梅，也是求"媒"之艺术表达。

"一别西风又一年"，甚可注意。

探春、宝玉等咏絮，宝钗等咏菊，都出现了"隔年期""慰语重阳会有期"一类语意，分明是说离散之人一年后忽又意外相逢，悲中有喜——喜亦

---

① 出自《梅花观怀古》，见《红楼梦》第五十一回《薛小妹新编怀古诗　胡庸医乱用虎狼药》。原文说"《蒲东寺怀古》"有误。——编者注

兼悲。

故湘云的曲文题名《乐中悲》，即此义也。

总之是劫难重重，坎坷曲折，离合悲欢，不胜嘘唏，难禁激动。

"柳湘莲"何义？柳郎"相怜"？"柳"与"湘"相"连"——有义侠救湘的经过？

湘云是多次落难之人，终与宝玉重聚，应是柳郎之大力。宝玉也为苦难的小妹完成了好事。

信与不信，各从其便。"真有是事"这个语式，早见于金圣叹批《水浒》，故亦有人认为不过效颦金氏而已，不可认真。我却"呆看"脂砚的话，只因此人是"梦中之人"，特为此书而做此梦者也，其人与雪芹关系非常，"一芹一脂""余二人"的口吻特异独标，怎么能拿金圣叹硬比？是故，我宁信脂砚，比别人的话更为可信。

怎么讲《红楼》一词，又扯远扯到脂批上去了？我是联想到：在脂砚口中，却喜用"红楼梦"为书名，这也证明《石头记》一度叫过《红楼梦》；到乾隆甲戌，方又放弃它而恢复本名《石头记》。

雪芹、脂砚为何如此决议，尚不得知，如今只说：与曹雪芹同世的人如明义、永忠，都称名《红楼梦》。敦敏、敦诚的诗"废馆颓楼梦旧家"等句，也明指《红楼梦》（只隐去一个"红"字）。

于是，红楼的光辉，自昔已然，于今为烈。这个非正名，具有本名所缺少的魅力，是此书几个异名皆难取代的"红"名称，"红"实事。

红楼，今后将会更红。

红楼，千古常红，永不褪色。

［附语］

后来程高伪续假"全本"也采用了"红楼梦"三字，当另论，切勿混为一谈。他们能悟：这比"石头记"更能吸引当时的读书人和旗家子弟。

奈何·离恨天

"奈何天"似乎来自《牡丹亭》的"良辰美景奈何天"，黛玉的牙牌令冲口而出的即是此句。但《红楼梦曲·引子》中，另有"趁着这奈何天、伤怀日、寂寞时，试遣愚衷"。（哪里是什么仙姑的新作，分明是雪芹的声口。）又，宝玉祭雯，有"太平不易之元，蓉桂竞芳之月，无可奈何之日……"的话。"奈何天"就是"无可奈何天"的同义省语。

奈何天，人有苦绪郁怀，无计纾解，呼天无济，故而云然，即大白话的"没办法"也。

"离恨天"是警幻自云"吾居离恨天上，灌愁海中"，下面还有"放春山""遣香洞"等奇奇怪怪之"地名"。

"离恨天"俗有二解：一即离愁别恨的天；二为"已脱离世俗愁恨"的境界，是修道者的名目。然则，警幻何指？应是前者。

但又不是她本人是个"离恨"的承受者，是说司掌尘世的"风情月债""女怨男痴"，故为离恨。

然而，"灌愁海"又为何义？

这又麻烦，因为可以解为"把愁恨灌输给那些男女"；也可以解为"灌溉愁恨者，使之得以救济"。

哪个对？一下子委决不下。

不但如此，更乱的是"放春"和"遣香"，而"遣"字又有抄本异文作"还"。遣、放，可以是"发放出来"，又可以是"打发它远去"，即充军遣发、流放边荒的意思。又成了"两可"；一面是散发给痴情人，一面是把它打发掉。正相反。

这还不算，又添上一个"还香洞"。"还"，是"遣"的对词，可解为把放去的香归还回来。又是哪个对？

遇到这种难题，不敢聪明自作，下什么"定论"。

如联系警幻出场即唱"春梦随云散，飞花逐水流。寄言众儿女，何必觅闲愁"，就该是排遣、打发掉为本义了。

引人注目的是"春"和"香"为对仗。"春怨""春愁"，诗词习见，可与"离恨""灌愁"衔连，那"香"又从何说起的？怪呀！

"香"在书中常常谐"湘"之音。若是隐语指"湘"，则"遣湘"乎？抑或"还湘"乎？

疑案尚多，留待上智大慧之人为我破解吧。

诗曰：

遣香已去又还香，离恨重重再揣量。

若隐湘云后来事，沉酣香梦异黄粱。

《乐中悲》

宝玉梦入华胥，饮酒聆歌，仙缘不浅。他听的曲文，有一支叫《乐中悲》，是隐湘云身世命运的一篇佳制，声韵情怀，两臻高境。

可是研究者对这支曲的理解意见最不一致，争论至今，方在《红楼》期刊上见到高飏先生的好文章，有新见解。

高先生是"宝湘重会"说的坚定支持者。他解"又写一金麒麟"的"间色法"十分精彩，使我佩服。

高先生指出：一般论者把"乐中悲"误读为"乐后悲"，大错。"乐中悲"不是先后次序的问题，所以不能以此反驳宝、湘复得会合的结局预示。

这是善读古人书，最能以理服人了。因为，湘云的"乐"，不同于世俗的浅薄的"享乐"义，她与宝玉的重会是千难万苦之后的"乐"，此乐是悲的积累和代价。挨到"乐"时也含着悲酸的滋味存贮于心肝五内。

反过来，也就可说是一种十分特殊的"悲中乐"。悲喜常是交织密结，难以两分。这最符合事实，即方得雪芹的旨义。

湘云果然厮配一位"才貌仙郎"，是其乐可知。这是谁？通部书中，谁个配称这个美号？不但如此，他们是"地久天长"——结局如此，已定。

那么，反对者说了：既如此，下面的"终久是云散高唐，水涸湘江"，又怎么讲？

问住了，有话答吗？

高先生说：这一点儿也不等于"厮配"徒然，终成悲剧。不是那种"文法"。原曲是说：经历了深悲大痛的人，对"乐"是不敢相信为真的，总"惦念"着"另一面"。曲文末几句是一方心理的忐忑，余悸犹在；一方是以理相慰，开解忧怀。不必再多虑到云散水涸，也不必追忆那些可怕的经历了，那是顺逆、否泰的规律——目下熬到"乐"境，何必又自寻悲绪？

这就对了。

高先生是一位青年学人，未曾识面，我们通信研《红》，很是投契。我将他的好见解（用我的话）记在这里，以为"存证"。

诗曰：

悲乐相寻岂两端，人生况味字难安。

若教锦瑟成胶柱，何怪生龙变死鼋。

心机与心田

心机和心田不同义。心田是性情善恶、厚薄、仁忍……心机是智巧、诚伪、奸狡……

湘云只用心田，不动心机。宝钗心机多于心田。黛玉心机很少，略同湘云，但心田不如湘云光风霁月，阔大宽宏。凤姐心机也多于心田，浑厚老成不如宝钗，锋芒过露，盘算过精。

说心机多于心田，不等于说心田就不好，要分别而论。"世事洞明皆学问，人情练达即文章"。世事人情，"教训"了聪慧者：别太天真了，行不通，白生气，得罪人，无济无利于国于家于己。所以必须懂点儿、用点儿心机；只要良心不昧，还是好心田的人，不可错评。

湘云全是心田，不动心机。她一见宝琴，就告诫她：园里可来，太太房里别去——那屋里人都是"害咱们的"。

你听，心田何等坦荡，直言无忌。

又一回，她闻知岫烟寄居迎春处，受了屋里婆子等人的委屈，立表同情不忿，就要去找二姐姐理论。也是有心田、无心机的有力证明。

当此之际，宝钗如何？她并不像有些人认为的那么"坏"，她并不"坐山观虎斗"，"倒好耍子"；她忙把湘云按住，说：你疯了！还不快给我坐下……

可知宝钗一面照顾了岫烟，一面制止湘云的不通世事人情，只能败事的全无"心机"。

黛玉此时则讥笑湘云，说你又充什么荆轲、聂政？——这是刺秦的典，用得何其辛辣过火而又不贴不切。

宝钗的心机太多，所以也引人反感，以致令人生疑。其实大抵是冤案。

宝玉挨了苦打，伤势奇重，连累薛家母子，兄妹间也起了轩然大波。薛呆子出语不逊，惹妹妹哭了一夜，双眼皆肿。次日为宝玉送药，适与黛玉相逢，黛玉见状，即发尖刻之言曰：姐姐就是哭出两缸泪，也医不了棒疮！

你听，这是什么话？不要说宝钗，任何局外人入耳也不会太舒服（**除非心田太有问题**）。这说明了黛玉之为人，并不值得一味歌颂。

然而，宝钗闻此，一言不还，夷然大度。

应知，昨夜的一切，黛玉都绝难想象，说了也不信，更何况那也无法说、不便说。

这样的委屈、辛酸，宝钗一人承担，不怨天、不尤人，也未与黛玉"反目""反唇"。她的心田并未为心机抵消压倒。

晴雯大似湘云，有心田无心机，心直口快，疾恶如仇。

袭人似宝钗，有心机，但并非即无心田。她的委屈、辛酸也是难以尽表的，含容忍受。

有心机的，又要分是为明哲自保，还是为了利己害人。两种心机不可错认错评。凤姐的心机是自保多，也不是真想害人。她心田仍在，疼怜邢岫烟，爱惜林小红，反对赵姨娘，同情被"抄检"。她没有站在坏人奸邪一边。

她害了两条命，一是张金哥，二是尤二姐。是罪恶。

前者为贪贿，破婚姻，但她未必预料会导致人命，这不应全部"负责"。后者是因为贾琏把二姐当"新奶奶"娶来——不是二房侧室，爱姬侍妾。这便逼得凤姐没有立足之地。她须重谋明媒正娶的合法身份——不然，再发展下去，她就必被遗弃！

论事品人，要设身处地，勿脱离历史而只凭"高论"。凤姐是受屈者，故隶"薄命司"。

心田、心机，只一字之差。心机、杀机，也只一字之差。

心机与杀机，是"至亲"。心机的膨胀与发展，即引向了杀机——二者的本质是"自我"。

警惕！心机可畏。

所以雪芹虽极钦佩凤姐之才干绝伦，却不给她的心机留情掩饰。

因为，一部《红楼》本旨就是反自私，以情利人，为（wèi）人忘己，即胡风先生指出的"唯人主义"。

世有以"治学"为招牌而专谋一个"私"字的，并非无有。这种人也会涉足"红学"。以私代学的结果，必然就会扭曲了《红楼梦》，实质上是反雪芹之道而行。这儿充满"心机"，可名之曰："心机红学"。

诗曰：

久识心机近杀机，一家一己一盘棋。

胡公解道唯人义，谁信红楼禄位梯。

再解『空空』十六字真言

昔年对雪芹的"十六字真言"做过试解，此刻又想旧话重提，因为这是《石头记》的"灵魂"。

"因空见色，由色生情，传情入色，自色悟空。"妙若连环，声如莺啭，非大智慧者，何能道其一字。在我辈常人，试图索解，当然只能是扪烛叩盘，姑妄言之。

未解本文，先须引几句著名的《心经》。我有幸见到雪芹姑母所生大表兄平郡王福彭楷书的《摩诃般若波罗蜜多心经》（乾隆元年十二月），也可证知当时满洲贵胄的一种文化生活的侧影，包括熟诵佛经。此玄奘法师所译，中有句云：

> 观自在菩萨行深般若波罗蜜多时，照见五蕴皆空，度一切苦厄。舍利子：色不异空，空不异色；色即是空，空即是色。受、想、行、识，亦复如是……

这是佛家的最精要简短的教义哲思。（五蕴：色、受、想、行、识。经文只举色时出以全文；其他四者亦如此例，简化避复也。）

就由打这儿，世俗人也常说"色空"了，如《思凡》的小尼，法名"色空"；不少"红学家"说《红楼梦》是宣扬"色空观念"，云云。

究竟如何？还是听雪芹的话为是。

很醒目：那十六字真言，两端是"空"，中间是"情"。由空起到空止，但后空不同于前空，不是"复原"——否则绕了一阵圈子，中间的要害岂不全成了废话？

要害，在雪芹看来，全在一个"情"字。他是说宇宙世界，最初一无所有；继而这种"无所有"中出现了"色"，"色"即"色相"，包括万物万象，无量无尽的"形形色色"，皆在其内。

只因这些"色相"一生，于是随之而来便出现了这个"情"。万物万象，可以是冥顽之器，无识无知，无生无命——也就没有什么"情"之可言。

"情"，是"物"的最高发展状态的精神方面的产物。正如书中所写：娲炼之石，却通了"灵性"——就有了"情"这个"心理活动"，能受能感，能思能悟，能流能通。

因为一旦有了"情"，这时他再反观万物，便使得本来无情的一切都具有了感情的性质、色彩。这是以有情之眼，观照世间。

这就是"传情入色"。

"由色生情"，而又"传情入色"，此时"情"已有了"本体性"，自身"离"物而成为一个独立的范畴。

传情入色之后，这才悟知：原来"空即是色，色即是空"——这就是"即"色"悟"空。

换言之，以无情之目观世，一切皆"空"；而以有情之眼观世，却一切皆"色"——所谓空者，本即是色。万物万色，皆是"有情"，有情即"不空"。

"空空道人"悟了此义，所以才改名"情僧"。

到此，"空"已不再是"问题"，所把握珍重的，全然集中在一个"情"

字上了。

　　"这符合佛义原旨吗?"

　　这叫纠缠。雪芹从未以讲佛为宗旨,是以小说形体来向人提倡以"情"做人,以"情"度世——不是"万境归空"。

　　是"万境归情"。

　　你完全可以不同意雪芹的哲学思想,那是每个人的自由权利,我不是要讲那个,是要求索雪芹的离俗抗腐的伟大精神和独立思考。

因为传他 并可传我

《红楼梦》通行本开卷即是一大段"作者自云"。此原是首回回前的"凡例"（甲戌本）或回前批（庚辰本），后乃混为正文（**不低格，不另起讫**）。稀奇的是在蒙古王府本中此段之旁，也有了侧批。"自云"说到闺中本自历历有人、不可泯灭，故作此书，以便为之照传的意思时，即在行侧批了八个字，说："因为传他，并可传我。"

八个字倒很简捷有力，只是"他""我"对仗之际，却发生了"我"是指谁的问题。

一种理解是：此乃批者代作者讲话之意，既传了闺中历历之人，同时也就传了自己。把"我"作"作者自云"解。

另一种理解则是：因为是传那些闺友，所以也就传了我这一名闺中人。把"我"作为批书人的自指。

不待说，若是这个意思，那批者即是一个女子，而且必在书中无疑了。

到底哪个解法对？——正好，这个"红学界"早就成了"争论界"，任何一个问题都会"见解不同""各行其是"。于是赞成批书人即史湘云（原型）者必然持后一解读法，反对的即必然主张前一解法。

要为这句话断案是种痴事，自是自信，并不等于已得真理。我们只宜尽量摆事实讲道理。

"自云"刚刚说了，万不可因为自护己短致使闺友一并泯灭，那就是：我作书是为了传闺友，不是为了传自己的"半生潦倒，一技无成"之"不肖"种种。那他如何还含有"传己"之意？

所以批者不至于是故反作者之意而强调那个"自我"。

这种推理，终于落到较为合理的解法，即后一理解：是个女子的声口，说的是自己也属作者的闺友中人，他既要传人，则我也在内——何其幸也！是个很荣幸、很引为骄傲的语味。

家兄祜昌力主此解，似不无道理。

这儿还有一个问题，就是"使闺阁昭传"的"昭"或写作"照"，成为"照传"。又是哪个为对？

"昭传"流行已久，习惯力量必认为"昭传"文义通顺；"照传"少见，接受不了……

拙见以为，"照传"比"昭传"近真。因为是要为她们"写照传神"，不是要为她们立"旌表牌坊"。"昭传"带着官方气味。

传神写照是顾恺之的艺术理论，我已多次提到。抄手只会省"四点"少费力，不会原为"昭"字反而自动多事添四点成个"照"。

一个旁证是："倩谁记去作奇传"这句念熟了的古语在古抄上却作"倩谁记去作传神"。正是"传神写照"的本旨。否则，如何会出现那样的异文？就难圆其说了。

诗曰：

雪芹手稿草书连，亦有勾涂点改圈。

昭照多劳加四点，何来抄手不惮烦？

小妹『怀古』

　　薛小妹宝琴因作诗谜，竟拿出了十首怀古诗，字面咏史，另有谜底，各打一"俗物"。自清代至如今，猜者（写成文章的）多家，已不胜枚举。我刻下这篇文，却不是重猜"俗物"（旧日所猜，大部分似已猜得不错），我是觉得，除了那种谜底，还有一层"谜底"——如嫌此词不够恰当，可以改为"寓意"。

　　拙见的"大旨"在哪儿？与前人有何异同？盖我读这十首绝句的感受是一组有内在联续、次第的"诗传"，而不是各不相干的分散题咏。而这"诗传"，是暗寓雪芹的家世和重要经历。

　　试列如下：

　　一、《赤壁怀古》，寓指汉魏始祖是曹操。

　　二、《交趾怀古》，暗寓北宋始祖曹彬、曹玮。彬曾平蜀，玮则为彬之第三子，能继父志，军威远震，是御羌名将，谥武穆。

　　三、《钟山怀古》，显指雪芹曾、祖、伯、父四代到南京任织造，非由自愿，是"无端被召"，且牵连难以断休。

　　四、《淮阴怀古》，暗寓雪芹（或兼有先辈）困境中曾得一女子（*如漂母*

者）的救助，绝处逢生，幸脱大难。

五、《广陵怀古》，暗寓扬州是祖父曹寅晚期居地，身为诗人学者，却兼任了巡盐的差使，成为"肥差""巨富"的假外状，受到很多讥讽和罪累。

六、《桃叶渡怀古》，暗寓雪芹本人重到金陵时，曾有与一"秦淮旧梦人犹在"者被迫分离失散，时时怀念不忘，绘像供之。

七、《青冢怀古》，暗寓雪芹上辈或平辈女亲有远嫁外藩（**蒙古王子**）的事情。

八、《马嵬怀古》，暗寓曹家也有一女入宫为妃，后于出行时遇政变被迫自尽（**如书中之元春**）。

九、《蒲东寺怀古》，暗寓雪芹本人曾有类似的情事以致累及了一名丫鬟。

十、《梅花观（guàn）怀古》，暗寓雪芹本人的姻缘有过一个大转变：先议者（**梅边**）后来无成，而后议者（**柳边**）却终成连理。其中间又曾有"西风"相隔的曲折。

以上是拙"译"，聊作参考。

我上写的"雪芹"，也就可以理解为书中的宝玉，二者一也。

这十首绝句，无论内容和手笔，都不像一个十多岁的"小妹"少女之作，文笔很老到，内容也不是一位姑娘会多么感兴趣的"史迹"。说是宝琴所为，大约是假托。

当然这并不等于说宝琴对于宝玉日后的婚事之成败变化即毫无关系。只要看向妙玉庵中乞"梅"（媒）的，就是宝琴、宝玉二人，一先一后，就略可参悟。

但，最后还是"不在梅边"。那个"在柳边"的"柳"，究为何人耶？

诗曰：

　　不在梅边柳正难，东风无力百花残。

　　咏今却说为怀古，破谜休将死句看（kān）。

第七扎

Seventh

年月无虚

红楼夺目红

久已考明：《石头记》自第十八回至五十四回，写的是乾隆元年的事。自第五十五回始，已入乾隆二年。我们的证据不但有力，而且有趣。

乾元那年，曹家复苏，罪债俱免，到四月二十六，正交芒种节——书中明以此节为"饯花"标目，却又暗写这是宝玉生辰（与后文"开夜宴寿怡红"对应），是时宝玉十三岁。

第五十八回，挽笔逆叙，开年有一位老太妃薨逝，家里长辈命妇要进宫陪祭、送葬……恰好历史上这年正月康熙老皇帝的熙嫔陈氏去世。而熙嫔者又正是慎郡王胤禧的生母；慎郡王即书中化身的北静王，是康熙的二十一皇子。他见宝玉，恰恰是一位"年方弱冠"的小王。

为"老太妃"送葬，偏偏荣府太君、王夫人等是与北静王府的人住在一个"下处"。

所有一切，一丝不差。

这就让人想起：老太太因贾琏而生气，说她进了这门子五十四年，什么大惊大险都经过了……这个"五十四年"的特笔，就值得注意思寻其意义了。

若从乾元逆推五十四年，就该是康熙二十年左右的光景，那时太君初嫁于荣国公（张道士替身的这一代"国公爷"，不是指更早的辈分），即李煦之妹嫁为曹寅之妻（寅有"吊亡"诗，似有初婚，此为再娶）。

看看历史实况吧——

书中再三"突出"一个日期：四月二十六，这日正交芒种节。这是为什么？一查古历，原来雪芹经历了这个巧日子：他出生于雍正二年（甲辰，一七二四年）的闰四月二十六，次年过周岁（俗谓"抓周"之日）正好是四月二十六交芒种节。从此芒种这日也就成了他过生日的一个"标志性"代词。但更巧在到了乾隆元年（丙辰，一七三六年），他十三岁时又恰逢四月二十六芒种交逢于一朝。所以他特笔将这个不寻常的日子"艺术化"了，记在书里。因此我们得知：《红楼梦》自元宵省亲至除夕祭祠，是写的乾元一年的大事。那书里的宝玉也正是明文"十三岁"。

如此已奇，谁知还有更奇的。

书至第五十八回，叙出一位老太妃薨逝的事，这才引起贾母、王夫人等离家送灵等情节。一查史书，惊奇地发现：乾隆二年开岁，正有康熙的遗妃（封号"熙嫔"）逝世！

这还不算，这老太妃就是"北静王"（慎郡王胤禧）的生母陈氏。而到雍十三、乾元之时，胤禧（康熙之第二十一皇子）正好是"年方弱冠"！

书中又写明：送灵时，贾母等与北静王府的人住于同处，分居两院，出入偕同……句句含寓史事。

所以说，《红楼》一书虽为"小说"，却具有极其独特的素材内涵与艺术手法者，并非无中生有，纯出"附会"。

诗曰：

熙嫔原为老太妃，乾元乾二史无违。

"静"王谥"靖"非无故，芒种嘉辰巧伴随。

香在红楼

雪芹著《红楼》一书，给地点题名吟咏时，哪个字用得最多？我觉得就是"香"字。如若不信，可以罗列一下，试看如何——

沁芳亭题联，曰"隔岸花分一脉香"。

题诸处馆院，计有红香绿玉，有梨香院，有稻香村，有藕香榭，有暖香坞，有红香圃，还有埋香冢和天香楼。

药有"冷香丸"；人有"香娃"；物有"香芋"；顽童有"香怜"。

四时即事诗中有"室霭檀云品御香"。

怡红公子（或雪芹先生）为何如此喜香？古人作诗文怕重复字太多，有意变换以避，而他偏偏反其道而行之？

我的解释是北音"香""湘"不分，"香"即暗指"湘"字。

书中所写，花香、药香、脂粉香、檀麝香、果品香、酒香……人也香。唯有男人是"秽臭之气逼人"！

宝玉身边荷包里佩香，炉里焚香，笼袖闻香。他一生心事是怜香、惜香也敬香。"香"，不单是个"味觉"的事，比如佛经上说的"六根"是眼、鼻、耳、舌、身、意，而"六尘"即相应的色、香、声、味、触、想。"香"在中华诗中，实即与"红"相似，可以喻花。

君如有疑，请再念念黛玉的诗："花谢花飞花满天，红消香断有谁怜"，"粉坠百花洲，香残燕子楼"——这儿"香"又是"香消玉殒"的兼喻了。因为花与美人是"同位"的。

宝玉一次生气，例外地对丫头发了脾气，指桑骂槐说蕙香："什么兰香蕙气的！哪一个敢比这些花……"但他内心是爱香的。他在"幻境"看的簿册判词，对妙玉不是写的"气质美如兰"吗？只有气质真美的人，才配称一个"香"字。那分量很重了。

所以，"湘云"二音，你可以当作"香芸"来领会。也许又是"香筠"？亦不可定。

红香——绛芸，试将"红""绛"二字暂置勿计，则所剩岂不正是"香芸"二字？真有左右逢源、四通八达之妙趣。

记得我已于另文说过，浣葛山庄的题联是：

新涨绿添浣葛处   好云香护采芹人

这儿不但"云""香"连文，而且"香"与"绿"为对仗，明现"香"亦含有"红"意了。云红即为霞。是则云霞也有香气了？良不可知其究竟。

极可瞩目的是史湘云咏柳絮《如梦令》，起云句：

岂是绣绒残吐，卷起半帘香雾。

絮本无香，此皆特笔凸显"香"字。又，菊花诗十二首中，竟有八首中用了"香"字。如："醉酩寒香酒一杯"，"清冷香中抱膝吟"，"隔坐香分三径露"，"口角噙香对月吟"，"跳脱秋生腕底香"，"葛巾香染九秋霜"，"珍重暗香休踏碎"，"蒂有余香金淡泊"。

随便夹叙一义，如菊花诗的这一联：

霜清纸帐来新梦，圃冷斜阳忆旧游。

这是隐日后宝、湘终得重会。清清楚楚，红楼之"梦"有两局，旧梦与新梦。而新梦是在清贫中重现的——纸帐绳床、土阶瓦灶之生活中也。

然而，这种清苦之新梦，却又有清而不浊的"香"弥漫于贫居之中。那么，此"香"又是谁人也？可知"香""湘"总是同音同义了。

「表记」是诗

现代人从西方文化鹦鹉学舌，张口闭口是"爱情""热恋"……中华没有这种传统词语，较之也文雅含蓄、有味得多。就拿彼此表达相慕之意，方式也是富有诗情画境的，不会出现"狂吻"或其他场面。古人喜欢的，是用"表记"达诚申信。

表记常常是一件随身的佩物。从郑交甫"江皋解佩"到《红楼梦》，莫不如是。

表记似分两类：一是互赠，二是对应。互赠（**或单赠**）是明的，对应是各自私藏，甚至是并不悟知，冥冥中似有安排的"预兆"性表现，带着神秘色彩，宿命意味。

江皋解佩一段佳话，最富诗意，美不可言：书生郑交甫在江边见一女子（**水神**），向他表示好感，将佩玉解下来赠给了他。①诗词中引用之例不可胜举，东坡在《天际乌云帖》中也提到"解佩暂酬交甫意，濯缨还作武陵人"的

---

① 此处有误。郑交甫遇到的是两位女子，并且他主动向女子请佩。见《文选》卷十二郭景纯《江赋》之李善注文，亦可见刘向《列仙传·江妃二女》。——编者注

佳句。

这段佳话的特点是女方主动，男方是个承受者。第二个特点，此乃人神交感，仙凡不隔，意味深长，了无尘俗、粗野、鄙陋、轻薄下流的任何成分。

放下远的说近的，在雪芹笔下，表记的传统不但不曾消失，倒是运用得加倍生色。

"浪荡子"偷偷掷给尤二姐一个汉玉九龙佩。柳湘莲留给尤三姐一把鸳鸯剑。不能相聚之际，以物为亲，睹物思人，以为慰情之寄托，是感情上一个不可代替的珍品，失落了，那极不吉利，是个灾难。

通灵玉上刻的是"莫失莫忘，仙寿恒昌"，而金锁上正对"不离不弃，芳龄永继"。天意乎？人工乎？论者各有己见。

这是"明"的，因为莺儿早就拿它让宝玉目验了。

但另有一对，人所未知，已亦不解，天造地设，金玉成双——通灵玉和金麒麟。

袭人有茜香罗。

小红有手帕。

司棋有绣春囊。

晴雯没有，扇子撕了。

黛玉没有，荷包剪了。

事情已然一清二楚。

"金玉姻缘已定"。那是玉与锁、麟两局的事。

迎、探、惜，都不曾有表记的痕迹埋藏书文之内。

多姑娘也懂得剪一缕青丝留念。

晴雯的贴身小袄与长指甲是"非表记的表记"，最为痛切五衷。

黛玉留下了什么？独这一问难答。或许只是诗稿吧？

还须多想一想的是茜香罗。

茜——香——罗，每一个字都让我吃惊。

"茜"，即"红"的变词，另文讲过。"香"，是"湘"的谐音。合起来的"红香（绿玉）""红香圃"，都专属湘云，也是另文详说了的。至于"罗"，勿忘刘姥姥来时，老太太领她游园，命凤姐给黛玉换窗纱，寻出早年所织的纱罗，红的叫"霞影纱"，又名"软烟罗"。

罗的讲究，只见于此，连凤姐、薛姨也不及闻见——是暗写曹李至亲、织造世家的旧物，年轻一代已不懂得。

"霞"即红色之云，霞影纱并不再提是潇湘馆窗上之物，却总写到是怡红、绛芸的"茜纱"——此已甚奇。

"茜香罗"，岂非即是"红香罗"？二者一也。

更奇者，此罗号称是"女儿国"国王所贡！

当贾政"验收"园子工程时，特写海棠，又号称是外国珍种，名"女儿棠"。

女儿国国王，是暗指谁？

这个奥妙，大家一齐想想。

我只想一再重复：海棠是湘云的象征、标记，而那罗纱恰名"红香"。何其巧也，是无意乎？

湘云自幼与袭人（在老太太身边时）一起，感情甚密，无话不说。袭人日后虽嫁蒋玉菡，另有奇情，并非负心变节，仍然供奉宝玉。

她的"表记"偏偏是茜香罗，焉能与湘云无涉？

从"探佚学"的角度看事情，袭、蒋二人后来是湘云苦难不幸中曾为之救济脱险的重要人物。

茜香罗，是古今独具一格、奇情异彩的"表记"，其价连城，世所罕有。

枕霞旧友，所枕何"霞"耶？妙甚奇甚。

品茶是奇笔

雪芹写"品茶栊翠庵"一回书，文情繁富，含义甚丰，至今寻绎，不能尽晓，还待通灵之士揭其奥隐。

史太君领刘姥姥到妙玉这位脾气古怪的尼姑的庵里，先赞赏这儿的花木特好。这令我想起：一进园是"曲径通幽处"，到庵正是"禅房花木深"。似乎有意运用唐贤名句。

妙玉奉茶，细写她的举措和茶具的考究。茶未入口，老太太劈头先说："我不吃六安茶。"此语突兀，怎么会先防此茶？是否府里人多饮此种？妙玉立答："知道。这是老君眉。"

妙玉世外人也，如何连老太太吃茶的细情也尽悉？

六安是安徽地方，其茶无多佳味，且不耐沏，兑一次就无多好味了。这反映了曹家在南京日久，那时的"江南省"包括今之江苏、安徽，二地不分，所以南京亦多徽产，吃腻了，不喜欢。

"老君眉"是福建武夷山的珍品。

妙玉照应了太君、姥姥之后，单把钗、黛二人招呼进做特别款待——宝玉是不请自到，随人后跟的。

奇怪，她单单不招呼湘云。读完整个一回书，绝不见提湘云一字。

对此，我纳闷久矣。

有人会说，这不过是雪芹偶然疏漏，并无深意存焉。

只是这个缘故吗？我存疑。

宝钗精明，有心机，一句不多言——她的惊人的丰富学识独独不露端倪（例如一讲画就说出了那么内行的一大篇颜色、缯绢、笔分了多少种……）。所以妙玉对之也无评语——而黛玉在妙师面前却落了个"大俗人"的品目。

黛玉会作几篇诗，似乎"一尘不染"，其实很俗。

这句话，除了妙玉，谁也不敢说。（别忘了：雪芹却敢写！）

这么一"推了去"，如若让湘云此时此境也"混"在她们三人堆里，该当如何呢？

一言不发？不对。多话的她，岂能话少？若一开口，必然惊人——妙玉又该怎样品评她？

脂砚曾说《石头记》的用笔有"避难法"。难道在这儿不写湘云，是真把雪芹也难倒了？

湘云在这一"格局"里没有她的事，是到了中秋夜联句，方同黛玉入庵歇息——仍然是"一语未发"。

我是想听听，如果湘、妙二位"对话"，不知当有何等奇文奇趣！可惜八十回前未见。

妙玉说："芳情只自遣，雅趣向谁言。彻且休云倦，烹茶更细论（lún）。"——书中并未如此叙写，只歇了一会儿，天就亮了，就各回住处了。

我忽然想起——

清人记载，吴崧圃藏有芹书全本，后来宝、湘重聚，大年夜再次联句，即"步"中秋诗之韵，精彩倍出！

也许，那时忽然又有妙玉师父的芳踪出现于"山石之后"吧？

前呼后应，前伏后倚，是雪芹的"板定大章法"（脂砚语）。

"芳情""雅趣"，四个字即是全部《石头记》的"内涵"。

"只自遣"，与谁论？雪芹自嗟如此。

了不得！妙玉才是最懂雪芹的"读者"。

她的故事，自第七十六回以下失传。古今大才异才，或有所闻；我愿会有真能再传妙玉的如椽之笔——也是生花之笔，来为这位奇女、苦命女撰出一段撼动人心的故事，以慰雪芹于地下。

诗曰：

品茶拢翠意何居？冷落湘云不及渠。

价重成窑全不惜，却听宝玉赠贫妪。

达诚申信

宝玉的原则是必诚必信。这是他做人的信条，一丝不苟。这种原则、信条见于书中的，可举二例：当他嘱芳官转告藕官纪念亡人不可烧纸时，说这非中土圣人之教，悼亡不在这等形式，虽一杯水、一支香，只要诚信，亡者亦必欲歆享。"达诚申信"一义，再见于《芙蓉女儿诔》，沉痛恳切之至。

如何曰诚曰信？其实就是一心为人，不知自私自利为何事。这样的"傻子"，方能真诚真信。那种只知为己谋算的人，满怀是一个"己"字"私"字，他就是想诚想信，也是想想而已，一触实际，那鄙下的私心就占了上风，什么诚信都只是说说罢了。

宝玉的人品，就在秉诚守信。

这种人不知世上有伪君子，不知口蜜腹剑，不知两面三刀，不知挑拨离间，不知别人"城府"层层，要利用自己。

这种人，在世路上就叫"迂阔"。

当他悟知孙绍祖为何如人时，这才怒斥"中山狼，无情兽"！

兽亦有情——孙绍祖连兽也不如。

谗诬害死了晴雯，他方愤恨"诐奴""悍妇"，直欲钳其恶口，剖其毒心——皆因他原先不知世上会有这样的"人"。

因他自己无伪妄之心，所以当别人给他一个"炭篓子"（**丰润方言**）戴上，他就天真而满怀兴致地让人利用，当替罪羊。

这种傻瓜，可笑亦复可怜——可叹亦复可敬！

所以，宝玉的真情痴情，亦即诚情信情。不诚不信，"情"是何物？

所以，宝玉是情之圣者。千古一人，受人百般误解、诽谤。悲夫！

宝玉十分痛苦。痛苦的根由不是什么欲望太多（**如王国维所云**）。他之大患在于感情太丰富，感受太敏锐。再即在于太诚太信——太认真，看不透，想不开。痴而无悔者也。

他又好"推理"，由此及彼，一而二，二而三……如此"推"了下去。看见杏子，看见绿叶，看见鸟栖，听得鸟啼，他会想到那么多、那么远……直到悲怀无法自遣，以至欲化灰烟，欲逃"大造"……

故曰：情之圣者也，诚信而不知自私为何事之大圣也。

赏文不是「人物论」

　　赏文是对雪芹的崇拜倾倒，却不喜欢写什么"红楼梦人物论"。人物论是以自我的爱憎做"标准"，主观偏见随之丛生——单单忘了要看雪芹心里器重谁，爱护谁，赞赏谁，悲悯谁。离开了先对雪芹有所了解，讲《红楼》还有什么意趣可言？所以不喜欢"论人物"，也不爱这种文章。

　　雪芹笔下最出色的角色，就是他心目中最爱重的人物。

　　我的感觉，他最着意传写的人是：凤姐、妙玉、湘云、探春——属于"正钗"。稍次的"副钗"行列里，则是平儿、鸳鸯、晴雯、袭人、小红。此外的属第三品，兹不烦言。

　　雪芹所重，人品第一，才貌第二，性情第三。

　　这样说，只是优长之点，她们也各有缺点短处。雪芹的不可及，正在如实写照，不以主观颠倒黑白，欺蔽看官。

　　雪芹也重笔写柳嫂子，十分欣赏她的干才、心机、口齿，不同凡响。他同情柳嫂的难处，各有辛酸甘苦，难与人言——而雪芹尽知尽谅。

　　此之谓神乎"技"也，无以名之，人间绝无仅有的奇迹。

　　还有，有过之无不及的是刘姥姥，雪芹写她，笔笔透露着他打心里佩服，也声声含着感叹。

　　姥姥是上品人物，女中豪杰。她年轻时，若较之熙凤，当无逊色。

　　曹雪芹写姥姥，和史太君做对比，互衬反照，神来之笔。

　　我将一篇早几年写的拙文重录于后，原题曰：《众生皆具于我》。（见附录。）

情尼槛外惜风尘

雪芹写空空道人因抄了石头一记，反而自改其名曰"情僧"，总是自创奇词，出人意想。我却因"情僧"一名，想起妙玉，应该名之曰"情尼"。

"情尼"符合雪芹本旨，因为她位居"情榜"，其"考语"恐怕就是"情洁"二字——所谓"过洁世同嫌"，高峻难比。

她自署"槛外人"，宝玉不懂，多亏邢岫烟为之解惑。所以宝玉乞红梅，方有"不求大士瓶中露，唯乞嫦娥槛外梅"（**"嫦"，从在苏本。原应作"霜"，已见湘云咏海棠诗，"女"旁为后人误加**）之句。"嫦"，本当作"霜"，喻其洁也。

从表面现象看上去，她是"冷透"了，而实在的乃是一颗很热的心。

她的精神世界什么样？悲凉？冷僻？枯寂？消极？绝望？都不是。只要听听她中秋夜为黛、湘联句作补尾，就明白了。

她写的是：历尽崎岖的路程，遭到鬼神虎狼的恐怖险阻，竟然看见了楼阁上的曙熹晓色！而且，"钟鸣""鸡唱"，暗尽明来了！

何等令人满怀希望，一片新生。所谓"云空未必空"。这儿充满了生机，流溢着生命之光，美好之力。

她的哲思是："有兴悲何继，无愁意岂烦？芳情只自遣，雅趣向谁言？"虽似代黛、湘而设言，然亦发自家之积悃。

她有无限的芳情，不尽的雅趣。

宝玉尊之如女圣人，不偶然也。

然而，"可怜金玉质，终陷淖泥中"，"好一似无瑕白玉遭泥陷"。其不幸的命运，殆不忍多言。

幸好，她能"风尘肮脏"，虽违心愿，终究不屈不阿。在此，要正解"风尘""肮脏"，不要上了妄人胡言乱语的大当。

什么是"风尘"？常言道是"风尘仆仆"，乃是离乡背井、漂泊征途的意思，指的是风雨尘沙的辛苦。引申之义，凡人在不得意、不得志，身在困境、逆境中，都可说是在风尘中（未获应得的环境地位）。所以贾雨村"风尘怀闺秀"，是说他贫居破庙，尚未"发迹"。古代"风尘三侠"的佳话，李靖、虬髯公、红拂女，三人在"风尘"中结为义侠之盟。李白咏书圣王右军，也说"右军本清真，潇洒出风尘"。例多难以尽举。可见这一词义，并非贬语，而是叹惜同情的表示。

至于"肮脏"，读音是kǎng zǎng，是坚贞不屈、正直抗争的意思，更是一个很高的评价。无奈有人竟把它当成了今天简化字的"肮脏"，成了秽污不堪的形容语。于是，他们硬说妙玉结局是当妓女！

这已经不再是"语文训诂学"的事了，是头脑精神境界的问题——高鹗伪续为了糟蹋妙玉，说什么"走火入魔"，被贼人"强奸"了！已然令人作呕，令人愤怒。谁知"后来居上"，说她当妓女，又"胜"高鹗一等！世上怪事处处有，无如"红学专家"怪事多。真是无一话可说——说起来都打心里作呕，难以忍受。

其实，"风尘肮脏"四字连文，也见于李白诗；雪芹令祖楝亭诗里也用过。雪芹用之于妙师，是说没有屈服于恶势力和坏人。虽陷污泥，质仍美玉，纯净无瑕。那些王孙公子发生妄想，也只是徒劳心计。

妙玉乃全书中最奇的女子，是雪芹的奇笔写照。后来《老残游记》写奇尼逸云，即有意学芹而有所发展。

狱神·大理·李家

　　由脂砚的批语中透露出的"后之三十回"书文的信息不算少了，有回目，有文句，有情节，有呼应……其中令人十分怀想的是狱神庙的故事。

　　脂砚说，小红后来曾到狱神庙去探监，慰问宝玉。这一段大事，涉及"五六稿"之多，而可惜为"借阅者迷失"，脂砚不胜叹恨。

　　五六稿之多，不知那当如何精彩动人了！而"借阅""迷失"云者，疑心是遁词，另有不便明言的重大事故，将草稿毁却，雪芹亦不能（无力）补写。

　　提起这，真是感慨万分，莫可言喻。

　　如今只好就狱神庙略讲几句常识。

　　狱神是谁？是唐尧时的治讼官，名叫皋陶（yáo）。为人正直无比，断案至为公平，所以监狱中皆供奉一位皋陶像，以他为狱神。犯人入狱后，三日要拜狱神——祈求公断申冤之意。

　　我对狱神庙的深刻印象来自京剧。至今记得《女起解》苏三，要解往太原府去见巡按大人重审，离狱时跪拜于狱神前："我这里，跪庙前，重把礼见。尊一声，狱神爷，细听奴言：保佑奴，与三郎，重见一面。得生时，修庙宇，再塑金颜。"那反二黄大段唱功，非常美好动听，声韵感人，我总是百听不厌，为之动容。（谁想，有人说它"迷信"，统统改掉了！真是不知历史为何物，到处以己见陋识来妄行篡改。）

再如《奇双会》（《贩马记》的后半），老犯人李奇，被诬陷狱，日夜受苦，悲声震动了县令夫人——老犯人失散多年的女儿李桂枝。李奇上场，唱的是："……阎王呼唤犹自可，禁大哥（禁子，管罪犯的狱卒）呼唤吓掉魂！将身来在狱神殿，大哥台前早超生。"那是笙笛伴奏，调名《吹腔》，聆之催人泪下。

还有，《四进士》的素贞，也求乞狱神申冤解枉。

万没想到，雪芹写宝玉落难，也入了狱神祠庙。

我在拙著《红楼梦的真故事》里，写了一段假拟的宝玉辞别狱神的情景。但是，人们更难想到：狱神还是李大姑娘（**史湘云**）的祖上。

说来异常有趣：皋陶所任之官职，称为"大理"，这个名目一直沿袭到清代，还有大理寺（**官署**）。皋陶因官大理，子孙遂以"理"为氏。传到殷商时，他的裔孙理某触犯了纣王，纣王杀之。其妻携子逃亡避祸。逃到一株李树下，已然饥渴难忍，仰视见树上结满李子，便摘了李子饱食一顿，饥渴全解，得以续命。母子感念李树之恩，遂以"李"为姓——同音异字，可避"理"氏之真名姓。

李树下的母子，又传了几世，生有李耳，便是周代的大哲大圣老子。

老子曾为"柱下史"，雪芹于是借"史"喻"李"。巧极了——史大姑娘的祖父李煦，是雪芹的舅爷，他因康熙帝南巡接驾有功，得封官大理寺卿，所以雪芹祖父曹寅诗集中也称他为"大理"——一下子回到皋陶老祖宗的时代了。

也就是说，宝玉落难于狱神庙，暗示他与"大理"有千古奇缘，未致受屈遭祸，经义侠之士营救出狱后，终得与"大理"家的女儿结为"双星"。

祭宗祠

多年来，有些人把《红楼梦》与"爱情悲剧""封建婚姻不自由"之间画上了一个等号，而且认为此乃"天经地义"，不可违犯。可是他们从来不给读者解释："爱情悲剧"的书，干吗要费偌大力气、篇幅去写一个"祭宗祠"的场面礼数？这与"爱情"有交涉吗？也算"悲剧"吧？它在全书中起的是什么作用？

听不到给我们解惑开塞的宏论。

其实，在雪芹笔下，不时出现"浓墨重彩"描绘出的礼仪规制、伦常等次的种种"特写"。

细碎的，如贾政唤宝玉来，传娘娘的命，进园居住。宝玉一进门，先到的探春、惜春、贾环三个，立刻站起来——而迎春坐着不动。这为什么？

这是礼。

中华的礼，弟妹见了哥哥，要起身示敬。迎春比宝玉大，是姐姐，姐姐不会为弟弟示"礼"表敬。

如开宴，席次座位，客位、主位、陪席位，总是叙得一清二楚，绝无含糊省略之笔。

雪芹"磊落人"也，何以单单对这些反不"磊落"起来？写它干什么？

看看宝玉过生日——那是四月二十六，从整个儿一白天直到大半夜，这祝寿的礼数是怎么样的？小辈遇自己生日要先给长辈（**包括亲戚**）去叩头行礼，还要先拜谢天地生他的恩情。然后，家里的嫂嫂级的收房大丫鬟如平儿，地位非同一般侍女，受人尊重，却也要登门拜贺。如此一伙一伙，依次"拜寿的挤破了门"，真是花团锦簇，那生花妙笔写得令人眉飞色舞——好一似身在境中，也同书里人物一样，兴高采烈，热闹非常。

那支笔，精彩百出——写这些，都是"礼"，又所为何来？

你再看看开夜宴的座次：从李纨起，依次诸位姑娘小姐，依次大丫鬟，依次小丫头，每个人如此坐，交代得如同画面，并然不紊。

过年了，是个念祖敬宗的大节日，"人神同乐"，祖裔相聚，共度佳节。所以要祭宗祠。宗祠在长房东府那边——真巧，老北京西城有东府、西府，中隔一小巷，东府内就有一处祠堂，被"老残"（**刘铁云**）的令郎给拆了，故早不存。这与拙考此西府（**到清末属恭亲王府**）早先曾是"荣国府"建筑规模"原型"，十分吻合。

这宗祠，有匾有联。匾联里，藏着"玄机"，虽不敢明言，施展手法，却也瞒不过眼明心亮之人。

如，一匾题曰"星辉辅弼"，文甚夺目。何以特点"辅弼"？盖雪芹家世，汉祖平阳侯曹丞相曹参，宋祖济阳武惠王枢密曹彬，皆开国元勋。而魏武的《求言令》特用"建立辅弼"之词，亦即汉季《曹全碑》所谓"秦汉之际，曹参夹辅王室"之义，"辅弼"指皇帝左右大臣，有"王佐之才"者是也。

这就是另一匾文所说"慎终追远"的"追远"，远可指汉、宋，也可包括清初的上世，如曹玺官封工部尚书，为一品大臣；曹寅为通政使司通政使，位列九卿。皆康熙之辅弼也。

看联，那更让人吃惊——

　　肝脑涂地，兆姓赖保育之恩；

功名贯天，百代仰蒸尝之盛。

"兆姓"，犹言"万民"（"亿""兆"，皆古代的"天文数字"），即天下百姓，全国之民——他们怎么赖保育之恩？盖此实指康熙帝幼经病患，全赖保姆孙夫人（曹玺之妻，雪芹之曾祖母）一力照料、抚育、教养，这才得以"成活长大"，而且做了"九五之尊"，成为世界敬仰的大帝。

"保育"二字，巧妙地嵌入联文。（兆姓，对"一人"，古代以"一人"指皇帝，此为"脱换法"。）

再看"肝脑涂地"，更是惊心动魄。

原来，曹家是明末努尔哈赤于"天命"三年攻陷辽北铁岭城南十里堡时，有曹世选者被俘为奴，后编入旗籍，是为雪芹太高祖。而明廷的袁崇焕（卫国干城，人称"袁督师"）写给努尔哈赤的信里，正说的是："汗王（指努）驱三韩（辽北地区铁岭一带的历史异称，因金代曾设三韩县于此）之民，肝脑涂地，惨极痛极！"

盖满洲军彼时攻占明城，肆意屠杀民众，老弱丁壮，皆不能免，只是有特别技能，可供奴役服苦力者，方幸留不杀。是以雪芹的太高祖辈，命运如斯——曹世选只系幸存之人而已。

这也在"追远"的意义以内。

（至于"慎"字，则出于康熙对曹家的"训谕"，今不详及了。）

读《红楼》，欲解其中味，先把"爱情"暂置一旁。

随处念祖

雪芹虽号称是位小说家，人人都说他写的书是一部伟大的小说，这原不错。但小说也各有不同，正如雪芹其祖曹寅所说"这《琵琶》不是那《琵琶》"。雪芹的小说，随处念祖，只不过一般人不晓，研究者也不悟罢了。

《石头记》的主人公取名宝玉，寓意何在？人们必定会答：他是石头变美玉而投胎入世的，故名宝玉。这也原来不错。然而只说着了一点一面，其实内中还藏有"玄机"。

按雪芹太高祖名世选，本来单名一个"宝"字。宝生振彦，振彦生玺，玺即雪芹之曾祖。玺本来叫尔玉，与兄尔正排行"尔"字。有一次，康熙帝把"尔玉"二字写连了，成为"玺"字，因是御笔，无人敢"改正"，于是尔玉就用"玺"为御赐名了。

这就是说："宝玉"一名，是暗用自家太高祖与曾祖的"合名"。

有学者调查得知：曹家规矩，子孙隔代取名可以犯祖讳，不算错误。雪芹有意特用"宝"联"玉"，也不算犯讳。

冷子兴"演说"荣国府时，说贾政为人"大有祖风"。这在别的小说里便成了不可解（他祖何人？其祖风何似？）而可怪可笑的废话了。

宝钗向黛玉"泄露"家底，说"祖父也极爱藏书"，同为不可解的怪话。但若明白雪芹之祖父（寅）是个天下闻名的大藏书家，便领会了雪芹所下的那"也"字是何缘由了。

史太君向薛姨妈讲唱戏，讲自己家（李家）小戏班演戏，特举《续琵琶》——此剧向来无人知晓，经我考明，正是曹寅的杰作！李煦是他妻兄，好养戏班，扮演妹丈的好剧，却由"小说"里说出来了。

五月初一，奉娘娘命，清虚观打醮，老太太带领全家女眷、丫鬟到庙拈香，见了张道士，他先提"国公爷"——实指史太君的丈夫（即曹寅），张道士是国公爷的替身，故与太君对话时提起，都伤心悼念。张道士的话——

　　我看哥儿的这形容（形貌仪容）身段、言谈举止，怎么就同当日国公爷一个稿子……当日国公爷的模样，爷们一辈的不用说，自然没赶上，大约连大老爷、二老爷也记不清楚了……

这段话清楚表明：连贾赦也记不清曹寅，更勿论贾政了——则寅在世时，其年幼可知。

书中叙到除夕祭祖，宗祠是神主，另外正堂屋"拜影"，即供奉祖上画像，上供品。焚黄钱，行大礼。这是入旗的汉族血统人员区别于满洲人过年礼俗的一大关目（满人不悬影）。

还有，当贾政闻宝玉对"王爷"闯祸，又被贾环谗诬"强奸母婢"时，惧怒已极，笞之欲致于死地——老太太痛恨，责问贾政：当初你父亲是怎样管教你来着？！种种在一般小说中不可能、无必要的这种"囫囵语"，读者不得其味者，皆是雪芹自心随处念祖之音声也。

曹振彦在云中郡

清初壬辰（顺治九年，一六五二年）夏四月，山西阳和府知府胡文烨撰成了《云中郡志》，时已奉调外任，继任知府已到署就位。这位继任知府就是曹振彦。

《云中郡志》很难得，我最后才由热心的读者投函提醒，说在此志发现了曹振彦的记载。我因此才得就此线索重做考察——距我从《吉州州志》《山西通志》等书考出曹振彦时，已是五十几年过去了。

由于顺治九年他刚刚接任，郡志已成，故不会载有他的小传、事功、文字。但即此"秩官"项内列他一名，仍然不无可考的史事痕迹。

今录清代"知府"栏目内全文：

桂继攀　河南汝宁人。由举人，顺治元年任。（知府）

董天机　辽东人。由国学生，顺治二年任。升任陕西道。（知府）

李维桓　辽东人。由国学生，顺治三年任。升任山西粮储道。（知府）

徐永祯　广宁人。由国学生，顺治三年任。升天津粮道。（知府）

孔思周　满洲人。由国学生，顺治三年任。升任陕西固原兵备道。（知府）

王永命　辽东人。由国学生，顺治五年任。七年回籍。（知府）

胡文烨　蒲洲人。由贡生，顺治七年，从昌平知州升此任，至九年三月升平阳巡道。

曹振彦　辽东人。由贡生，从吉州知州升，顺治九年任。（**知府**）

由以上所列，可以看出当时若干情状：

（一）从顺治元年到九年春夏间，知府已历八人之多。

（二）八人中，只一举人，且系河南人。两贡生，为相当于举人级之有科名者。其余皆国学生，即监生——监生可以捐得，并非正式科举品格。

（三）八人中一河南人，一山西蒲洲人，皆举人级。一广宁人，属辽西。其余皆辽东人，而不言辽东何地。

（四）八人中，桂继攀（**汝宁人**）显系明末举人，应另论。清廷刚刚入关"定鼎"，地方官例须科名人员充任，当时竟无可遣者。胡、曹二人皆贡生，高于国学生者甚多，且皆由知州升任知府。

（五）八人中，二外省，一广宁，四辽东，而孔思周独为满洲人。"辽东人"者是当时汉族人入旗籍者，而满洲人是族别。其时因政治原因，皆不书旗籍，与后来体例不同。

（六）曹振彦是顺治九年三月继胡任。

（七）这样可以证明：贡生在当时已是很难得的文职人才了。而由胡文烨（修志者）的诗文来看，文化水平是很高的。然则同是贡生出身、同由知州升知府的曹振彦，其文化水平、诗文造诣也应与之相去不会太远。所惜者，此郡志完成时曹振彦刚刚到任，当然看不到他的文字见载于本志之内。是一遗憾。

那么，曹振彦的报籍"辽东人"，到底实指何地呢？

我们无法确断，但可以另寻参证，略明当时报籍体例，借以试做推考。

这个所谓"参证"就是从此志内所有清代职官的籍地，做出一个小统计，得出何种可能性与不可能性。

今将所有书明辽东范围的人，列表于后：

马国柱　辽阳人。顺治三年任。转江南总督。（**国朝总督**）

申朝纪　辽东人。顺治四年任。（**国朝总督**）

耿　焞（tūn）　辽东人。顺治五年任，丁姜瓖之变。（国朝总督）

佟养量　辽东人。兵部右侍郎兼都察院。顺治六年任。（国朝总督）

金志远　辽东人。顺治五年任。（巡案）

宋子玉　辽东人。分守道，顺治四年任。死节有传。（巡守兵备道）

郑　伸　辽东人。分巡道，顺治三年任。（巡守兵备道）

王宇春　辽东人。阳和道，顺治五年任。（巡守兵备道）

陈弘业　辽东人。顺治七年任。（阳和兵备道兼分巡道）

吕逢春　辽东人。顺治六年任。（大同左卫兵备道兼分守道）

董天机　辽东人。由国学生，顺治二年任。升任陕西道。（知府）

李维桓　辽东人。由国学生，顺治三年任。升任山西粮储道。（知府）

［徐永祯　广宁人。由国学生，顺治三年任。升天津粮道。（知府）］

王永命　辽东人。由国学生，顺治五年任。七年回籍。（知府）

曹振彦　辽东人。由贡生，从吉州知州升，顺治九年任。（知府）

金元祥　辽阳人。由国学生，顺治四年任。五年升宁武兵备道。（浑源州）

［郎永清　广宁人。由国学生，顺治六年任。九年升赣州知府。（浑源州）］

程鼎勋　锦州人。由贡士，顺治九年任。（应州）

王家桢　辽东人。顺治五年任。十二月内被姜逆，死节。（朔州）

胡养忠　沈阳人。由贡士，顺治七年任。（朔州）

赵民善　辽阳人。由贡士，顺治六年任。（山阴县）

刘养性　辽东辽阳人。由国学生，顺治三年任。五年升河南许州知州。（广昌县）

卞为麒　辽东盖州卫人。由举人，顺治五年任。（广昌县）

高象极　辽阳人。由贡生，顺治九年任。（广昌县）

金元祥　辽东辽阳人。由国学生，顺治三年任。（灵丘县）

以上共计二十三人。从他们报籍所书当时地名的体例来看，有以下现象：

（一）当时的奉天省（今辽宁）人，分辽东、辽西二部分，井然不紊。"辽西"二字不书，直接写广宁、锦州。为数甚少。

（二）辽东人最多，只书"辽东人"者占绝大多数。

（三）"辽阳人"皆明白书写地名。其中两例上面又加"辽东"字，全称"辽东辽阳人"。

（四）沈阳人，不加"辽东"字样。

（五）"辽东盖州卫人"一例，表明"辽东"概念包括辽南的"金、复、海、盖"四州。顺、康之际，明代"卫"字尚存未废。

（六）可注意的是佟姓二人，皆书"辽东人"。①

按佟氏自明末已迁居抚顺，而抚顺、铁岭、开原方是真正的辽东"本地"，地居辽河之东。抚顺是努尔哈赤破明的突破口，是诱降地。铁岭是攻陷，屠城至惨，无一居民（**直至康熙年间，尚只有军人，"无一民也"**），为明、清史上一大惨案。此二地，带有极其重要的政治史迹及后遗影响。

是故，佟家人（**与清皇家为世亲，人称"佟半朝"**）讳避"抚顺"二字，只书"辽东"。

依此而推，可知辽阳、沈阳二地是清（入关前）天命、天聪年间曾为京都的"发祥地"，人以为荣，不发生"讳避"的任何必要，故皆明书。尤其刘养性、金元祥二人，皆全称"辽东辽阳人"。这两例已非单文孤证，最能说明问题了。

是以又可推知，曹振彦之只书"辽东人"者，是有原因的——正如佟氏之只书"辽东"，是真正辽北地方的原籍。他并非"辽阳人"。

至于山西其他州志、通志将他书为"辽阳贡士"者，是学籍，而非地籍。清入关前开始取士，建学为"辽阳学"，包括十一州县地之人，此"辽阳"是学籍总称，与本贯无关。后来修志者不能尽明旧制，遂以"辽阳"为曹振彦为"辽阳人"，误也。

---

① 上文所列名单中佟姓者只一人，原文说"佟姓二人"疑有误。——编者注

阿房宫 三百里

今日（二〇〇三年一月九日）见《晨报》上一条大字标题消息：阿房宫之谜即将揭开。原来已然开始挖掘了一年，考古工作初见端倪，期以五年完成这项创举——遗址的残存，惜已久遭破坏，亟待抢救。

得知此讯，我却立刻思路转到了"红学"上来了，君不见"护官符"中煌煌大字"阿房宫，三百里，住不下金陵一个史"乎！

"护官符"的第一条用的是汉代建章宫的典（**另文说之**），故此第二条紧跟着就用阿房宫的典。彰明昭著，文心可窥。

"阿房"的"房"，应读"旁"（**杨译英文本作"fang"，错了。霍译却作"pang"，是对的**）。本秦所筑，项羽入关，焚毁殿宇而掠其宝藏，史云"大火三月不灭"——可见这"三百里"绵延的建筑规模，惊倒今世之人！

这条"符"的口碑是指历史现实中的李煦家，煦即曹楝亭（寅，雪芹祖父）之妻兄，二人同荣同落数十年，是至亲骨肉——雍正的眼中钉。

"三百里"，"里"字特笔，让它谐音"李"姓。"李"姓与"史"的关系，又见本书另处。这儿先叙李家的事。

要叙李家之事，实又太繁，不在本书体例之内；此处要紧的乃是要讲"史大姑娘"。

史大姑娘是书中之"幻称"，实际曹家人上上下下也就正是称为"李大姑娘"。

这位女儿是李煦之孙女，父名李鼎，叔名李鼐。此二人，在书中虽姓蔽为"史"，而鼎、鼐二名存实。

我们曾指出：《石头记》古抄本中凡"鼎"字都用"别体"书写，是当时为尊亲避讳（**不敢直书名**）的礼节。

李大姑娘名字是哪两个字？无法确知，只能推度（**一个最可能、合理的假设**）。

李煦最爱竹，别号"竹村"。书中贾母（**即李煦之妹**）告诉人们说她小时家里也有一个竹榭，叫作"枕霞阁"，和"藕香榭"相似。湘云因此取号"枕霞旧友"。这让我设想："湘"是"香"——"红香绿玉"的"香"。"云"即"筼"，竹之别称。

霞本来就是"红"色的"云"。所以万变不离其宗。

记得温飞卿《菩萨蛮》有云："双鬓隔香红，玉钗头上风。"又云："池上海棠梨，雨晴红满枝。""红"和"香"总是紧紧关联的。

李大姑娘有五好：相貌好，性情好，口才好，诗词好，针线好——五好虽备，其命却苦。她的命苦，苦过书中所有女儿。

十二首菊花诗，句句是咏她，是她的写照，她的经历，她的结局。其中最最要紧的几句是：

　　霜清纸帐来新梦，圃冷斜阳忆旧游。

　　数去更无君傲世，看来唯有我知音。

　　傲世也因同气味，春风桃李未淹留。

　　高情不入时人眼，抬手凭他笑路旁。

　　新梦，对旧梦而言：旧梦即"春梦沉酣"①，少小时的欢聚。新梦，是灾后余生的重逢聚首。雪芹与她的重新聚合，是一种傲世的行为，大约是为当时人嘲笑讥讽的事，俗常庸陋之辈认为他她二人的聚合是"不光彩"的"非礼"之事。而二人夷然不屑，高风亮节，傲视那些嘲谤者。这一切，写得那么分明，凡稍有慧心悟性者当下恍然洞彻，岂待字笺句注而后点首哉。

　　落霞与孤鹜齐飞，秋水共长天一色。

　　闲庭曲槛无余雪，流水空山有落霞。

　　句句呼应。

　　李与史的关系是如此密切，而李煦又曾官衔"大理寺卿"，简称"大理"。看来，"里""理"确与"李"字有"音"缘。

　　李，是树木之一种，与草不同。这就又发生了一个问题。

　　"都道是金玉良姻，俺只念木石前盟"，"金玉"是谁？"木石"又是谁？

　　一般解释，当然是"金玉"指宝钗之"金"，"木石"指黛玉之"木"。但绛珠是"草"而非"木"。而且神瑛才是灌溉救活了将枯待萎的仙草之人，与青埂之石无涉；更何况即使是神瑛、绛珠之间，也只是仁慈之心与感激之情，哪儿又有什么"前盟"？更不要说"石"之与"草"了。那么，这"木石前盟"到底是指的什么？有无重新"解读"的可能与必要？

　　若论"木"，无论"李"或海棠，都是真木，并非弱草。"石"与神瑛也

---

　　① 疑为"香梦沉酣"，出自《红楼梦》第六十三回《寿怡红群芳开夜宴　死金丹独艳理亲丧》。——编者注

是两回事。见另文所析。加上"金玉"之说本身又有真假两局：假是钗之锁，真是湘之麟。这样多层次的迷离扑朔的笔法，便让人萌生许多疑问而又难以遽断如何。

湘云幼时，说过长大了嫁给谁的孩子话，此意袭人透露过。此为"盟"义可也。黛玉的"盟"见于何所？雪芹下字，应无轻率走失之例。

贾宝玉会挨「批」吗

宝玉是个惹祸精，就在筑园题园这件事上，他也提出了两个不合时宜的"文艺理论"。一个是"编新不如述旧"，一个是"刻古终胜雕今"。

"编新不如述旧，刻古终胜雕今。"这听起来可真够顽固、落后的。可是，当别人"述旧"时，他又说："亦觉粗陋不雅。"他不欣赏父亲和清客提议的"泻玉亭"的命名，直言"不妥"。

问他为什么，他说当日欧公作《醉翁亭记》有其特定的山川形势背景，如今"搬来"，当然是个败笔。他批驳了别人之后，道出了"沁芳"两个字。大家哄然叫妙。

你看这亭名"旧"乎？

太奇了，太好了。那满园子的诸公大才，经纶存腹，可谁也想不出这个名字来。这不是"语文水平"，是精神境界，是灵性才华。看来，还不宜匆忙地批判他"守旧"。

贾政极赏稻香村，问他时，他答："不及'有凤来仪'远矣！"把贾政气得够呛。问他什么道理，他答辩说是人工扭捏造作，违背"自然"。

抬死杠的定然说，要"自然"，何必造园？人造园当然不会是"自然"景物，成何理由？宝玉若听了这话，一定又有妙词，可惜雪芹未写。揣量若真辩起来，宝玉或许是这么说："正是，园子既是人工所造，就该发挥人巧，以人巧的高手，来与天工并胜同奇；又何必强扭出一个不伦不类的富贵村庄来？此即大不自然之谬也。"

细一寻绎，他所谓的"自然"，是合理的谐调，并非一任蓬蒿荒秽为"自然"。他是反对非驴非马，假而充真——假必害真。

因悟：艺术即是人工，人工岂同于自然？强调"自然"，必致从根本意义上消灭艺术。所谓"如浑然天成"，无非是说良工之精，尽去斧凿痕，难窥其意匠之秘罢了。

宝玉并不"不合时宜"。误解、不懂他的人，自诩为"时宜"，实不学而"有"术之流耳。清客相公，那点"玩意儿"能敌得上宝玉才华灵慧的几分之几？但他们总是勇于歪曲事实，惑乱真理。

诗曰：

编新述旧正分争，工巧天然也葛藤。

谁辨沁芳新或旧，诸公步履已飞腾。

［附说］

宝玉的这种"编新不如述旧，刻古终胜雕今"的意见，是针对乾隆时期的文风而言的，今日读者不应脱离历史而悬空评议。"述"是"述而不作"的意思，盖谓诗词文赋当时新作俱不逮汉晋唐宋，而刊刻古书总比刊印今作更为有价值。至于说古胜，那是因为后人多是粗陋——缺少学识文采，故虽"新"而难佳；而生硬搬用古旧，亦为粗陋之变形也。"编新"的"编"字，含有"生编硬造"、矫揉扭捏的语味。用今日的话来"译"，这大约是个文化素养深浅厚薄的分别。如今领略，庶几近乎本旨。比如宝玉所题，皆新而无粗陋气者，可以思过半矣。

"一元论"与"二元论"

曹雪芹是个哲学家，颇有老、庄风致。他的思想可在《红楼梦》中领略一二。明显的是他让贾雨村论正邪，又让史湘云论阴阳。不太明显的则在"幻境"曲词中也能寻见豹之一斑，鼎之一脔。

雪芹大概也有他的"宇宙观"和"宇宙起源论"。他说过："开辟鸿濛，谁为情种？""鸿濛"是什么？"二仪"未判之时的"混沌"状态是也。鸿濛与浑茫，是一音之转，浑然难分而茫茫无际。此时，天地未分，阴阳无异。

有趣的是：鸿濛、混沌、浑茫，都是"水"旁的字。这很重要，表明了中华先民创造文字时，已然悟到一个重要事实：远在太古洪荒之时，宇宙是一团"水气"。这种湿润的流动的"气"，就是生命的起源。

万物禀气而生，故有"气禀"一词。

生命的开始就又产生了"气有阴阳"的问题。

阴阳"分"了，生物有了"性生殖"——比无性分裂生殖繁衍不同了。天地配了阴阳，一切都有了阴阳两面——如湘云、翠缕二人的"讨论"所讲的，连一个树叶儿也分阴阳。

这是"二元论"了。

　　可是，湘云教诲翠缕：不是有一个阴，又有一个阳；是阴尽了化为阳，阳尽了化为阴。

　　这不是"二元"，是"一元"了。

　　难怪乎翠缕"抗议"："这糊涂死了我！"

　　再说，贾雨村的"理论"中的正和邪，气分为两类，又似"二元"论。那么，此"正、邪"是否即是与阴、阳二气之分相同或相通？

　　没见有谁回答。

　　《易》理即阴阳之道，是人皆知了；但《易》特重阳而贬阴，"一阴"之生，都好像气象大变，令人惶惶然，忧怀无限。令人感到这个"阴"真可怕！——这"一阴一阳谓之道"已然不尽同"味"了。

　　更可异的是：雪芹重阴而轻阳，与古圣先贤大大相违。

　　这该怎么"办"？

　　所以，讲《红楼》，难极了。这不是人人能讲的书。二百数十年来，千人万人一直在那儿研究，各放"厥"词。

　　女儿，是雪芹的主题，书中的"上帝"，比"元始天尊"还尊贵得多；女儿聪明灵慧，男子浊臭污秽。"阳"如此糟糕，羲和面上无光，嫦娥口中吐气。

　　这是什么"一阴一阳"之"道"？

　　所以雪芹的书在清代是"邪说"，要禁毁。

　　雪芹逝后，各色续书出世了。高鹗之流让女儿们一齐为男人"服务"了，"承错爱"了！以死抗争的鸳鸯成了贾门的忠臣孝子，贾政为之行礼——宝玉也"喜"得在其父之后一同叩拜。

　　看来，赞美"后四十回"的论调，是闭了眼不睬曹雪芹的，无论头脑与文笔都是"无所谓"的，原著与伪续是大和谐的，而且"完成"了伟著，厥功至伟，云云。

　　看来，还是"大男子主义"的"一元论"胜利了。女者，男之附属与玩物，是天之经地之义也。

第一奇笔

雪芹写《石头记》，开卷运用"神话""梦境"等等，乃小说家之故常，并无真奇处。以后写士隐、雨村，黛、钗入府……皆是"顺"笔"平"铺，亦无奇处可言。

直到第五回"神游"一过，这才突出奇笔——全然出人意表，看似"平常"，却极奇特！

这就是刘姥姥之出现于荣国大府。

姥姥何人？"芥豆之微"的一个村妪而已。因女婿无能，为过冬而焦虑生闷气，她自告奋勇去向富家求助钱财——这一切，是全书的真起头，真"大事"！

你道奇也不奇？奇，无以复加之奇笔也！如以"闲文"视之，如何能懂《红楼》一梦？

姥姥"一进"时，"微不足道"也。"二进"之时，被府里众小姐、丫鬟当作了开心的"戏物"——尤其那位尖刻的林姑娘，竟开口污辱她是"母蝗虫"！说"犯众"的话：我因此一语，始终无法对黛玉发生真正内心的好感。

但，姥姥"三进"时，已是"忽喇喇大厦倾"，已是"家亡人散各奔腾"，谁还来（肯来，敢来）看它一眼？独有姥姥一个人，竟然重现于府中，是她救出了凤姐的弱息巧姐，凛凛然风义堪钦。她不忘当年受惠之情，此时心存答报之悃。对凤、巧来说，不是施惠于姥姥，而是姥姥恩重如山！

雪芹怎么看一个没人瞧得起的农村老大娘？又如何写她？都值得作家们深思一番。

雪芹的心思，爱惜珍重妇女的真才真慧，真能真耐。这儿没有什么"虚构"，什么"浪漫主义"……

雪芹写到刘姥姥，也同样是以真情实意来领略她，来佩服她，才赞美兼悲悯她的。

「对称学」

曹雪芹给《红楼梦》安排的章法结构，是全部书分为两大"扇"，前后呼应、辉映、联络、倚伏、隐现……合起来是个大对称——是艺术，是内容（**盛衰荣辱、离合悲欢**），是规律，是感悟。

大对称，就是一种大平衡，又是大对比、大对照、大"正反"，用外文说，是Symmetry & Balance，Contrast，Contradiction。

不仅章法，人物也"捉对儿"，事情也是"特犯不犯"。（**两次同性质的情节，比如过生日，有意写两番，而各不相同，各有精彩。**）

人物"捉对儿"写，有贾母史太君，就有刘姥姥。有凤姐，就有李纨。有宝玉，就有薛蟠。有倪二，就有卜世仁（**不是人**）。有探春"才自精明志自高"，就有"二木头"……如此推下去，举之不尽。"捉对儿"甚至有"连环对"，如凤、纨为对，又有一个尤氏，于是凤尤、尤纨，皆有"对称性"在内。

至于钗、黛、晴、袭、鸳、平……那还用再词费吗?

这个"对称"，听起来倒也简单，好像没什么稀奇、了不起。实际在笔法上是"出神入化，妙趣无穷"——只要听听老太太和刘姥姥的"对话"，品品凤姐与李纨"舌战"，就得其味，知其窍，也深叹其难写而又写到如此传神切当的地步了。

把"对称"看轻了，已是太不明白；再或一听"对称"还表示"哂笑"，不接受、不承认……各有其例，我都是亲见亲闻的。

对称，是宇宙大自然的一个神妙难解的突出现象。它到处存在。阴阳就是中华智慧的最古老最基本的"对称论"，是个最伟大的发现——感悟。

我从物理学家口中、文中，证知一个事实：在物理学上，众多公式显示出对称性，对称的作用十分重要。

于是我想，宇宙万物的结构，本身具有"天生"的对称美。

汉语汉文，最讲对称——对仗，骈词，音对义对，抑扬顿挫，皆因是而生。

对，不是"合掌"（诗家术语），不是"一顺边"（梨园行话），是"相反相成"。

记住这句，既反又成——即反即成。

雪芹把一部大书分成两"扇"，以第五十四、五十五回为"分界"，合为一百零八回，深得相反相成的奥理。

他是思想家、哲学家，大智大慧之人。

《红楼梦》是中华文化的代表性表现，研究这个文化代表是我们今后的"新国学"，因为其中含蕴着极其宝贵的内核——中华民族的智慧、才华、心田、道德、性情、品格、风度、精神。

脂砚

红楼夺目红

《红楼梦》的定名本是《脂砚斋重评石头记》，书中大量批语，人称脂批。脂批已然是书的"组成部分"，不再是附加物，可有可无了。脂砚斋其人隐名，与作者是"余二人""一芹一脂"的亲密关系，与金圣叹批《西厢》，性质情况完全不同——不是后世人评批古名著，而是同时人合作者。

脂砚在批语中，透露了曹雪芹本人与作书的很多"底里"，为任何人所不能知，不能道。

所以，了解脂砚就成了了解曹雪芹其人、其书的一条"渠道"。于是，我们必须研究脂批的一切。

有专家说，脂砚是雪芹的"舅舅""叔叔""爸爸"。那是笑话、神话、梦话、糊涂话……因各人都有信口开河的权利。舅舅、叔叔、爸爸，和外甥、侄子、儿子，同醉心于作"小说"、批"小说"，一唱一和（hè），还说些男女"风情"、亲昵的话，在今日人类文明社会、开明进步的头脑中，怕也寻之不见，何况那"乾隆全盛"的十八世纪大清帝国！我看那都是预为"后世"作"创断"的启蒙意见，不会是早先的事实。

脂砚署名甚多，有时带个"斋"字。"己卯冬夜"的不少。后忽多有"壬午春"至夏的批语，且署名"畸笏叟"了，"脂砚"二字不再见。

于是不少人断言畸笏是芹、脂的"长辈"，脂砚已卒（还有可疑的"靖批"做证）。

笏，是砚形的代称变词。南宋词人吴文英（梦窗）的《江南春》写道：

风动牙签，云寒古砚，芳铭犹在棠笏。

这古砚就变称为"笏"了。"棠"，巧为湘云的象征，加上"云"寒古砚，何其巧上加巧也。（**牙签，象牙做的，古书卷帙外面的标记，上写书名篇名，以便检览。**）

畸（jī），是脂（zhī）的音转。"咬舌子""大舌头"如幼儿，不会说"脂""支""知"，只会说成jī——"不机道""一机铅笔"……皆zhī、jī的"纠结"也。

这证明脂砚是个"咬舌子"，自己读为"机砚"——然后才换"砚"为"畸"[①]，为的是搭配词义而已。

总之，畸笏还是脂砚，名变人未变。

有一条批，说"……命芹溪删去"（**可卿的真事**），论者认定：此人年辈俱长，故能"命"芹删改，云云。

乍看真有理——再一读正文，原来姊妹联句时，黛、湘等位同辈女儿，皆是"命他快往下联"一类语义。

不禁要问：难道她们这"命"，也是长辈对小辈的"证据"吗？

"命""令"，古人用之，无非是"使""让"之意，如王右军帖，常见"令人反侧""令人叹息"等语，那"令"何尝有"命令"、必须"服从"的那个"定义"？

脂批表明：脂砚自己就是书中一名人物，在女眷聚会的场合，也曾在场；

---

① 此处疑为"换'砚'为'笏'"。——编者注

听见过某种话，见过哪种事，引起回忆，自谓是为了作为书中人，才做此红楼一梦也……

脂批中一首诗，中云：

茜纱公子情无限，脂砚先生恨几多！

又有一首，中云：

漫言红袖啼痕重，更有情痴抱恨长。

两联可以互印合参。我的感受是两联上下句皆是一男一女的对仗："红袖"既是女，"情痴"则是男。反之，"茜纱公子"既是男，则"脂砚先生"实是女——"女扮男装"，用个"先生""叟"的字眼"瞒过读者"。

所以这才是"一芹一脂""余二人"的真情实义。

红楼夺目红

第八扎

Eighth

再说《红楼梦》——红楼非梦

红学——沉滞中之大突破

『红楼』之『梦』现津门

为了林黛玉的眉和眼

恳切

『真』——《红楼》之魂

『自传说』是谁先提出的

『演』的文学观

莫比维纳斯

渺小的是『一言堂』

俗事用俗笔

一部冤书

所谓『遗腹子』

『壬午除夕』

纪念雪芹逝世

我们能了解曹雪芹吗

再说《红楼梦》
——红楼非梦

对《红楼梦》这个书名，我多次给海内外的中西人士做过讲解，而拙著《红楼艺术》中的"解题"也写得足够详细了——如今怎么又要"再说"？"太絮叨了"。

可是，一回讲有一回的侧重点，并不是单纯的重复。此刻要讲的是"梦"为侧重点，想多说上几句。

李太白、苏东坡两位大诗人，都爱说"浮生若梦""人生如梦""世事一场大梦，人生几度秋凉"一类的话。而曹雪芹的"梦"，大约也不过就是这种感叹语意，没有什么新鲜可言——大多数人都这么理解。

这个理解对吗？

我以为，这领会错了。应知毫厘之差，结果可以是千里之远。

何以这么"危言耸听"？

要知道，把人生视如梦境者，是说"万境皆空，到头一梦"，所谓悲观、消极、厌世，学佛之人的想法是也。即使并不真的悲观厌世，也是因为"不如意事常八九"，想豁达些，别太认真——是聊以自解自慰的"缓解"之道而已。

曹雪芹与此却是"两码事"，勿因看到一个"梦"字，就认为他也只是个"色空观念"的宣扬者。那真"千里"了，太"误导"了。

雪芹的"梦"是个掩饰词。他并不是说"我这半辈子如做了一场梦一般"，不是这个意思，开卷之前的"作者自云"，交代作书心情、旨义、动机、目的，均无此意，读者可以复按，非我妄言。

雪芹说的是："因曾历过一番梦幻之后，故将真事隐去……而撰此《石头记》一书也。"这儿的"梦幻"只不过是那种"真事"的代词、变语而已，绝无"不实""如虚"之意味；相反，所"历"的皆是真真切切、确确凿凿的事情。所谓"历历有人""编述历历"者，即一切"如在目前"，不空不虚也——怎说是"梦"？

这纯属两种截然不同的感想和观念，是不可混而为一的。

整部《红楼梦》，是为了使闺中人"照传"（**此依在苏本，或称列藏本，流行本作"昭传"，非**），是为了不致使之"一并泯灭"——怎么能说他是为了宣扬"色空观念"？谬之甚矣。

是故，我提出了一个"红楼非梦"的命题。理念即基于上述体认领会。

雪芹所"历"，太真太实了，何"空"何"梦"之有？

诗曰：

　　莫将幻字作常观，变语无非掩饰难。

　　解得红楼本非梦，记他离合与悲欢。

红学——沉滞中之大突破

雪芹自云，作书"大旨谈情"。此言非诳，但也不宜把字面看死了，"情"的背后另有重大事故，一向并未揭破。如今种种迹象表明：这个"隐去"的"真事"方是著书的主要缘由；而研究者在这个"核心"问题上的贡献，可以称为二百多年来的一大突破。

这就是秦可卿的"故事"。据脂批，雪芹写了，后又从批书人的劝告，为了安全（人和书的保全），忍痛删去。

我说删去是为人和书的保全、安全，意在改换人们的一个误会，以为只是为了掩盖不可外扬的"家丑"，即贾珍与可卿的"爬灰"关系。若系如此，何至于谈到"安全"二字？"安全"是身家性命的大事，性质迥异。

秦可卿事件之谜，过去是俞平伯、顾颉刚等先生从书中观察分析，得出论断：可卿是悬梁自缢，因为与贾珍在天香楼私会，被丫鬟撞见，故无地自容，"画梁春尽"了，云云。这一说法盛行已久，还寻到昔日资料有所记述，等等。我也是受他们影响之人，一度信之——但又蓄疑。

我之疑，也非一日，每常思索的疑点有三：

（一）贾珍悲痛的是这儿媳比儿子胜强十倍，而且"谁不知道"？这话怎讲?

这个"比",太稀奇了。内中含义绝非什么"私""丑"蔑伦之事。若系丑私,最怕的是"谁不知道"呀,如何还以此做"证"?

(二)如若珍、秦有不可告人之事,尤氏再贤惠"不妒",也不会为可卿之病焦愁到那般地步(**可看她对璜大奶奶说的一大篇话**)。尤氏、可卿婆媳的感情真是非同等闲一般。这又如何解释?

(三)到凤姐探病之末次,已惊呼:"……怎么几日不见,就瘦的这样了?!……"并且已认定不可医救,只有预备身后(**办丧葬**)的事了。不禁要问:病至骨瘦如柴、命在垂尽的一个少妇,她的公公和她本人还能有"兴致"夜奔天香楼去干那种勾当?你竟会相信有这样可能吗?!

若系那样,贾珍自愧自讳之不遑——他会"哭得泪人"一般,大言为葬儿媳誓要"尽我所有"?这何异自供与之另有"情缘"?他会悄悄把秦氏的死在最不招人注意的形式下处置了事,怎么会惊动了六宫大太监、北静王爷、十几家公侯显贵之家,都来吊祭、送殡?

多年之疑,自不能解,也未能向人求助。前几年,忽有作家刘心武先生对秦氏之死提出了他自己的新见解。一个新论点不会一下子就尽善尽美,但深可注意。不少人加之嘲讽,我觉得那太浮躁了,不应大泼冷水,应该给以合理的研究讨论。

去年,刘心武先生从清初人王渔洋的记载中见到康熙太子胤礽的对联,感到风格与《红楼梦》中联语有其近似处。在他的启示下,我立刻想到"荣禧堂"御笔大匾之下,一副对联,从联文到署名,可断为即系胤礽的艺术造影。大匾老皇帝御笔,字是"赤金";而联字则是"凿银",正点醒这是皇帝与太子的规格。同时,我已考明可卿所用"义忠亲王老千岁"所遗"潢海铁网山"的"檣木",即隐指胤礽所遗的辽东铁岭所产大梓木。

于是,刘心武先生之说得到了新的支持点。他进而推断:可卿(**原型**)是胤礽家之女,因势败变名隐匿于曹家(**即贾家**)。

我亦大悟:曹家之遭祸,全由胤礽及其长子弘皙之与雍、乾两朝的政争而受到了株连。我写了《青史红楼一望中》（见《红楼家世》，二〇〇三年一月，黑龙江教育出版社），叙明了清史上这一大事的复杂经过。

近日，忽又接到方端先生的两篇论文，集中论述了他对秦可卿一案的新见解。

他认为：秦可卿与贾珍等等云云之说是俞、顾等人的错解，没有那么回事——可卿是与宝玉有恋。他也认为可卿出身不是微贱贫家，是皇家之女。

本文不是复述和援引刘、方诸位的原著，只是提醒读者：二百多年的红学，直到今日今时，这才有了一个新"启"点，也是新"起"点。此点若继续深入研考，就会成为久已沉滞、久乏光彩的红学上的一个极有价值的重大突破。

诗曰：

画梁春尽落香尘，细究"天香"义有因。
堪叹贾珍有何罪，刘方高识过常人。

『红楼』之『梦』现津门

天津红桥区政府区志委员会的韩吉辰先生，热心于考察水西庄查家与《红楼梦》的关系。壬午腊中，收到他的贺年柬，生面别开——贺柬上却提供了一条他新发现的线索。这当然引起我的兴趣，遂请他寄来史料的全文。原是一首五言律诗，作者为浙江绍兴山阴人胡睿烈，为水西庄诗客之一员，诗云：

> 蓟北莺声少，朝来乍一聆。
>
> 红楼春未启，越客梦初醒。
>
> 鹅管参差美，龙梭次第经。
>
> 故乡归不得，芳草漫青青。

诗题是《坐揽翠轩闻莺》。诗作于乾隆六年四月，载于《沽上题襟集》卷六。

这本是一首寓客思乡之作，因闻莺引起乡情离绪——这自然和《红楼梦》并无干涉。问题是诗中出现了"红楼"字样，而且下句紧接又出了一个"梦"字。难怪韩先生又发生探异之心。

按"红楼"一词，在唐人诗词中专指富家女性的美好居处绣阁妆楼，句例很多，我喜引韦庄的两例为证：

> 长安春色谁为主？古来尽属红楼女。

> 美人情易伤，暗上红楼立。

王昌龄也写过：

> 美人一笑褰珠箔，遥指红楼是妾家。①

这就证明，若与女性无关，不可滥用此词。

然而，浙江客胡先生，寓居水西庄上，乃是文朋诗伴，风雅吟俦，岂能丝毫涉及主家的女眷之居处？万无此理。那么，他用了"红楼"二字，明明在此，怎么解？

往狭义专指而言，可解为扣题的揽翠轩。稍一引申，自然也就可以包指水西庄这处园林亭馆。

假若如此，意味就变得深长了——"揽翠"之轩，能说是"红"楼？不是绝不可能，但总是不大妥帖吧。

这且不必争论纠缠。因为，还有一种可能，就是诗人忽然运用此一名目，恐怕是另有引绪。

韩先生考证说，查氏后人传闻，曹雪芹早年曾因避难住过水西庄。乾隆六年，正好是曹家再次获罪抄家之后。其时，雪芹年当十八岁，已有可能开笔草创《红楼梦》的初稿。

前些年我首先提出了水西庄先有"藕香榭"，而此名见于雪芹书中一字不

---

① 出自李白《陌上赠美人》，原文说"王昌龄"有误。——编者注

差。如"揽翠轩"，又与"拢翠庵"极为相似。（"拢"，不是"栊"。作"栊翠"的是晚出本，有改动。）"红楼"引"梦"，"越客"思家，雪芹也是客居，著书也由思家呀。

事情往往有奇巧的妙趣——"文革"前的《天津晚报》，刊过我的专栏《沽湾琐话》，其中一篇提到天津人李庆辰作《醉茶志怪》（光绪壬辰刊本），有一条记载了津门西沽别名"黄叶村"。人们立刻想起，敦诚寄怀雪芹的诗，说的正是：

> 劝君莫弹食客铗，劝君莫叩富儿门。
> 残杯冷炙有德色，不如著书黄叶村。

怪哉妙哉。中华大地，别处还未听说真有黄叶村（只是诗人虚拟之名），而偏偏天津西沽叫黄叶村。何其巧也，又何其耐人寻味也。

为了林黛玉的眉和眼

　　如今的"红迷"们大约谁也梦想不到我为了林姑娘的眉与眼所受的那番辛苦和戏弄欺侮。

　　事从拙著《石头记鉴真》（**后由华艺出版社印新版，主张改为《红楼真貌》**）说起。写这本书时，不拟一开头就让读者感到太专门太复杂，以致"望而却步"，就只用一个例子告诉大家：《石头记》十来个抄本的异文之多，之"麻烦"，是一般人断乎难以想象的，仅仅是"描写"林黛玉的眉、眼的这两句话，就有七种不同的"文本"！

　　如今再以此例为绪引，重说一下以前不及叙及的"故事"。

　　这就是，被人誉为"最佳本"的庚辰本，那文字是"两湾半蹙鹅（蛾）眉，一对多情杏眼"。这可太俗气了！曹雪芹怎么会出此败笔？一直纳闷不解。再看甲戌本，却作"两湾似蹙非蹙罥烟眉，一双似□非□□□□"。有空格待补定。可见才大如雪芹，竟也为了黛玉的眉眼而大费心思。

　　既然还有阙文，又没有哪个人胆敢妄拟，这怎么办？一九八〇年夏到美国出席首创的国际红学大会时，遇到版本专家潘重规先生，当时只有他曾到苏联去目验一部久藏于列宁格勒（今已改名圣彼得堡）的古抄本，发表了详细的访书记，揭出了许多此本与他本不同的独特价值。我就盘算：也许此本中会能找到解决宿疑的好文字。

一九八四年隆冬，因受国家古籍整理小组负责人李一氓（大藏书家）的重托，亲赴列宁格勒去验看此本的价值，以便决断是否与苏联洽商合作影印出版。

话要简洁：当我打开首册的第三回，先就寻找这两句话的相应文字。一看时，竟是——你万万想不到，那真使我又惊又喜，连一直站在椅子后面的苏联"红学家"孟勃夫先生（他就是发现此抄本的两学者之一，那时他一直在照料我），也忘记了与他招呼道谢了！那两句是：

两湾似蹙非蹙罥烟眉，一双似泣非泣含露目。

我一看，这才是在甲戌本尚未写定之后的唯一的一个补定真本。此本价值无与伦比！我当时的心情的实况是：太兴奋了，以致往下再看别处的异文，简直"看不见"了——就是觉得有此一例足矣，往下不必再细究了。

在此说一下，"罥烟"一词，很多人不懂，其实恰恰就在雪芹好友敦敏的《东皋集》里的咏柳诗，就也用上了此一词语。

到此，林姑娘的眉什么样，眼又什么样？完全"定格"了。

为此两句，远涉万里，冰天雪地，也就不枉辛苦，不虚此行了。

现存于俄国的这个抄本，还有与甲戌本关系密切的良证。如第八回的回目，此本作"薛宝钗小宴梨香院，贾宝玉逞醉绛云（芸）轩"，这与甲戌本只差了两个字，即"小宴"，甲戌本作"小恙"；"逞醉"，甲戌本作"大醉"。这是迄今发现的抄本中与甲戌本最接近的例子，可谓珍贵之至。因为这表明甲戌本并不"孤立"；而且拙见以为"小宴""逞醉"都比"小恙""大醉"为佳。这是流传有自的力证，世间极罕。

还有妙例。如甲戌本第二十六回回目是"蜂腰桥设言传蜜意"，而此本则作"蘅芜院设言传密语"。"蜜意""密语"且不遑论，只看"蜂腰桥"却作

"蘅芜院"，这就为"画大观园图"的难题提供了解答：原来，蜂腰桥、滴翠亭就在宝钗住处院门外，位置在"花溆"以北（**偏西**），这与黛玉的潇湘馆坐落东南，是两个"对角"——葬花冢即在东南方。那一日，一个葬花，一个扑蝶，相距甚远。

再如，这部存于俄国的抄本缺失了第五、六两回（**原钞皆应是两回一册**），这一点亦是它与甲戌本关系密切的一个良证，正好证明了我推断最早的《石头记》是两回装为一册的。故每失一册，即缺两回。甲戌本是由此而残缺，缺回之数总是"二"的倍数。今此本恰恰也是"一缺两回"——这是其他抄本没有的现象，也是它年代在早的佐证。可惜此两回佚去，假如万一有复现之日，我估量第五回的判词、曲文，必有与甲戌本相互印证之处。又如甲戌本第六回"姥"字与"嫽"字杂出，说明早期稿本写作"嫽"，尚无定字——"姥姥"是个借字，本音是"姆"，俗用方借为"老"音也。

这次访书，李一氓老情意甚重，我以年大体衰，怕受不住异域严寒及远行劳顿推辞，不过他老说无人可代，必望一行，也是红学上一件大事。我感他一片为学的崇尚心意，才打起精神，奋勇以赴。那夜四点起床，历时十几个小时不得眠息，到过之后，我国驻苏大使立即召见会谈——同行者尚有二人。

一氓老后来为此赋诗，十分高兴。

但有人却自封自己是此事的首功人，李老之要我去，是他"推荐"的云云。这事可就太怪了。既不是本单位之人，又当时身在外地，后挤身"介入"，怎能叫人不知晓？

小事一段，何必争"功"，还是找到黛玉的真眉、眼，方是要紧的大事。

诗曰：

万里冰天勉力行，却因画黛与描睛。

可怜名利妨人德，转绿回黄惑尔听。

［附］

一氓老人后来为访得在苏本《石头记》，高兴并认真地作七律一首，真为特例。我也先后敬和了两首。今一并附录于此，以存一段红学掌故。

题列宁格勒藏抄本《石头记》

《石头记》清嘉道间抄本，道光中流入俄京，迄今约已百五十年不为世所知。去冬，周汝昌、冯其庸、李侃三同志亲往目验，认为极有价值。顷其全书影本，由我驻苏大使馆托张致祥同志携回，喜而赋此。是当即谋付之影印，以飨世之治红学者。

> 泪墨淋漓假亦真，红楼梦觉过来人。
> 瓦灯残醉传双玉，鼓担新钞叫九城。
> 价重一时倾域外，冰封万里返京门。
> 老夫无意评脂砚，先告西山黄叶村。

奉和一氓同志

氓老因苏联藏本《石头记》旧钞全帙影印有期，喜而得句，敬和二章，亦用真元二部合韵之体。

> 烘假谁知是托真，世间多少隔靴人。
> 砚深研血情何痛，目远飞鸿笔至神。
> 万里烟霞怜进影①，一航冰雪动精魂。
> 尘埃扫荡功无量，喜和瑶章语愧村。
>
> 貂狗珠鱼总夺真，乾坤流恨吊才人。

---

① 唐太宗序玄奘法师云："万里山川，拨烟霞而进影。"

古钞历劫多归燹，孤本漂蓬未化尘。

白璧青蝇分楮叶，春云冻浦慰柴门①。

相期书影功成日，携酒同寻红梦村。

---

① 敦敏访芹诗："野浦冻云深，柴扉晚烟薄。……"

恳切

宝玉能诗，父亲并非真不喜欢，只因为其家教子最严，为父者不能给子弟以"和颜悦色"，总要板面孔，瞪眼睛——内心就不是这么"残酷"无情。还有一层，内务府"包衣""奴籍"出旗为"自由民"是不易得的，只有一条路，就是"改换门庭"，能与"士大夫"一起列坐，不致"自惭形秽"——就是科名高中，"一举成名天下知"，光宗耀祖。是以贾政要宝玉"读书上进"者，原因在此。

及至到了为林四娘作诗的那时光，贾政才死了那份心，不再逼宝玉了，还"明令"让他作诗逞才。

作完了，心里欣慰，口里还是不能离开父亲教训的口吻，给了评价是："虽然说了几句，到底不大恳切。"

这好极了！

有志作"中国文学批评史"的人，怎么能对这话视而不见，听若罔闻？

贾政不凡，出语中肯，那句话就是中华文艺原理的重要一条：要恳切！

"恳"是满腔诚恳，"切"是深入底里。

为文作诗，一派陈言套语，满纸官腔空话，饾饤堆凑，就不会恳切。不恳切的"作品",就绝无打动人的力量。

为什么车载斗量的小说,都比不上《红楼梦》这么深入人心,感染强烈?专家们定有一百条理由,我想不如就用贾政的标准来说明:因为它写得真恳切。

恳切一定真,不出于真,万万恳切不了。是故,宝玉作诔,首标"达诚申信"。

由诚见真,由真生切,由切而情深,情深而文美。这是规律。

《红楼梦》处处是恳切之心,恳切之笔。

恳切则沉痛感慨,恳切则栩栩如生。恳切的"荒唐言",构成了《红楼梦》的风格与精神。

但宝玉初闻林四娘的故事,当场"考试",奉命缴卷,就能真达到恳切的境地吗?

那不可能,不合理。贾政的批评,是中肯的。宝玉在这个题目上没法恳切,因为他没"经历"过林四娘的一切前因后果。雪芹也无奈何。

雪芹写鸳鸯的哭诉,写平儿的委屈,写晴雯披着小袄出后房门,满天大月亮,冷风侵肌入骨……那可就都恳切极了,动人极了!

因为这是真,是诚,是情,是心。

恳切若到了极点,也就是"都云作者痴"的那个痴,痴心痴意,痴笔痴文。

普天下众生,一起歌颂恳切,礼敬恳切。

若问什么是恳切?我答曰:意真则词恳,情真则语切。(如首回写甄士隐为《好了歌》做注解,道人听了称赞"解得切"!此"切"字也可参会。)一言以蔽之,曰诚而已。

诗曰:

洒脱逍遥不近情,形骸放浪太狂生。

真言神咒终何济,来诵菩提恳切经。

「真」——《红楼》之魂

雪芹的书，隐真演假——写"贾"喻"甄"。"假"是手段，"真"是目的。所以他最关心的是个"真"字。他的名联，就是"假作真时真亦假"（"亦"，或作"作"）。他既运用"假"，又慨叹世人总是喜"假"厌"真"，世事、人情，假的多，真的少——极少。他对此痛感难过。

比如，他写喜庆丧吊诸般礼仪，不惜笔墨，未尝有贬斥、反对之意，但他反对的是世俗假"应酬"——他写宝玉最厌的峨冠礼服的庆吊等事，是因为那已流为"形式"，全无情感在内了。

所以，不要认为他是要"反"掉一切礼数。看看他是如何冒了大"险"去偷祭金钏，就恍然于他的心理了：他是重真情，哪怕撮一把土，插上一支香，寄托了深衷的真悲痛，就比"大出丧"更心安了。

但要表"真"，却非易事。说来也怪，世上一种势力是弄虚作假，方得飞黄腾达；他们害怕真，不容"真"之存在，你宣扬"真"，就打击你，甚至置你于死地。

所以，敢写"真"，需要大仁大勇，是一种英雄行为，莫看作"饱食终日"的舞文弄墨，无聊游戏。

所以，新睿亲王一读《石头记》，就悟知这是"英雄血泪"。何等警觉，何等明察，何等犀利！真令我打心里叹服。

雪芹是千古以来最坚持"真"的思想艺术家，他不肯造假以欺人害人，惑世祸世。这不仅仅是指史的真，更指他的精神感情的真。他敢让宝玉说出那么些骇倒庸人俗物的真心话来——不顾百口诽谤，万目睚眦！

不是大勇，能够在饥寒艰阻中"十年辛苦"以笔作"战"吗?

雪芹无所不思，无所不习，无所不通，无所不精。是为大智大慧。

他唯人忘己，为千红一哭，与万艳同悲。是为大慈大悲，大德大圣。

这样的人，亿中无一。最可爱、最可痛的是他的稀有罕见的"真"，人真心真，情真文真。

雪芹的笔法有一规律：越是要传达"真"的，越是使用"梦""幻"等假字假义，是即"假语村言"之所以预先标明，也即是"满纸荒唐言"者，却是"一把辛酸泪"——后者是真，前者是假。浅人只见其"痴"，盖认假而昧真，论长道短，全不解其真味之所在也。

不幸，《红楼梦》后来竟出来一个假"全本"，它一直在混搅真书真义。假全本的毒计即将雪芹原著之"魂"扼杀，将"真"毁尽，全部大唱"反调""假腔"。至今犹有奉此至假至毒之书为宝物者。无怪雪芹早已料定矣。悲哉！

诗曰：

万语千言一字真，中华民族此为魂。

红楼岂是风流话，血泪研成迹未昏。

「自传说」是谁先提出的

"胡适考证《红楼梦》提出'自传说'……"，这已成了家喻户晓的"红学常识"。是这样的吗?

我在一本拙著中提醒大家：清代已然早已有了明确的"自况"说，即是"自传"说的同义语，所以此说并非胡适的创见，他只是在"索隐派"大盛时（说是写顺治、写纳兰、写张勇、写傅恒、写"康雍乾"三朝政治、写康熙太子皇子争夺宝位……）"恢复"了"自况"说。（见《红楼梦与中华文化》第四章。）

"自况"是自己"形容"自己的意思，"形容"一词就是如今所谓"表现"（representation。表现，不是"再现"）。如引古语，可以拉来"夫子自道"。

"况"，不是照相、复印，本身就包含了艺术的成分，不是"机器活儿"，是"写作"。"况"字极好，既得体又无语病，比"自传"好。只是有点儿"文"，就抵不上"自传"通俗而流行难改了。

"自传"其实也没什么大不好，是有些人把它误解了——又从而"批判"之。这些人士以为"传"就是"史传"，是历史文献，不是"文学作品"了，是犯了错误（理解、理论的）了。即使不是"政治性的错误"，据说也很严重，非"批倒"不可——因为也涉及了阶级斗争的事。

但，"传"读chuán，就是"传达""传神写照"，亦即表现。读zhuàn时，就是指那"传其人与事"的"书面文字"。所以，史家可以为之传，艺家也可为之传。孤立起来在一个"词语"上纠缠是并无意义可言的。问题就在：雪芹作书，是"史"是"艺"？

老实说，在中华文化上，史与艺（文）从来就不曾"分家各爨"；毛泽东的延安讲话，不是也引了孔子的"质胜文则野，文胜质则史"的语义吗？因为，中华的文，本来就是从"史"开始。至于"小说家"，《汉书·艺文志》列为史家之一支，故后世仍名之曰"野史""外史""稗史""外传"……"万变"而不离史之"宗"者，如是其"顽固"也。

然而，史者专记别人之事。

那么，问题仍然要再"下回分解"——《红楼梦》有质有文，有史有艺，是不待智者而后明了；毕竟史、文、质、艺的"成分比例"如何，也不必再事纠缠了，剩下的到底是"自传"还是"他传"？是写人还是写己？

我将专家们的高论暂且放放，先听雪芹的"坦白交代"——他说得并不复杂高深，超越一般情理。他自供了两点：

第一点，（代为变成今言）"我因经历了一番'梦幻'般的、不便言说的遭遇，所以就将那些史实掩饰起来，变换（假托）为一块石头通了人性，投胎为人，而经历了那些遭遇，编为一部小说，叫它《石头记》。"

第二点，"我自己活了三十岁的半生，自愧什么事业也未成就，本不值一传，但我见闻的那些女儿，清清楚楚，都比我胜强得多。我若不写书，不'自叙'，倒不值什么，只是连带将她们也埋没了——这一来，我的罪过岂不更大了？经此考虑，我才将经历见闻，编为一部故事书……"

这么一"翻译"，那段"交代"就完全明白了："我这故事不是写他人他姓，是写自家自身。但写自家自身又不是给自我'树碑立传'，而是为给那些见识行止不凡的女儿传神写照。"

　　这么絮絮而解说，有些啰唆，但因这些简单的道理却构成了多年来"红学"的"聚讼点"，既可笑，也可厌，还是费点儿唇舌澄清一下，请后来的关注聚集不必总是停在老位置，应把宝贵的精力花在更有益的点子上。

　　末后，还不能把那段"作者自云"的收尾处的一句话忽略不谈了，即"……敷演出一段故事来"。

　　这就更明白了。雪芹早就宣示与读者：我经历的、隐去的、所见所闻的"历历有人"的女儿们是"素材"，而"敷演"是文学手法和艺术"处理"。

　　雪芹没学过"文艺原理"这门课程，也没获得过"文学博士"的洋、土头衔，可他那么头脑清醒、逻辑周密地把他作小说的"创作方法"告诉了大家。

　　然则，"自况"也好，"自传"也罢，都不构成什么"问题"；什么"素材"运用、"艺术加工"等等洋味的教条模式、咒语真言，我们的小说家曹雪芹说得比我们又早又正确——我们还"热闹"个什么劲儿呢？

　　研究红学文艺学，亟须打破旧套，讨源识流，做出崭新的贡献。如若总是甘做自扰的庸人，就太可惜了。

　　诗曰：

　　　　写人写己费分疏，"自传"云云枉斥胡。

　　　　"作者自云"明镜在，本来无事岂模糊。

「演」的文学观

　　雪芹书中似乎两次用了这个"演"字——贾氏祖上名讳"贾演"，不在此数。一次是"作者自云"的"……敷演出一段故事来"。一次是一首七律诗："女娲炼石已荒唐，又向荒唐演大荒……"

　　"演"，今日的用法只见"演员""演出""表演"这一单义。汉字的丰富性，愈来愈为枯瘠性取代，令人心忧。

　　别的不多说，只说传统小说，就有《三国演义》《隋唐演义》……连开天辟地的故事也有"演义"。

　　由此立刻可悟：古之"演义"，即今之所以运用史迹"素材"而"演"为文学艺术的形态，目的不是"为艺术而艺术"，是为了表现其间包含的一种"义"。

　　"义"是质，"演"是文。"文质彬彬，然后君子"，从来如此。从来也没有，也不会将质文互代、互错、互混。

　　唱戏的，叫"扮演"，扮是"化装"，演就是"唱、做、念、打"……

　　你说这是"逼真再现"？哪儿有这回事呢。

　　曹雪芹写《红楼梦》，为了给闺友女儿作"传"，这"传"不是史传，是

"演传"，明明白白。但是，他又强调说，他写的是"追踪蹑迹"，不敢胡编乱造，以致"失其真传"。

是故，形式体裁是史传，也有"假传"；形态是小说野史的，却力保其"真传"。

《红楼梦》的价值，第一位是个"真"字。那么，第二位呢？第二位价值是"善"。

如何这么断？因为书有明文："几个异样女子，小才微善。""善"字的依据在此。

书中打谜语，"观音未有世家传"（是说史家不曾给观音菩萨作出一篇"世家"体的传记。"世家"是《史记》中的一种体例），而谜底即是"虽善无征"。宝玉说书只有《四书》《大学》的"在明明德"是真的，别的都该焚。那"在明明德"的下面，没说出来的，紧接的是"在亲民，在止于至善"。（"止"，即古"趾"字的始文，为"站在那里"，故"止于至善"是"立足"于至善，不是"到此为止"的"止"。）

然后，有"美"。人美，心美，才美，境美。

一部书，确实表的正是真、善、美。

我与学友梁归智教授鱼雁往还，论学谈艺，就曾提出下列"公式"：

真⟷史

善⟷哲

美⟷文

史、哲、文，正可与真、善、美各各对应。

所以，《红楼梦》"质"和"文"，其丰富多面的特色，高度的精神文化内涵，不是一个什么"背景""基础"之类所能说的，所能尽其崇伟巨丽的，庸俗社会学不会理解雪芹之人之文、之心之义。

莫比维纳斯

一百二十回的"全本"《红楼梦》是假的，真本只传抄到八十回为止，而据研者考证，第七十九、八十两回也是后来为了凑个"整数"而新加配作的，原先也只有七十八回书文，到《芙蓉女儿诔》一读毕，即无文字。如今有的旧抄本还保存了这个真貌。新加配作在第七十八回没有结尾的那一小段，说黛玉忽然出现，丫头惊呼"有鬼"等等，破坏悲痛文情笔境的俗套。

这样，就明白了一个事实：脂砚批书时，手中只拿着一个七十八回书稿，所以才多次在批注中提到"后之三十回""后之数十回""百十回大书""后半部"这样的话，如果她手中、案头本即一百零八回全稿整体，那怎么会凭空冒出一个"后"的观念来呢？为什么要"分"开看待呢？就都没法讲得通了。

雪芹当日写书，为何到《诔》忽止？恐怕不是细琐等闲的缘故。

此时，是他精神、健康方面使他不能续写，还是另有生活、境遇方面发生了事故，以致不得不暂且停笔？抑或两者均有？尚不可知。

七十八回之后，就一字未写吗？又非如此，证据即存在于脂批中，她引了许多后面的回目、字句、情节等断片，分明是写了的。更重要的是她记明：狱神庙文字有"五六稿"之多，"被借阅者迷失。叹叹！"

　　另一条"壬午重阳"的批，忽对杜少陵诗圣的无屋可居、恶者逼迫等情抒发愤慨；并有"索书甚迫"之语。

　　隐隐约约，疑雾迷茫——让人感到，这儿有了重大事故。七十八回停顿之后，原曾续写，不幸失去——是何缘由情况？无法悬断。

　　于是，我们今日所见，仍然是个七十八回勉强配上了末两回的八十回本。

　　因此论者常常将未完的《红楼梦》比作外国艺术绝品、断臂的维纳斯女神。这当然没什么不好。然而细想也不妥恰。

　　维纳斯缺了手臂，全身躯体、丰神具在，还是"基本完整"。《红楼梦》与此大异：缺断的不是胳臂，也不是"下半身"，"腰斩了的维纳斯"，是……

　　《红楼梦》失去的，比那严重多了。

　　这原因就在于：雪芹的章法结构是"对称呼应"大法则，文字有"表""里"两面，尤其是前边是"伏线"，不见后文全然不晓。其变化神奇，骇心动魄。如今失了"后半"，就是失的不止于是"半"，是牵累了全部的精神命脉皆成"残废"。

　　这怎么能是维纳斯之喻所能比拟得了的呢？

　　没有妙法可喻此一文化悲剧的巨大深重。无可奈何之下，这才逼出一门学问来，即红学上的"探佚学"分支专科，专门研索八十回（或七十八回）以后芹书原本的大致情况该是什么样子的。这工作极为重要。一方面揭破伪续一百二十回的大骗局，一方面可以略略补充我们对雪芹的理解认识。

　　诗曰：

　　　　难拟西洋维纳斯，纵无雪臂有丰姿。

　　　　书成致毁原何故，只是庸人了不思。

渺小的是『一言堂』

雪芹写《红楼梦》，异于以往小说。以往的小说作者都是"一言堂"。

"一言堂"的特征就是全书有一个固定的"观点"和"发言人"，书中人物都是这个固定人物的牺牲品，没有感情、意见、说话的权利。雪芹反是，违众而行。

比如，《三国》里一切都得表示刘备好，曹操坏。《水浒》里一切都须表示宋江好，人人见他板定"纳头便拜"，没有异议。《西游》里的猪悟能，只能是供取笑、受惩罚的笑料，他不能有发言辩护权。

《红楼》不然。

在《红楼》，每个人都有他（她）的悲愁喜乐、苦辣酸甜，谁也不是只为了"刘备""宋江"而存在，而生活，都有"立足点"与"发言权"。

美国的余珍珠女士，论《红楼》提出了"多元感情"的创见新说。我很同意，也很佩服。

她举宝玉"大承笞挞"一句为例，说明这一场复杂的、巨大的、惊心动魄的风波事故，谁也不是愿意如此的，各有各的难言的外境和内衷，都极不由己，极不得已，都极痛苦——并非谁要害谁，不共戴天……贾政不是视爱子如仇敌，必欲置之死地而后"快"，他是受过政局株连、遭过大祸的惊弓之鸟，一闻宝玉惹了王府的麻烦，已然魂不附体；谁知这麻烦是"勾结戏子"，这在当时是极端"不肖"的行径，已经气得半死——不想贾环又说宝玉"强奸母婢，逼出人命"！

不要说乾隆年间，就是在二十一世纪，哪个"不封建"的父亲会"体贴"这样的儿子？！

所以，绝不是什么"封建与反封建的斗争"等等论调，可谓风马牛。打完之后，贾政、王夫人、李纨、众姊妹，一家人无不放声大哭——贾政为了教子，为了不要再来一次抄家下狱，本非为己，却惹到这一不可收拾的场面，自己也呆如木鸡，泪如雨下。

多么大的、无法言表的痛苦！

这就是"多元感情"。这就是"群言堂"。

书中写凤姐、李纨，妯娌间相互批评、揭发、讽刺、取笑，就各有"发言权"，作者允许她们各自辩护——不是只有"刘备""宋江"好。

厨房里，柳嫂子和莲花儿那一场舌枪唇剑，精彩万分！各有甘苦，各有"毛病"，各有不平，各有委屈。你同情谁？也绝不是只听刘备、宋江的。

这就是鲁迅早已说的，自从《红楼梦》出来，打破了以往的写法，不是红脸白脸，好就都好，坏就都坏……

看来，这早已不再是什么"艺术"的问题，是个头脑心灵如何看人、如何自量的问题。

看来，不独学术大忌"一言堂"，小说亦然。一言堂太渺小，太可鄙，没有真出路，无非暂时把持，自封"寨主"，占个"山头"罢了。

伟大的是"群言堂"，是《红楼梦》。以"一言堂"的居心和做法来"研究"群言的事，其结果会是什么样？真是"天晓得"了。

诗曰：

多元情感一言堂，不是刘家即宋王。

岂独凤纨须辩论，抗言也让勇鸳鸯。

俗事用俗笔

雪芹作书，是高境界高笔致；但偶涉世俗丑恶之事、卑劣之人，也就不得不用俗笔。这种俗笔出于开卷前几回的，如"乱判葫芦案""毒设相思局""顽童闹学堂"等，倘若放眼全书，真可以"败笔"视之。然而以前多年的课本教材，偏偏只选贾雨村判案，并以此文来"介绍"《红楼梦》。因为图之是要以"思想性"为重。于是也就把曹雪芹的书拉下来，与《官场现形记》无别了。

这回书里，写到贾雨村初到应天府（**明代的南京地方官称**）任，还有"天良"，一见为夺侍妾，打死人命，公然逍遥法外，有了义愤之心，便发签捉拿凶犯。这时一个门子向他使眼色，"不令他发签之意"。

这儿，出了一个"令"字。难道门子可以向知府太爷下"令"吗（**"不令"也是令呀**）？

后文，类似之例不少。但多用"命"字了，义则无别。

如凤姐"不命"贾琏进屋（**老太太正生气**）。如雪景联句时，黛、湘争"命他快联"之类，不一而足。

这样的"令""命"，与身份、辈数、年龄、尊卑毫无关涉，只是一个泛泛的字，与今日的"让他""叫（使）他"如何如何的用法，完全一样。

然而，今人不识往事。

脂砚评本里，换用"畸笏"一名的批语，有一处说："……因命芹溪删去。"于是专家们纷纷议论起来，说此人是作者的"叔叔""爸爸""舅舅"……

如果门子可以"令"，湘、黛可互"命"，那他（她）们都也非变成对方的长亲尊上不成？

谈文论艺，读书治学，皆贵在一个"通"字。畸笏之所命者，完全与"小辈""后生"无关。什么叔叔舅舅，岂不令人粲齿？

我不知不觉地写出了"令人……"的话。但愿聪明的读者不要认为我是说谁人"命令"了谁，而且"令者"就是"被令者"的叔叔舅舅。那岂不"乱了套"！

一部冤书

《红楼梦》有多层多面义，历史的，哲思的，文学艺术的，道德的，性情的，灵慧的……也有社会的，政治的。综论另是一回事，单论作好了却也是综论的基础，然而也有其"本体性"，可以独自成一规格范畴。如今想讲的，是《石头记》全书中所隐含的一个"冤"字。

讲"冤"义似乎是个单论了，然而不然，"冤"在《红楼》本身又是多层多面的。所谓"一言难尽"，是句实话。

雪芹的家世是个政治大冤案。他本人是个不为人知解的冤人。他的书被人横加篡改割续，是一桩千古奇冤。他书中的人物——主要在一群女儿的为人和命运上，都没离开这个可歌可泣、可骇可愕的"冤"字。

石头是开卷"楔子"的角色，它被遗弃不用，是"冤"字之始。甄士隐无端遭火，一贫如洗，受岳父的白眼和蒙骗，是个冤士。娇杏不过听说贾雨村这寄身破庙的寒儒，不觉望了他两眼，遂让贾雨村认为"有意于他"，是个冤婢。冯渊与英莲，本身即"逢冤""应怜"，不必再说了。全书以冤起，以冤终——现存"八十回本"本来以晴雯结，这就是以冤结的明证。

如此可悟：书中众女群芳，无一不冤。所冤虽各各自异，而都为含冤受枉之人，则分明可按——虽然有显有隐，有巨有细，有直有曲，其为冤者，总归一揆。

看看这些女儿的"总领衔"（脂砚所谓"群芳"之冠）宝玉，一生受的是"世人诽谤"（《西江月》）和"百口嘲谤"（警幻评语），受谤者即遭冤者。宝玉乃是世上第一大冤人。

再看"十二钗"之首元春的"判词"之第一句，就是"二十年来辨是非"，是非不可混，然二十年一直在混，在辨——辨了没有？还不得而详。这岂不是诸钗之首的一大冤案？

迎春屈死。探春因"庶出"而遭歧视。惜春似无冤，而迫于家势，缁衣出世，亦是一种屈枉。

凤姐一生独支大厦，心力俱瘁，只因犯过而被休，尽屈辱诬枉——成为众矢之的，"诸罪所归"，那报应是不公平的。

湘云沦为佣、乞，巧姐落于烟花。妙玉为世同嫌愈妒，可知被屈的下场最为惨痛。

"正钗"之外，诸"副"也是各有冤屈。如平儿，如鸳鸯，如金钏，如彩云……事迹般般，都是无辜受害之好女子。鸳鸯被诬为与贾琏有"私"，彩云（或作彩霞）受疑与宝玉"相好"……

林黛玉之死，依拙意是与赵姨娘诬陷她与宝玉有"不才"之事紧密相关。

这儿，就剩宝钗与袭人，这二位贤女久受评者贬骂，其冤又在何处？且听一解：一般人的理解是宝钗"害"黛玉，袭人"害"晴雯——两人阳贤而阴险，众皆恶而斥之，不遗余力。假如这样，则雪芹的书就立刻变了味，不再是"千红一哭"，而是一半"红"哭，另一半"红"害了别人扬扬得意而自满自"笑"了。这就是一个无法回避的极其重大的研《红》问题。

我以为，雪芹的书若只是此一含义，那就太俗气了，也就谈不上什么"伟大"了。雪芹的《女儿观》与精神境界也就降低到一个不值得重视与赞叹的可怜地步了。

请你重温一下八十年前鲁迅先生的话："……甚或谓作者本以为书中无一

好人，因而钻刺吹求，大加笔伐。但据作者自说，则仅乃如实抒写，绝无讥弹，独于自身，深所忏悔。此固常情所嘉，故《红楼梦》至今为人爱重，然而又常情所怪，故复有人不满奋起而补订圆满之。此足见人之度量相去之远，亦曹雪芹之所以不可及也。"

细玩这段极关要紧的论析，知其本由"钗黛争婚"、钗"胜"黛亡、续书补"憾"而引起的，那就是说"有人"以为钗、袭之为人阴险坏极——所以先生进而指出：因此又变本加厉，遂谓雪芹"微词曲笔"，书中"无一好人"了！

这就是书中人物钗、袭的冤案，也是芹书的又一层蒙垢积深的大冤案。其根本关键全在高鹗伪续的篡改与歪曲雪芹的伟大思想与崇高的文化层次、精神世界。

既如此，那么雪芹笔下的凤姐，也被高鹗诬为"一党"坏人，她在前八十回中显得敢作敢为，只因贪小图利，做了些错事；又因贾琏的不给她留有地步，另立"新奶奶"，以致逼害了尤二姐……但书到后文，她所得的"罪名"却是大大超过了她的过错而判为大恶不赦，尽犯"七出"之条的重案罪囚——所以实质上也是一个屈枉的难以为人尽明而普遭仇视的冤者。

如凤姐之例可明，则其余诸女儿，如秦可卿、林黛玉乃至小红、茜雪、四儿之辈，无一不是身遭不白之冤而为人歧视恶待，横背骂名的屈枉者。只要细玩书文，不难尽领其旨。

以此而参悟雪芹的作书起因，层次虽多，而一腔不平之气，感叹人生，悲悯万物，欲代他们一抒其不平的冤愤，实为重要的一大方面。

所谓『遗腹子』

曹雪芹命苦，至今连父亲是谁也成了悬案。众说不一之中，有一说认为曹雪芹乃曹頫的"遗腹子"，即曹頫向康熙奏报的"奴才嫂马氏现怀身孕已有七月，若幸生男，则奴才兄有嗣矣"的那个"证据"。

作书人曹雪芹不会不知自己的生母姓什么。如若他即马氏所生，他对"马姓女人"应当怀有敬意与个人感情——可是，他却把一个靠邪术骗财害命的坏女人道婆偏偏加上了一个"马"姓！

世上能有这样的"情理"吗？他下笔时忍心把母亲的姓按给了一个最不堪的女人，在一个小说作家的心理上讲，能够这样做吗？因为，"百家姓"的选择天地太自由方便了。

有人举出一个破绽百出的"五庆堂"家谱来，说谱载"頫生天佑"，故天佑即雪芹，云云。

可是，《八旗满洲氏族通谱》载记明白："曹天佑，现任州同。"可以考知：那"现"的时限是乾隆九年为下限。也就是说，若天佑即雪芹，他的"霑"名不确，官名是"天佑"，而且身为州同官，比知县还要高些。那么，这位"曹雪芹"是在州同任上写作《红楼梦》的。

如果这样，那太"好"了。

可惜，乾隆人士绝无称雪芹是州官老爷的，却咬牙切齿地骂他："以老贡生槁死牖下！"

你看，这不"拧"了嘛！主张"遗腹子"的先生女士们，不知怎样自圆己说？（其实，"天佑"是曹顺的表字，典出《易经》，曾有文列证，今不复赘。）

『壬午除夕』

在甲戌本的题诗"满纸荒唐言，一把辛酸泪。都云作者痴，谁解其中味"的书眉上，即有脂批云："能解者方有辛酸之泪哭成此书。壬午除夕，书未成，芹为泪尽而逝。余尝（常）哭芹，泪亦待尽……唯愿造化主再出一芹一脂，是书何本（幸），余二人亦大快遂心于九泉矣。""矣"字为全批之末行；隔开半行空隙，另行书写"甲午八日泪笔"六字。

胡适先生据此考断雪芹逝于"壬午除夕"，明文清晰，应无疑问。

后来，我发现《懋斋诗钞》，内容证明癸未年敦敏还与雪芹有联系的诗句，不可能卒于"壬午除夕"，应是"癸未"之误记（并举过清代名人误记干支差了一年的实例）。但是，前些年有人提出：那条眉批不是一条，是两条相邻而误抄为一；"壬午除夕"四字本是前一条的"纪年"，与芹逝无干，云云。

这种论调，能成立吗？

第一，"壬午"二字，书写为第二行之末，而"除夕"二字书写为第三行之端：这明明是批语的正文，语气紧相贯连。

第二，遍查甲戌、庚辰等本的眉批，凡"纪年""署名"或二者兼具，一律提行另写，从无与正文连缀的例外。这就完全排除了那种论点——硬把批语正文说成"纪年"，因而将一条批语割裂为两段。

其实，只要平心静气，体会一下文情语意，这种批本不难读，从"泪哭成书"说起，直贯"泪尽"人亡，书未完，终生大恨。倘若在这样的感情的激动之下，在标题上只写一句——

能解者方有辛酸之泪哭成此书。壬午除夕。

那么，当此一年已尽，百感交膺，此人忽欲捉笔批书，而这大年夜里，已然开笔，却写了这一句"秃"话，立即打住——这叫什么文字，什么情理？

更何况，检遍了批语，壬午年春、夏、秋，各有多条批语存留，而单单只在这个重要的大节日，却只有这么僵硬言词，了无意味情肠，这符合脂批的文字风格吗？

又，"假设"真是在守岁不眠的漫漫寒宵就只写下这么一句，那再看"下一条"，直到"甲午八日"这才又"接云"——这合理吗？（有人又把明明白白的"甲午"说成"甲申"，是受"靖本"的骗，"午""申"二字绝无相混之任何可能。）甲戌本正文记明"至乾隆甲戌抄阅再评……"，可知，乾隆十九年已有重评清抄本。敦诚《寄怀曹雪芹》诗云："不如著书黄叶村。"此乃乾隆二十二年丁丑之作，而庚辰本上有单页写明："乾隆二十一年丙子五月初七日对清。缺中秋诗，俟雪芹。"至庚辰，为二十五年，已"四阅评过"。次年辛巳，再次年即壬午、癸未了。雪芹因后半被毁（"迷失"），努力重写——所谓"书未成，芹为泪尽而逝"也，表明他在病中亦未放弃成书的大愿（"书未成"是未全部补齐，尚有残处尚待收拾，并非半途而废），有何可疑？

诗曰：

壬午重阳急"索书"，何来"除夕"又研朱？

批书也是泪为墨，割裂全文果是乎？

纪念雪芹逝世

上世纪六十年代一开始，就为纪念雪芹逝世两百周年而准备、而活动起来了。因为"卒年"有二说，一谓"壬午除夕"说，即乾隆二十七年岁终；一谓"癸未除夕"说，即乾隆二十八年大年夜。纪念会前，多次开会讨论，双方学术意见终未获得一致。皆茅盾部长亲自主持——中央十分重视，指命文化部负责，社科院文学所何其芳所长协助，具体事项则责成北京市政府出力办理，实任的是副市长王昆仑先生。文化部较多出面的领导同志是邵荃麟。常驻办公的有阿英，还有黄苗子等画家。我与吴恩裕等"红学家"时常去开会，地点在东华门内武英殿的纪念筹备处。

最后一次会是夜晚，记得还从"北图"借出《懋斋诗钞》的稿本来，当场考究。

这次，何其芳先生出席了，因我是"癸未说"的"首倡"者，他在会议结束时特意向我说："……还是就在一九六三年先举行吧？——这不是学术结论，会后再继续讨论，好吗？……"当时同意"癸未说"而有力的支持者是曾次亮、吴恩裕、吴世昌诸位。主张"壬午说"的主要发言人是陈毓罴，与之意见一致的人数较少。

有人宣扬一种说法：当时定于一九六三年纪念就是肯定了"壬午说"云云。这是歪曲了何其芳所长在会议上对我亲口所说的原旨，有意偏袒一方，是很欠允当的不实之言。

纪念期间，河南省博物馆提供了一幅雪芹小照，坐像，对开页，左方有尹继善题句二首。无年月，无上款。画像左上角则有画者陆厚信的题记，说：

> 雪芹先生，洪才河泻，逸藻云翔（两句皆运用六朝名家文辞）；尹公望山（继善），时督两江（任两江总督。两江是江南江西，当时行政区划）……罗致幕府……

这幅画像是上海市文化局局长方行先生在郑州发现的，将照片寄烦王士菁先生转给我的。

画像原件是在一部"册页"的一个对开页上。但初调北京来，是册页，后来再调京时，只有一个对开页。藏者馆方力言收购时即是"一页"。

我对此生疑，多次函询方行，亲访黄苗子，证明原是册页无疑，并皆言册页内所绘多人，皆乾隆时人士，皆有尹氏题诗。

我特访黄苗子兄，他确言所见是八开，册页各像皆陆绘尹题。他不曾表示对雪芹像有任何"问题"存在。

郭沫若让查尹诗集，社科院文学所的刘世德君（那时是个小青年）找来《尹文端公诗集》，发现尹诗二首果在集内，而题目却是"题俞楚江（瀚）"的。于是郭谓：此像乃"俞雪芹"，非曹雪芹——以为俞瀚亦号"雪芹"。

以后，就解释为画像上五行题记是"伪造"的了——对册页变单页的奇迹，少有挂齿解释一二的。

我也请教过刘君，即在访苗子的同时，为求参证。他沉吟答说："……是一部册页。"但一九八二年在上海开会时，他发言则有含糊不确定之语意。

刘君是见过册页的极少数人之一，近日又见他发文，说当日黄苗子说那"不是曹雪芹"，云云。

如是这样，那就等于苗子对我说的全是"假语村言"了。

近年，河南王长生先生为画像真伪深入调查，探知一些内幕，力言芹像是真迹，本无"伪造"之事。（他将有专著付印，盼有新的论证，以决疑案。）

我愿学术尊严，应有实无虚，求真破假。怪现象重重，背后"隐"去的"真事"有多少？令人不胜"遐思"而"驰想"。

诗曰：

册页忽然变斗方，先生逸藻枉云翔。

世间怪事君何怪，指鹿呼牛李姓张。

我们能了解曹雪芹吗

　　题目中的"我们"是谁们？是今日的一般读者、文艺爱好者，包括我这写书人和正在手执拙著阅读的"红迷"们——我们此时想了解两个半世纪以前的那位曹雪芹先生，有可能吗？可能性多大？有些什么渠道和办法？众说纷纭而且都在喊叫"我的看法最正确"，目迷"五"色的"五"字太不够使了……这该怎么好？

　　对雪芹的了解很不容易，这是事实；但也有事情的另一面。比如，所有讲论曹雪芹的人都十分抱憾于史料的太稀少，太不"够用"；其实是没有比较与思考，清代的很多名人的史料还比不上雪芹的，比他更难于查考。

　　实际上如何？雪芹之友为他写的诗，明白题咏投赠的就有十七篇，加上虽未题明而可以考知的，至少竟达二十首之多。各类笔记文字叙及他的（**绝不涉及那种伪造的胡云**）也有十种。这已然是相当可观了，怎么还嫌太少？假若他的一切都已记录清楚了，那又何必再费事来研求追索？

　　我的感觉是：困难另有所在。

　　当代论者大抵对清代史事并不熟悉，尤其满洲八旗世家的生活、习俗、文化、思想，更是陌生得很，就勇于以他们今日所想象的"情景"去讲论评价这位特色十足的历史文学巨人，结果是把他"一般化"加"现代化"了，甚至牛头马嘴，不伦不类。更麻烦的是"曹学"涉足者（**包括笔者**）原本学识浅陋，却自我高估，小视了雪芹这个奇才异品的高深涵量，于是说出一些外行的、浅陋的、错谬的话，扭曲了真实的雪芹。

我从上述"史料"中所得到的强烈印象，约有五六个方面值得特别一说：一是文采风流，二是"奇苦至郁"，三是诗才特高，四是高谈雄辩，五是放浪诙谐，六是兴衰历尽。

以上六项，每一项都需要从细讲述方能稍稍深入。这儿自然不是那种文字的体裁篇幅。若扣紧他撰作《红楼梦》这一主题来说，那就还可以引用我在别处说过的几句话：雪芹兼有思想家的灵、慧，历史家的洞察力，科学家的精确性，诗人的高境界。

在这几项中，最不易理解和讲说的是"奇苦至郁"四个大字。这四个字是谁讲的？曰：潘德舆先生。潘是《养一斋诗话》的著者，他的笔记叫作《金壶浪墨》，其中写到了雪芹的一些情况和他读《红》的感受，十分可贵。

潘德舆的记叙是其来有自的（**我考论过，此不多引**）。他知道雪芹著书时穷得一无所有，只一几一杌（**凳**）。无纸，将旧皇历拆了翻转书页子，在纸背起草……他看到某些感人特深的章回，为之泪下极多。他表示感受最深的有两点：一是书中所叙宝玉的情况，笔墨如此惨怛，这分明是作者自喻自况——若写的别人，万万不会达此境味（**大意**）。二是由上各情来判断感悟：作者必有"奇苦至郁"，无可宣解，不得已而方作此书。

在我所见记述雪芹旧事和读《红》心境的，都不及这位潘先生的几句话，字字切中要害，入木三分——所谓"性情中人"也。

除去清代人的记叙之外，另一"渠道"其实还是要从《红楼》书中去寻求。兹举一例，试看如何——

薛小妹新编怀古诗十首中，有一首《淮阴怀古》诗云：

> 壮士须防恶犬欺，三齐位定盖棺时。
>
> 寄言世俗休轻鄙，一饭之恩死也知。

这诗另有"打一俗物"的谜底，不在此论，单就这诗内容，就与雪芹本人相关。

雪芹"素放浪，无衣食，寄食亲友家"，稍久就遭到白眼，下"逐客令"了。所以有时连"寄食"之地亦无。贫到极处，生死攸关了，不意竟有一女子救助，方获绝处逢生。这大致与韩信的一段经历相似。

据《史记·韩信传》①所载，信少时"钓于城下"——无谋生之道，在"护城河"一带钓鱼为"业"，饿得难挨。其时，水边有多位妇女在"漂"洗"絮类"衣物，一女见他可怜，便以饭救之。如此者"竟漂数十日"。就是说，人家那么多日天天助饭，直到人家漂完了"絮"不再来了为止。（**因此这成为典故，以讥后世馋贪坐食之人。**）

雪芹托宝琴之名而写的"寄言世俗休轻鄙，一饭之恩死也知"，正是感叹自身也曾亲历此境，为世人轻贱嘲谤。

"世俗"的眼光，"世俗"的价值观，"世俗"的"男女"观，都不能饶恕雪芹，也给那慈怀仁意的救助他人的女子编造出许多难听的流言蜚语，说他（她）们有"私情""丑事"……

此即雪芹平生所怀的难以宣解的大悲大恨，故而寄言在"小说"之中。

请看菊花诗：

> 高情不入时人眼，拍手凭他笑路旁。

亦此意也。

---

① 即《史记·淮阴侯列传》，见《史记》卷九十二。——编者注

诗曰：

　　雪芹遗恨少人知，圣洁慈怀却谤"私"。

　　世俗从来笑高士，路旁拍手竟嘻嘻。

红楼夺目红

附

录

Appendix

曹雪芹生平简表

众生皆具于我

《红楼梦》笔法结构新思议

曹雪芹生平简表

雍正二年（甲辰　一七二四年）闰四月二十六日生。

雍正三年（乙巳　一七二五年）四月二十六日芒种节周岁，遂以芒种为生辰之标志。

雍正六年（戊申　一七二八年）父曹𫖯获罪抄家逮问，家口回京，住蒜市口。

乾隆元年（丙辰　一七三六年）赦免各项"罪款"，家复小康。十三岁（书中元宵节省亲至除夕。宝玉亦十三岁）。是年四月二十六日又巧逢芒种节（书中饯花会）。

乾隆二年（丁巳　一七三七年）正月，康熙之熙嫔薨。嫔陈氏，为慎郡王胤禧之生母（书中"老太妃"薨逝）。

乾隆五年（庚申　一七四〇年）康熙太子胤礽之长子弘晳谋立朝廷，暗刺乾隆，事败。雪芹家复被牵累，再次抄没，家遂破败。雪芹贫困流落。曾任内务府笔帖式。

乾隆十九年（甲戌　一七五四年）《脂砚斋重评石头记》初有清抄定本（未完）。

乾隆二十年（乙亥　一七五五年）续作《石头记》。

乾隆二十一年（丙子　一七五六年）脂批于第七十五回前记云："乾隆二十一年丙子五月初七日对清。缺中秋诗，俟雪芹。"是为当时书稿进度情况。脂砚实为之助撰。

乾隆二十二年（丁丑　一七五七年）友人敦诚有《寄怀曹雪芹》诗。回顾右翼宗学夜话，相劝勿做富家食客，"不如著书黄叶村"。此时雪芹当已到西山，离开敦惠伯富良家（西城石虎胡同）。

乾隆二十三年（戊寅　一七五八年）友人敦敏自是夏存诗至癸未年者，多咏及雪芹。

乾隆二十四年（己卯　一七五九年）今存"己卯本"《石头记》抄本，始有"脂砚"批语纪年。

乾隆二十五年（庚辰　一七六〇年）今存"庚辰本"《石头记》，皆"脂砚斋四阅评过"。

乾隆二十六年（辛巳　一七六一年）重到金陵后返京，友人诗每言"秦淮旧梦人犹在"，"废馆颓楼梦旧家"，皆隐指《红楼梦》写作。

乾隆二十七年（壬午　一七六二年）敦敏有《佩刀质酒歌》，记雪芹秋末来访共饮情况。脂批"壬午重阳"有"索书甚迫"之语。重阳后亦不复见批语。当有故事。

乾隆二十八年（癸未　一七六三年）春二月末，敦敏诗邀雪芹三月初相聚（为敦诚生辰）。未至。秋日，爱子痘殇，感伤成疾。脂批："……书未成，芹为泪尽而逝。余尝哭芹，泪亦待尽……"记之是"壬午除夕"逝世，经考，知为"癸未除夕"笔之误。卒年四十岁。

乾隆二十九年（甲申　一七六四年）敦诚开年挽诗"晓风昨日拂铭旌"，"四十年华太瘦生"，皆为史证。

众生皆具于我

一九八〇年夏，在美国举办了一次首创的国际红学研讨会，八十余人参加，其中有余珍珠女士一篇论文，引起我最大的注意。她登台演讲那一日，我做了即席的发言，指出这一论文的价值。嗣后她重新写过，又寄给了我。我认为她专论宝玉被笞那一特殊场面，是第一个触及雪芹艺术奥秘之一面的青年学人，识解不凡。她的主旨是说，在此巨大而奇特的场面中，每个在场之人都有他自己的感受、心情、处境、表现……如此之各不相同，如此之复杂深刻，而写来却又如此之自然而生动，感人心魄……

她能把这个场面"抓住"，而提出了与俗常不同的鉴赏，确实可贵——俗常只认为贾政这个"封建势力"对"叛逆者"的压迫是如何心狠手辣等等。那诚然太浅，太死，太不懂得雪芹的小说是怎么一回事了。

这个例子十分重要。但要讲它，还宜稍稍退到正题之前，看是如何地层层递进，一步一步逼向高潮"结穴"的。

细按这一条大脉，从二月二十二日搬入大观园，不久就开头了。雪芹笔下明白：宝玉自入园之后，心满意足，每日尽情享受，不但书画琴棋，还与丫鬟们描鸾刺凤，斗草簪花，无所不至——

谁想静中生烦恼。忽一日不自在起来，这也不好，那也不好，出来进去，只是闷闷的。

由此方引出偷读小说戏本来。此实"不肖"行径之始。

二十五回意外灾难，"魇魔法"害得几乎丧生。好容易历劫复命，迤逦已至夏天。由第二十八回，在薛蟠开宴，席上结识了蒋玉菡，此为一大关目。恰好同时元春赐下了端午节赏，有红麝串之暗潮。这时已接上了史太君清虚观一大段精彩场面，却又因张道士提亲，引起了一场特大风波（宝、黛大吵闹，贾母生气伤心），为全书中仅见。好容易二人和好了，又因"借扇"说话不慎，惹恼了宝钗，罕有地破了浑厚的常态，翻脸痛刺了他一下！

这已"够受"的了。谁想因看"画蔷"遇雨挨淋，跑回怡红院（途中跑丢了怀中宝物金麟，是暗笔），叫门不应，怒踢了开门的——却是袭人，惹了一场重伤吐血的愧悔之事故。

犹不止此，因为跌损扇子，又和晴雯闹出了一场少见的气恼，又是一场巨大的风波（不吉的预兆）。

犹不止此！因为暑日会客，心中烦厌，精神异常，阴错阳差，误向袭人诉出了惊骇世俗的肺腑之私，以致吓坏了袭人（日后才向太太王夫人密谏，让宝玉离开大观园）；而且，他在这等羞、急、烦、虑的心绪下，去会了贾雨村，心不在焉，神情应对，也大失常仪，使贾政甚为不悦——此亦暗笔，后文方知。

这样，方才"逼"向了致命的一幕：他午间独自进入母亲房中，与大丫鬟金钏戏言，又惹怒了假寐的太太！太太的翻身一巴掌，使金钏无法再活，投井自尽。

这个祸，可就惹大了！

但这还是家门以内的事，以外的呢，书中了无正叙之文，却又暗中自有一段与蒋玉菡秘交的情由，隐在幕后。可是他不知道这下子激怒了忠顺王爷！

　　贾政哪儿梦想得到，祸从天降，王府找上门来了，索讨戏子小旦蒋琪官，说是满城的人都知道宝玉藏起来了。贾政不听则已，听了震撼心魄——王府一级的事故，弄不好会引来杀身灭门之祸！他正待详究，却不料贾环这小小年纪的孩童，急中生"智"，诬告了哥哥一状："强奸母婢"！

　　贾政此时已经气得愤不欲生，自责生了逆子，辱没了祖德家风，非要把宝玉处死不可了。

　　必须将以上脉络，理会得了然于胸，才能谈得上如何赏析写宝玉被笞的这一特大事件的艺术奇迹。

　　我这儿的任务并不是要复述故事情节，只是为了叙清脉络，以便赏析余珍珠女士的那个主题的艺术特点。叙脉络，不算难事，要赏析笞打的正文场面及人物，可就很不易为了，因为这在文艺鉴赏领域中，想找类似的例子和评论来助我讲说，都是无处可寻的。

　　我只记得清代的一位《红楼》评赏家说过几句话，很早引起我的共鸣。

　　他大意是说：读《红楼》一书，时常感动得下泪；但只有读贾政笞宝玉一回书，他流泪最多！

　　何也？奇怪吗？他为什么单在这一回书上流下最多的泪？他是否只不过疼惜宝玉受了苦楚？

　　对此如回答不清或答得全错，就说明答者是还不大能够理解雪芹笔境与心境之美是不可及的。

　　贾政气怒已然难以形容，他下了最强烈的决心，将宝玉打死，封闭内宅的消息，嫌掌板子的手软，一脚踢开了他，自己夺过来狠下毒手，直打得宝玉到后来已经失去了呼痛的微力。正在不可开交处，王夫人已闻讯赶到，一见宝玉的形景，也就痛哭失声。因她提起亡儿贾珠，贾珠之寡妻李纨也就再难禁忍，顾不上妇仪，也就放了声。此时此际，满堂的人众，无不泪下——这时窗外传来了老太太的喘声："先打死我，再打死他！"

　　母子一场对话，句句掷地千钧之重。贾母表示了与贾政的决裂（**断绝母子关系**），贾政谢罪，只见老太太抱着一息奄奄的爱孙大哭。那贾政呢？他见此情状，环顾众人，耳听哭声，再看宝玉，方悔打得太厉害了，他自己心里如割如焚，也只见他口不能言，泪如雨下！

这一场巨大的风波，复杂的关系，本来是万言也写不清的，但在雪芹的笔下，也只用了大约三千字，便令我们一清二楚，如见如闻。而且，你在被他的神笔感动之下，根本不是产生了一种什么谁"好"谁"坏"、谁是谁非的分别较量的意识，而是只觉得每一个局中人都有他（她）极合理合法的思维、感受、举动的缘由和依据，都有各自的辛酸悲痛、苦境愁肠，这儿并不再是哪个人有意要伤害谁、毁掉谁的问题，也不再是一切只为自己一个人打算图谋的问题。我们最强烈的感觉是：他们每一个人都很可怜可敬，可歌可泣！

然而，作为一个写作的人，他要写这个局势与内容，并要达到这个效果，他得有多大的神力？这种神力将如何才能够孕育产生？

我不禁嗟叹：雪芹先生，他的灵性，可以贯彻人生万相，天地间的众生，各有离合悲欢，万千变化，各各殊异，但在他心里笔下，皆能显示真实，如影传形，如镜示相。这是个多么巨大的奇迹！

我们怎样表述这种伟大的心灵涵纳与文艺本领呢？左思右想，无以名之。我自己于是想起孟子好像有这么一种说法："万物皆备于我。"我仿照此意，杜撰了一句话，以赞佩雪芹的博大与伟大——我题的是：

众生皆具于我

因为雪芹能深解任何一个人的表相含思、外仪内美，一切众生，都在他的鉴照与关切之下。

我想，具有如此胸怀的人，大约只有释迦牟尼可与比并相提。我说这话，并无宗教意识，也非有意夸张，我读《红楼》，真实的感受是如此亲切不虚的，故我此处只是如实以陈，推心对语。我希望在读者中，会有与我同感共鸣的反响。

我在另文用过"一架高性能的摄像机"的比喻，与此章相较，那是新式科技的观念了，而且摄像的毕竟摄不得心，说众生皆具于一架机器，岂不太浅薄可笑。在中华民族传统文化中，从来不仅仅是个"像"的问题。此其一。

其二，就现代文艺理论而言，"体验生活"，"进入角色"，早属习闻之常言。二百数十年前的雪芹，写一部《红楼梦》，几百个男女老少、尊卑贫富的"人物画廊"（**西方名词与观念**：Gallery of characters），他又是怎么样体验的和"进入"的呢？真是不可思议，难于想象。

然而我们有了雪芹这么一个实例，并不玄虚。我们讲《红楼》艺术，除了赞叹佩服，也还是为了探讨与解释，从这个探讨与解释中或许可以得到某些有利再生"雪芹第二"的希望。正是——

万物众生皆具于我，二喉两牍见之谁？

《红楼梦》笔法结构新思议

总　说

《红楼梦》（指雪芹原著，后同）笔法结构的初步思议，略见于拙著《红楼梦与中华文化》下编，其中提出了几个要点，即：

（一）全书每九回为一大段落，共计十二个九回，合为一百零八回书文；

（二）一百零八回分为两大扇，前后扇各为五十四回（六个九回），而以五十四、五十五两回之间为"中界"，前扇写"盛"，后扇写"衰"，笔调气氛，截然显异；

（三）由此大格局法则即产生了全书大对称的情节结构与文笔手法的艺术特点特色，与世上所有小说不相类同；

（四）末幅提出了鸳鸯与柳五儿是后半部书中的两位极关重要的女主角。（若以为只有十二正钗可称主角，即不妨改称为"次主角""副主角"，不以辞害意可也。）

此外还有"三主线""四次起头"的提法，并列出了《红楼梦》一书而具五个异名的内容意义"关系表"，以及全书大对称情节发展变化之拟议表格。

如今再从那次论述的基础上试做一些伸延和补充——因为当时在海外著

书，急欲归国，写到末幅时文意已经十分匆忙简略了。

上述拙著已同时提出：全部小说宗旨主题是写一百零八位女子；一百零八之数是从《水浒》得思的，雪芹是有意地以"脂粉英雄"（秦可卿语）来对"绿林好汉"；一百零八是中华文化上的一个象征数字，用意是代表"众多"的虚义，而非实数①。是故一百零八者，亦即"千红一窟（哭）""万艳同杯（悲）""群芳髓（碎）"的另一艺术表述而已。而此一百零八位不幸女子，皆以主角宝玉为"线"而联在一"串"——脂砚斋批云宝玉乃群芳之"贯"（或作"冠"，恐非是），殆即斯义。所以"三春去后诸芳尽""寿怡红群芳开夜宴"，那"芳"亦即一百零八之"诸""群"众多义——"沁芳"又是隐寓"花落水流红"的总主题，一丝不走，百脉贯通。

如此，则在全书结构上，必须特别着眼于两回重要书文——可谓之全部"书眼"。

哪两回？就是第二十七与六十三两回。

第二十七回写的是"饯花会"，第六十三回写的是花名酒筹，夜宴行令欢饮。前者是大观园建成之后，众女儿第·次盛大聚会；而后者是大观园将散之前，众女儿最末次欢乐聚会。"二十七"为"三九"之数，"六十三"乃"七九"之数，在前后扇中恰恰构成遥相对映的奇局与奇笔！

为什么要"饯花"？诸芳将尽也。第二十七回明言"众花凋谢""花神退位"；而第六十三回则暗点"开到荼蘼花事了"，也是群芳的一大收尾或结束，整幅巨曲的钟鼓节奏。

在此就要明确一个要点：前饯花，后夜宴，日期都是落在宝玉的生辰这一天上。

前次明写日期，不言生辰；后番明写生辰，而不言日期。留与细心人参悟领会。此即雪芹文笔之明暗对称法。巨大对称呼应，而又令人如在"梦"中，

---

① 在中国文化上，"九"是阳数（奇数）之极，"十二"则代表阴数（偶数）之极，两者相乘，故为"最多"的意义，勿作实数理解。

浑然不觉他那出色奇致的对称结构法则。此雪芹艺术之独创，别家绝对无有。

宝玉的生辰是哪天？四月二十六日，芒种节日。拙著亦曾考证清楚。雪芹为何单选此日作为饯花会日？盖其意若曰：自我之生，众芳凋落，我生之前为"春"，我生之后为"秋"——是我之生也，实为饯花辞春而来吧！

此中隐含着他十年血泪、辛苦著书的巨大悲痛与深远寓意。

此义既明，那么我们方能读懂自第五十五回以下，笔调一变的大脉络：

（一）凤姐病深，告假调养；

（二）探春暂代，众奴蓄险；

（三）因宫中有丧葬大事，贾母、王夫人皆须随侍丧仪（**此清代制度**），家中无主，奴仆男女，诸事纷起，复杂万状。

在此情势下，前扇的正钗以及副钗（**如袭、晴、麝、鹃、鸳、小红、莺儿等**）皆转居次位，而笔锋转向更下层小女儿，笔力集中在芳官、春燕、柳五儿等人身上来了。小伶十二官，芳官独占"芳"字，而归于怡红院中，可见其身份意义之重要。芳官、春燕皆特与厨役柳嫂之女五儿相契交好。由是引出柳五儿的一大段故事。

从对称章法上看，首次饯花会之前，写一红玉（**小红**）；二次饯花之前则又写一五儿。两人情事极不相同而又实具共同点。此悉为雪芹文思笔致之极妙处。此等小人物向不为读者、研究者重视；近年小红的地位意义略明，而五儿仍属冷落的"研区"。今本文特以柳五儿为主，而次之以袭人、鸳鸯，合三人而觇雪芹之意旨精神，结构脉络。

柳五儿

请注意：柳五儿的故事从何而来？那是在宝玉生辰的前夕大笔重彩地特写、特表。芳官则是夜宴中的一名新主角，起着十分重要的作用，是她唱了一支《邯郸梦》中的名曲："翠凤毛翎扎帚叉，闲为仙人扫落花……"乃点睛之笔。

芳官是赵姨娘的死对头，她还得罪了贾环。赵、环处心积虑，时时要害宝玉与熙凤，已于前文表明了。柳五儿呢，不幸为钱槐（批家解为"奸坏"的谐音）盯上了，发誓要娶她——而钱槐是赵姨娘亲党之人，又正跟着贾环上学当差！

更不幸的是，柳嫂子在内厨任职，为他人所嫉妒。迎春房内丫头们与夏婆子、秦显家的也皆为"大老爷"贾赦那边的人，一齐与柳家作对。

也就是说：柳家一女想入怡红院，宝玉在生日那天正式出言让她进来当差了，可是她受屈蒙辱，折磨病了，难得即来——这就后情不堪设想：她身上集纠了大房与二房（赦、政）、二房嫡庶（王、赵、玉、环）之间的极为复杂尖锐的矛盾关系！不言而喻，这个不幸女儿的命运，就必然是奇惨无比的了！

她名叫五儿，表面是指"排行"第五，但又一字未写她有哥哥姐姐，真正的意义恐怕是：寿怡红开夜宴中四位大丫鬟为晴、袭、麝、纹，四个小丫鬟为芳、痕、燕、四，柳女若来，排在四儿（蕙香）之下，是为第五个。其地位大约正是填补已被凤姐索走的小红。要记清，小红在前文是上次钱花而离开怡红院，而在后部书中乃是一个极关重要的"结局人物"。彼此对应，便可知其"分量"之非轻了。

她的命运如何？她当然终未得入怡红院。迎春房中的小丫头们正向林之孝家的说她的坏话，说她是贼，背上了嫌疑与冤枉的恶名。到第七十二回，回目已有一个"来旺妇倚势霸成亲"了，这很使人注目。

柳嫂给她内侄去送玫瑰露，适遇钱槐，柳嫂早知五儿不肯嫁他，立即回避退出，告辞而回——角门上小厮向她开玩笑，讨杏子吃，杏乃四月中下旬之果，正是四月二十六日宝玉生辰的前夕了。群芳夜寿怡红，竟没有柳五儿的份儿。这以后，多半是钱槐向赵姨娘求情非要讨柳女，给了赵姨娘一点小便宜，此姨便竭力钻营，正好借此破坏柳五儿将入怡红的格局，向贾政吹了枕边风。贾政一面驳了柳五儿入园之事，一面点头同意把她配与钱槐，谁也再无别法了。而柳姑是宁死不愿嫁与"奸坏"的，以性命相拒！结果钱槐倚势，柳女衔屈，酿成人命——而这一切，又由赵、环和夏婆、秦婆等一大伙子人造谣诬陷，说柳女由芳官勾引，与宝玉有了不正当的"关系"，将罪名又推在宝玉的头上。

钱槐跟随贾环上学，其身份正如李贵之于宝玉，也许还兼有茗烟那样的地位与作用，他深知贾环是嫉恨宝玉，处处要使坏、用黑手段去害宝玉的，于是调唆贾环借柳五儿的题目又在贾政面前告了一状。贾政便与王夫人商量，说服了老太太，让宝玉搬离大观园。邢夫人为了遮掩迎春房里发生了司棋私交潘又安的事件（当时是以为"丑闻"的），正好与贾环一党勾结一起，硬说绣春囊是柳五儿私入园中遗落的证据。贾政夫妇以此为据，老太太便没有替宝玉辩护的余地，只得听从他们的主张：分离大观园的群芳聚会之境。也就是说，柳五儿明明是四月二十六日饯花一会的引线，也是罪名冤案的导火线，她那名字"五"儿，恰好是暗点一过四月，五月便真是"飞鸟各投林"的开始了！

雪芹对柳姑的评价是什么？道是"虽是厨役之女，却生得人物与平、袭、紫、鸳相类"。这可不是一般的"考语"（今之所谓"鉴定"），真乃除了十二正副钗以外的第一流品格，位置之高非同小可。

再从章法结构上看，这线索遥遥地从第五十九回便金针暗度了，那是开篇不久，便写宝钗一日晨起褰帏下榻，微觉轻寒，原来五更时落了细雨；因此即引出湘云要擦春癣，寻找蔷薇硝。于是，由硝及粉（茉莉粉），又由露（玫瑰露）及霜（茯苓霜），迤迤逦逦，错综复杂地牵引出众多人物的离奇"案"情——这一切，说到根源上，都为了何事？原来就为一步步地引向柳五儿。换言之，偌大文章，令人眼花缭乱，目不暇给，不知者还只以为这都是些闲文戏笔，却一点儿也悟不及雪芹的文心笔法，故事的深层处另有他的线路与目标。

如果能这样晓悟，便知从第五十九回直到六十二、六十三回，可说实际上只为了要写这个后半部重要副钗人物柳五儿。雪芹为她，可说是工笔重彩，密缕细针，一丝力气不肯省的。

他这么费却了心血笔墨，绝非只为了一个"到此为止"，他的笔法规律总是为了伏下后文，手挥目送，重要的全在后面。

然而，柳五儿的后文，又往哪儿去了呢？

说来真是万分可惜！雪芹写柳五儿后文的精彩笔墨，已不可复见。

　　检今传本《石头记》，至第七十七回《俏丫鬟抱屈天风流　美优伶斩情归水月》部分文字，王夫人到怡红院盘查发落，因斥芳官时而说了一句："……是谁调唆宝玉要柳家的丫头五儿了？幸而那丫头短命死了……"如此"交代"了一切。这就太不对榫了——暴露了本回的文字实非雪芹原笔，已是另人补缀的了。此补者倒是知道五儿不幸也是死路一条，但绝不是这么样子的简单地"带出"一句话而了结此一大公案的，那等于一笔抹杀了前文，使得那么些文情成了无谓的浪费纸笔了，雪芹自己焉能愚拙至于如此地步？

　　这儿的"奥秘"，还由杨继振本（俗称"梦稿"）与程甲本而泄露了出来；程本在所谓的第一百零九回，却出现了"候芳魂五儿承错爱"的"文章"，这就奇了！五儿已然"幸而短命死了"，几时又如何地复活了来"承"此"爱"的呢？无词可以形容，只能引用俗语"活见鬼"吧！

　　这个"矛盾"，程高是怎样"解决"的呢？他们偷偷地将第七十七回王夫人那句话删掉了——在杨本中，此处恰恰就有墨勾圈掉的好证据！

　　读者诸君可以再去读读那段"承错爱"的妙文吧，看看伪续者与原著者的精神世界的差异，是多么令人震惊！

　　可悲的五儿的"新命运"，可痛的雪芹的高境界！可惜世人就这么"承认"了伪续，有人甚至说它就是"原著"，有人赞它为无上至宝，"伟大"文学。

　　所以我说，《红楼梦》的伪"全本"不是一部小说的小事一段，而是中华文化上的一个重大的畸变现象与政治骗局。其根本缘由可参阅拙著《红楼梦"全璧"的背后》（收入《献芹集》）。

　　雪芹把柳五儿特笔写在寿怡红这回书文的前夕，是大有深意的。怡红之寿，在四月二十六日芒种节，书中也特笔明写暗点，更非闲文废语。盖从历法上一考察，便知康、雍、乾三朝之间，只有两次是四月二十六巧与芒种节会同于一日：一次是雍正二年（一七二四年）闰四月二十六，一次是乾隆元年（一七三六年）四月二十六。这就表明，雪芹在小说中特意铸刻下了无可动摇的史证：贾宝玉（雪芹的自况）的生辰是雍正二年的闰四月二十六芒种日，而到他十三岁——书中的饯花会那一年，他又在生日上恰值四月二十六日芒种节。节令的巧合，这是铁印记。

这种科学的论据，直到近年来方得揭明显示。它也给作者的生卒、著书的时序，一起提供了最宝贵的内证——用任何办法都是无由考核到如此准确的历史记录的。

袭　人

袭人一向是个挨骂的角色，这也还是程高伪续制造的骗局和冤案，一直蒙蔽着世人。

亟须从头探讨一下，看看雪芹笔下原是怎样写这个副钗群中十分重要人物的。这儿的关键往哪处去寻？仍然就在寿怡红的这回书中。

这一不同寻常的夜宴，特行一令，名曰"占花名"。大家商议之时，先是麝月提出要"抢红"，而宝玉说"不好，没趣"——注意此寓深意，下文再表——他才改提"占花名"，而晴雯立即应声赞同，说"正是早已想弄这顽意儿"了，局面遂定。这一场面，由谁领先？宝钗开掣第一签。由谁收束？袭人掣过之后，还有好几位没掣的，但雪芹已用"横云断岭"之笔截住了，实际就是由她收场。其重要可知。

袭人掣得的是什么花？桃花。桃花何奇？奇在下面注的四个字，道是"武陵别景"！

细心的读者都该立刻想到雪芹在大观园建成、试才题额时，已经让清客异常突兀地点出了"武陵源"，而又一清客跟了一个"秦人旧舍"！

要知道，这可真是不折不扣的"荒唐言"了，在那时绝对不可能有这等词句敢以题园的。贾政还只批前者是"落实""陈旧"，宝玉则直言批后者曰："秦人旧舍乃避乱之意，如何使得？"真可谓自装自演，云烟满纸。

那么，一呼必有一应：雪芹在夜宴上又给袭人安排了一个"避乱"的武陵别景！其针线之细密，实叹观止。这种呼应，岂能随口澜言，别无深意？

还要注意：宝玉随众姊妹住入园中之后，第一个情节是什么？是坐于"沁芳"溪畔桃花之下看《西厢》，看到"落红成阵"，正值一阵风来，将桃花吹落满身满地，他不忍践踏，将落花用衣襟兜往溪中，随水流去——这正是"花落水流红"（**众女儿不幸总结局**）的巨大象征：桃花是落红的代表，也是众女儿命运的总写照。

所以黛玉的《桃花行》，也是这个主题意旨。试看那篇七言长歌行，哀艳悲感，人人都说那是她自己以桃自况，可是里面却出来了"天机烧破鸳鸯锦，春酣欲醒移珊枕"这样的句意，这像黛玉自写吗？她自言一年之间只能有三五夜睡着觉，她会"春酣"吗？"香梦春（沉）酣"只能是湘云的神态。可知把那诗只做单一理解是不行的——正如探春折柬起社，却是取名为海棠社，暗里主题实为咏湘云，跟着的十二首菊花诗也全部是写日后宝玉访寻湘云的踪迹，而终得重会的经过。所以黛玉之"重建桃花社"，也并非只为了一个"自我伤情"。若那样讲，此诗便有许多讲不通的地方了。

在此，我们就要提起，全部书中，只有黛玉与袭人两个"同辰"：都是二月十二的生日，而二月十二日是花朝日。这种暗笔，表明了雪芹意中原以黛、袭二人为群花的代表，而一死一嫁，为众女儿命运的总括归结。

即此可见，袭人的地位，是不一般的了。

然后再看全部"占花名"中场面最为热闹的也是袭人的桃花签，正面绘红桃一枝，注明"武陵别景"，背面却注云："杏花陪一杯。座中同庚者陪一杯，同辰者陪一杯，同姓者陪一杯！"你看，这真是唯一无二的荣幸：她竟得到三姑娘先陪一杯（"**悲**"，后同）。然后菱、雯、钗三人因同庚都陪一杯，而且林姑娘独以同辰也为她陪饮一杯！最末，还有芳官的同姓者也陪一杯。

这一场面的安排，从全书来看，实在是非同等闲，具有重要伏线意义。

第一就是探春的特例陪杯。表面似乎只是桃杏二花相联之故，实则在《红楼》笔法规律上从无如此简单肤浅之例。据早年日本的儿玉达童教授讲课时提到他所见的一部抄本，八十回后情节与俗本不同，探春的结局是"杏元和番"。儿玉此语是他借《二度梅》小说中陈杏元出嫁外藩的典故，正与花名签上"得贵婿"之隐线相合。据此可知，探春是远嫁外藩（**清代仍有好几个属**

国）的王子，故曰"王妃"。（俗本妄改"皇妃"，大谬！）按书中所写的种种制度，贾府不过是个内务府"员外郎"的等级，此级的女儿，如何够得上只有公主、郡主等宗女才能充当的外嫁之贵人？此中显然另有曲折情由。第五回《分骨肉》曲文中有两句最是紧要，莫当闲文读过——"恐哭损残年。告爹娘，休把儿牵念"；"从今分两地，各自保平安"。这是一场极不寻常的生离死别，非止为了远嫁一层而哭坏了身体，却是因为如不远嫁，则各自不得"平安"！所以探春的毅然舍身远行，是带有牺牲自我、保全"骨肉家园"的用意的！这事由就不是一个一般的、高兴的"得贵婿"的婚嫁"大喜事"了！

我此刻的推想是两种可能：一是充当了假公主、郡主（皇家宗女）的身份去为当时的国家外交而献身赎罪的（贾府事败获罪有重大条款）。二是内务府旗家女儿例选，入宫当了宗女的侍女，因而随嫁成为藩属的侧王妃。两者不拘哪个，实质皆是为家为国自我牺牲的一件异样勇敢而悲痛的大事。

探春之嫁，性质是非一般的，"桃杏"之所以相联，便悟袭人之嫁，其性质也是非一般的，有某种共同或类似之点。

大家咸知，袭人后来嫁了蒋玉菡，蒋艺名琪官（又作棋官），是忠顺王府所养的"戏子"，最为王爷宠爱。忠顺王是贾府的"不友好"势力，与北静王乃贾府的"共难共荣"者，正是两个政治集团的对手与仇人。两大势力争斗的结果，北静王一派失败，贾府随而"共难"遭祸。清代旗人的特别"法条"，罪家的女口要"入辛者库"，即没入官籍，指派到别家权贵去做奴婢，受尽了非人的折磨与屈辱（因为往往特给予仇家去奴役）。这样，袭人之归于忠顺王府做奴，而配了"戏子"（当时唱戏的是"贱民"，与良民是不通婚的），本是一种侮辱性的手段。

此为一种可能。但更大的可能似乎还是袭人与探春的保全家园父母相同，也有牺牲自我、保全宝玉的重大因素在内。

袭人掣得的那句诗，出自宋末谢枋得，历史上有名的不肯降元的忠义之士，其诗题曰《庆全庵桃花》，全篇云："寻得桃源好避秦，桃红又见（雪芹引用则作'又是'）一年春。花飞莫遣随流水，怕有渔郎来问津。"这就重要极了。雪芹给大观园的水道命脉取名"沁芳"溪，即《西厢》"花落水流红"的寓意，即整部书的总象征，众女儿后来纷纷如桃英凋谢，随水流尽，而黛玉早已点明：落红水沁，虽似洁净，但一流出园去，依然落于污秽之境。雪芹这番意思又与"桃花源"和谢诗巧妙地结合起来，暗写这处"秦人旧舍"中众女儿为外间闻名艳羡，遂有觊觎图谋之祸端萌起。书中一次写南安老太妃要见众女，不得已令钗、黛、湘、探四人出见，那太妃极口夸赞，说不知夸哪个才好（即谓都是绝品人物）。这就是后来有谋女之事的伏线。"占花名"之前，麝月却先提出行"抢红"之令，隐语双关，只是粗心人不知玩味罢了。

　　既明此义，那么袭人之出嫁琪官，就绝非常情中一件很简单的事情了。宝玉虽曾有尽将院中所使丫头放出之言，但绝不指袭人这样他曾竭力劝留之人，袭人也绝不会愿意在一般情况下（无重大变故）自动离开宝玉另寻去路。可知正是因为花飞水流，"渔郎"已向这处"武陵别景（境）"来"问津"了！

　　〔乾隆后期可能见过雪芹原本的富察明义，有题《红楼梦》绝句二十首（见《绿烟琐窗集》），其末首云："馔玉炊金未几春，王孙瘦损骨嶙峋。青娥红粉归何处？惭愧当年石季伦！"说的正是这种情景，晋朝石崇被政治敌家陷害，家破人散，侍姬绿珠自杀以殉。大可参证。〕

　　问津者是谁？敌对势力的王府是矣。当时满城尽传荣府宝玉之丫鬟大有"美女""绝色"，于是引起了萌心诬害宝玉而图谋其侍女的风波。第二十六回①一场宴席上，锦香院的云儿就表明了宝玉身边丫鬟的"知名度"了，其笔法最为可思。

　　宝玉之被诬陷，大约仍然是"窝藏"王府优伶的罪名，再加上别的流言蜚语的渲染夸张。敌对者乃以宝玉的性命安全作为要挟，而强讨"美女"。形势至极严峻危险，在此危机之际，袭人为了保护宝玉，自己挺身而出，不顾别人的疑谤，表示愿去忠顺府充当牺牲品。

　　袭人为此，下了最大的决心，英勇侠义，冒着去经受最大苦难的危险，舍

---

　　① 疑为第二十八回《蒋玉菡情赠茜香罗　薛宝钗羞笼红麝串》。——编者注

己为人。当她知道自己无法再为宝玉尽心效力了，便于临行时说出了"好歹留着麝月！"的痛语（**见脂批所引**）——她知道麝月之秉性为人、才能心地，还可以做她自家的"替身"。

从情节结构上看，这显然还不是贾府最后一败涂地时的事，而应发生于黛玉卒后、宝玉成婚之前。袭人是唯一的与黛玉同辰、生于花朝日的人，所以大观园群芳之中，她们两个是代表，其地位之重要最为明显。众人搬入园中之后，第一件事写的是桃花树下读《西厢》的"花落水流红"，而第二件跟着写的就是袭人的故事"情切切良宵花解语"，而且又与"玉生香"（黛玉）为同回的对仗文章。这表明宝玉平生亲近的两位女儿，一死一走，均属"无缘"之列。

袭人在全书中每次出现的时际、场合、作用，都非一般情境，详列将很费篇幅，如今且只举几件特别关系重要的，来重温细审一番，以验愚见之是否。

在全书大结构总章法上讲，上元节是盛极变衰的关目。第十八回一次盛大元宵节，第五十四回又一次盛大元宵节，两次皆有袭人的重要文章。前者第十八回以元春回宫结束，紧接着第十九回开头不久便是："偏这日一早，袭人的母亲又亲来回过贾母，接袭人家去吃年茶，晚间才得回来。"由此便展开了大篇巨幅的抒写，全为袭人一人——在此回笔墨比例上按今日通行铅字排本而计，袭人的"花解语"文字竟占了十一页，是黛玉"玉生香"三页文字的几乎四倍！

在此次夜话中，袭人的话题没有离开"走"与"不走"的选择问题。相隔只一回书，便又有"娇嗔箴宝玉"的情事。其所箴者何？全为宝玉与黛、湘二人形迹过密、昼夜难离了。以下渐入赵姨、贾环暗害宝、凤与小红、贾芸的故事（**红、芸正是日后力救宝、凤之人**）。至第二十八回，即饯花盛会刚过之后，即大笔特写了蒋玉菡酒令说出"花气袭人知昼暖"（**按陆诗原作"骤暖"**），并且又特写了茜香罗汗巾的奇异伏笔！

在这以下，紧张精彩的笔墨写出了黛、湘、钗、雯、龄的错综变幻的文情事态，令人目不暇接。而其主线虽已逐步移向湘云的麒麟公案，却不料还夹写上宝玉雨淋归院，叫门误踢了她的出人意想的奇文。

再以下，便由宝玉"诉肺腑"、误以她为黛玉的"失态"一步一步地引向了金钏身亡、贾环诬陷、琪官事发、王府索人……以至大遭笞挞的一大风波，几致死命。但写琪官（玉菡），也还是为了写日后的袭人。再往下，就是写她向王夫人进言，以至写到了第三十六回（"四九"之数）的"梦兆绛芸轩"一大回书文，又是以袭人的文字为此回的主体（而"识分定"写龄官、贾蔷之事不过幅末一小部分）。

在此回中，宝玉因得知王夫人已将她暗做"收房"的安排，遂于夜话时便又追溯到元宵节间的那回她设辞要走的话头，说"这回看你可走不走了"。谁知袭人又有措辞，并不顺势纵情，再表"要走"更易的"理由"。

在此两次表"走"中，有几句话是必须注意寻味的：

> 我另说出两三件事来，你果然依了我，就是你真心留我了，刀搁在脖子上，我也是不出去的了。

> ……再也没有了，只是百事检点些，不可任意任情的就是了。你若果都依了，便拿八人轿抬我，也抬不出我去了。

> ……有什么没意思？难道作了强盗贼，我也跟着罢？再不然，还有一个死呢！

在这儿，就必须记住雪芹的"伏线"笔法的规律：他总是一方面使字面意义在本处本文的作用上自完自足，另一方面在读者不知不觉中（只领会表面意义）把语言巧妙双关起来，遥遥地引向后文情节而另生意义。即如此处三例，表面都是写袭人向宝玉讨条件，必须如何才答应不走，可实际上那些话却又都是遥射后文她真的不得不离去的情势关节。这儿内含一个威逼利诱的经过：刀和轿。并且也已表明，她是曾以性命相抗争的——或者是以死相殉。

这就又联系到上述的第二次元宵节。雪芹惯用的奇笔，特在繁华热闹中偏偏去写那无人理会的冷清场面（**特具诗境情味**）：袭人与鸳鸯两个皆因在母孝中不逐繁华，却在房中相对谈心——宝玉欲回屋，来至窗外听见的，一片体贴怜惜，不忍打搅而转身返回戏厅去。鸳鸯也是雪芹原书后半部的一个关键人物，也是以死抗争过的，其后终被贾赦等谋害（**可略参拙著《红楼梦与中华文化》卷末**）。因知上元佳节盛极之夜，特为她们二人安排的这一场面，寓意是非同小可的了。

当然，鸳鸯、袭人二人的一切都不相同，她们后文的情节也绝不会合掌犯复，而是各有震撼人心的笔墨。鸳鸯之誓死，是为了自己的清白，却因为贾琏求助、偷借贾母之物而被诬枉为"有私"；袭人则是虽亦一死相争，却因保全宝玉而忍辱屈从——谁想却与琪官成了夫妇，大约是忠顺王特将她配与"戏子"以辱宝玉的意外结局。

忠顺王府一派势力，也是一时煊赫，"成则王侯败则贼"（**第二回特点此义**），"问古来将相可还存？"。不久也同归事败，家破人散，一如北静王、贾府之先例覆辙，琪官这时乃得脱离王府，成为"自由"的民户，始终感念宝玉的旧日情谊，夫妇两人一同"供奉"宝玉（**时黛玉已卒，与宝钗为婚**）。

但这一切，都是地覆天翻、沧桑巨变以后的经历与情境了，这种与前文勾连回互、呼应对照的精彩书文，都已为宫廷势力毁灭无存了。[1]

广阔的前景

袭、琪的奇缘，"表记"是一件茜香罗，茜香即红香，红香圃、红香枕，皆隐指湘云之事。则袭、琪之缘，虽曰"供奉"宝玉、宝钗夫妇，但实又与其

---

[1]　程高伪续刊于一七九一年，而一七九四年俄国教团团长、汉学家卡缅斯基即到了北京，他购置了《红楼梦》，在一部程本上批注说：明此刊本是由宫廷印制的。清代人也称《红楼梦》有"殿版"，亦即指武英殿修书处的木活字版摆印的伪全本。此即程高伪续是皇家意旨的产物，含有重要政治用心。《能静居笔记》引述的乾隆皇帝与和珅共同经营过《红楼梦》的事态，正与俄人所记全然合符。

后一局宝玉、湘云的终得会合也是密切相关的。袭人与宝钗的关系，远不如她与湘云的关系为亲厚，书中写得最为明白，应无误解。盖宝钗婚后也是不幸早亡，琪官在为了宝玉、湘云重会的大事上同样是一位义侠人物——他与柳湘莲、冯紫英、卫若兰等，一起出了大力。湘云的命运，也是被没入官、发与仇家做奴，或同在"抢红"的名单中。这个伏线在南安老太妃见了湘云时，说要和她叔叔去"算账"，这话就透露了后文的无限丘壑。

花袭人是金陵十二钗又副册中的第二名，亦即"情榜"上总列群芳名次的第二十六名。她的名字取自陆放翁的诗句："花气袭人知骤暖，鹊声穿竹识新晴。"①虽也是"薄命司"中之人，但从取名来看，不像"宝钗无日不生尘"那样的不吉祥，其薄命处也许只在身为使婢而嫁为优伶妇（"戏子"在当时是极受轻视的"贱民"），而不是夭亡灾祸、孤寡凄凉。从生活来说，她倒是夫唱妇随，和谐幸福的。但雪芹偏偏写她与黛玉同为花朝日人，花之代表，同为"花落水流红"的残英一瓣——其意何在？尚待研求。如今姑且试做一番揣测。

拙意以为，她们二人之姓是林、花相次。杜少陵名句："林花着雨胭脂湿，水荇牵风翠带长。"②这后一句是两见于雪芹让宝钗口中引用过的，当非偶然。又李后主名句："林花谢了春红，太匆匆。无奈朝来寒雨晚来风。胭脂泪，相留醉，几时重？自是人生长恨水长东！"恰也"林花"与"胭脂"同见，李词本由杜诗而来，将"湿"点化成"泪"，遂令人更觉凄婉悲切。那么，黛玉的《桃花行》中，却长歌而道出：

> 天机烧破鸳鸯锦，春酣欲醒移珊枕。
>
> 侍女金盆进水来，香泉影蘸胭脂冷。
>
> 胭脂鲜艳何相类？花之颜色人之泪！

---

① 出自陆游《村居书喜》，通行版本作"鹊声穿树喜新晴"。——编者注
② 出自杜甫《曲江对雨》，一作"林花着雨燕脂湿"。——编者注

　　　　若将人泪比桃花，泪自长流花自媚。

　　　　…………

　　　这就又像黛玉自咏而又不大全像了——请看，"春酣"何曾与黛玉有关？上文"茜裙偷傍桃花立"，茜裙（石榴红裙）更与黛玉衣色景色无法牵合。潇湘馆中从未闻有红桃盛开之景。这《桃花行》究竟写的是谁？就又颇费推寻了。

　　　我疑心这仍与袭人有连。诗的辞语化出一个"胭脂冷"来，而又明喻了"胭脂泪"一义。胭脂在雪芹意中笔下，又是什么？不是别的，正是"怡红""悼红"的那个"红"字的丰富内涵。这胭脂若是"花之颜色"，则为海棠色、桃花色。它若是"人之颜色"，则为衣红、唇红、腮红。

　　　"抢红"原是骰子戏名称，上文已曾略及。史湘云在"鸳鸯三宣牙牌令"中，独得一副"满红"，再无第二人有此荣耀气象——左右两张地牌，共四个红点，中间一张"幺四"，九个红点：合为"樱桃九熟"的名彩！这都是书中极为重要的象征关目。

　　　"寻得桃源好避秦"，妙玉之入园，正是为此；"怕有渔郎来问津"，妙玉的不幸结局远远不及袭人。但她们都属于"花飞随水"的命运悲剧角色，政治背景的无辜牺牲品。妙玉是"风尘肮脏"，此语本义是在不幸环境中坚定不屈（曹寅诗中也是如此用法，清代人悉无例外。可征考《汉书》与李白诗句），却被程高伪续横加歪曲污辱，写得不堪入目！而他们又把袭人大加讥贬，引什么"息夫人诗"来嘲讽备至！我们若结合他们如何篡改尤三姐成为"贞烈"，如何歪曲鸳鸯"殉主"受拜，如何将司棋的下场改作"撞墙"惨死，如何写出柳五儿的竟"承错爱"，这一系列的针锋相对地与雪芹原著对台唱戏，就可清楚窥见他们的丑恶嘴脸与肺肠：一方面精神境界十分低下，肆意诬蔑雪芹为千红一哭、与万艳同悲的博大深情的实质；一方面又一力拿封建式的"烈女贞妇"式的模式来"改造"雪芹传写的那些脂粉英雄，女儿才气，想把她们纳入"劝善惩恶""断情戒淫"的"挽救世道人心"的道学伪善的范畴去，也就是彻底消灭雪芹的头脑与心灵的伟大与光辉，真是何其毒也，何其丑也！有识之士看破他们的伪续是中国文学史上的最大的骗局，这是一矢中的之卓论。但这实实不是局限于文学一层的事情，而是中华文化史上一桩最大的犯罪！伪续使雪芹这一伟大思想家在乾隆初期的出现横遭掩盖扼杀，使中华民族思想史倒退了不啻几千几百年，禁锢惑乱了无数读者的精神智慧的活跃时空。

麝月掣得了荼蘼花，其题句为"开到荼蘼花事了"，而注语规定的是在席者各饮三杯送春！这毫无遮掩地表出了寿怡红原是"饯花"的本义，而独由袭人却又开出了一个"武陵别景"，美丽的桃红又重现了一次韶华媚景，"又见一年春"。这与"桃花人面"的个人悲剧不同，又与"恩爱团圆"的小说俗套大异。用一般的（**特别是西方的**）小说观念模式来"套"雪芹的头脑心灵、思想艺术，是不会引向真正理解领悟其人其书的正路的，何况还有一个阻道拦门的程高百廿回"全"本横在面前。所以从雪芹本人笔下的伏线艺术手法（**鲁迅在《中国小说史略》中早就注意及此了**）和严密巧妙的结构层次来探索八十回后的本来面目与真实内涵，是解决《红楼梦》一切问题的唯一途径。五儿、袭人、鸳鸯、妙玉、芳官，这几个人更是极关重要的结局人物，应该下大功夫，首先做出研求考索的尝试。①我们岂能指望自己有足够的学力、识力、悟力堪当此任？但大家共同不断努力以赴，当会日将月就，而终有渐趋接近真理的一日。

---

①　今传本中，第七十六回中秋联句以下，原稿残缺；第七十七回已非全属芹笔，夹有另手补缀之痕迹甚显，故写王夫人处置大观园中众儿女之文字，不可尽以为据。《芙蓉女儿诔》后亦缺，全为补文。详见拙著《石头记会真》。

后记

　　平生写论《红》文字数量不小，经验也不算不多，总计一下，觉得都不及写这本书的心境和笔境这么良好。今日读者已不大能知道过去的情形："红学"是个挨"批"的对象，欲发一言，愿献一愚，皆须前瞻后顾，生怕哪句话就犯了"错误"，或惹得哪位专家不太高兴——其后果会十分"严重"。那种撰著真如前人所说的譬喻：着（**穿着**）败絮（**破棉花衣服**）行荆棘（**满枝是刺儿**）中，可谓寸步维艰，需要兢兢业业。那"文章"能有多大的"可读性"，无待烦言了。

　　这回写得特觉舒畅、自如、潇洒、尽兴尽情。

　　我记下的这些想法看法，都"对"吗？或者说能获同意同感吗？这种问句，本来无须一提，只是要表示一下：对于某些拙意拙文，您有不同之见，这没关系，问题在于，您在"不同"之中，是否也由拙说得到了一些思维上、感受上的新启发呢？若多少有之，那就虽"不同"而实有其"同"了。我的经历有一条规律：有些论者明明从拙著中得到了启发，甚至已然直采其意了，但不声明，攘为己有还不算，反要倒打一耙，找点儿小岔子，奚落几句，显示"高明"远甚。

　　无论学术还是艺术，都需要从"灵性"上交流，不仅仅是什么"知识""学问"的问题。不能有所感，有所受，又何从谈到交流？"各说各的话"，那又哪儿来的切磋和发展前进呢？

　　《红楼梦》不是一部"言情小说"，不是要写什么才子佳人，而是一部文化小说和"历史小说"。每个读者的文化素养与历史学识决定他对此书的赏会高低与理解深浅，这种层次有时是很不相侔的。还有一个"感悟"能力的大小，也非常重要。例如名作家刘心武先生之读《红》札记即与别家不尽相同，有其特色，我赠以"善察能悟"四字。不如此，要想有所体会与突破，就不是那么容易的事。雪芹的笔法是超俗入神的，绝非像庸常文字那样板滞死僵。

　　今年古历癸未，而以西历为准的"公元"是二〇〇三年。雪芹逝世应在乾隆癸未，即二十八年（一七六三年）。纪念二百四十周年则落在二〇〇四年。然若按癸未而计，实又应在今年。故以这本小书，敬献于雪芹的英灵之前，不知亦肯笑而颔之否？

癸未二月惊蛰节后

校后再记

本书的体例与以往的拙著之不同点，是想以短文讲大旨。大旨不是张皇喊叫，却常常隐伏于琐墨细笔之间，有待我们去玩味领悟。所以这本书虽小，讲的却并不是"烦琐考证"。中国传统总是讲究"文心"与"匠意"，在这方面无所感受，是读不了《红楼梦》的。因此赋诗一首，曰：

> 百读红楼百动心，哪知春夜尚寒侵。
>
> 每从细笔惊新悟，重向高山愧旧琴。
>
> 只有英雄能大勇，恨无才子效微忱。
>
> 寻常言语终何济，不把真书换万金。

而这本书也仍然是些"寻常言语"罢了，此为校后深衷之愧处。

本书也讲到释迦如来才是最多情的人。在此还想补说几句，即我评王国维的《红楼梦评论》既无学术价值，又将大旨误解——有些研者表示"不服气"，要为王先生辩护，以为他才是近现代红学的启蒙者，云云。我要指出一点：王先生的评论观点是万苦从"欲"而生，欲解苦必须无欲。他是把"情""欲"混而不知所辨了。雪芹的"大旨谈情"，是溥施于人的，是关切、同情他人悲欢生死的，是忘己而为人的；而王先生评的那"慾"（**也写作"欲"，其实无别**），却为己的，想得的，个人占有的，满足自私的。这二者是根本分道而驰的。王说在这一根本性问题上犯了误解和错说。若照他那样评议，结论既是"无慾"方可"解苦"，即是不折不扣的"色空观念"的异词而同义的认识而已，并未提出任何新鲜而有益的精神贡献——今日仍奉"无慾"为雪芹著书的大旨，复又将"情"错会即"慾"之等同自私心理表现，这是我觉得十分可异的一种"红学理论"。我愿有智有识之士能从王氏"评论"的牢笼内"解脱"出来，多为雪芹"大旨谈情"的真谛做些贡献，不胜幸甚。

为本书打字、编整，女儿伦玲之劳最；长女月苓、次女丽苓也在工余帮了不少忙。对于刘文丽女士和于鹏先生，我要表示特别的感谢：因我目坏，行文之际，全凭记忆，无法检核所引原文，而记忆在老年人是个"淘气"问题，时常制造错乱、脱失、欠精确等等麻烦，甚至张冠李戴、沿恶衍误、闹出笑话。这些地方，他们都一一指出，让我得以纠正，也免得贻误他人。他们对《红楼梦》原书的熟悉与审稿时的细心和认真，都使我十分感佩。编辑室主任王宝生先生及编审、美术设计苏彦斌先生几次来家中谈稿，在此也一并致我甚深谢意。

癸未暮春三月中浣

汝昌手记

编者的话

　　这本书，父亲写得非常快，不足三个月的时间，便交稿了。他十分高兴地给这本书起了个漂亮的名字，叫《红楼夺目红》。不难看出，父亲的心境多么好！

　　提起这，就不能不让我想起那本《红楼小讲》。

　　因为出版父亲的自传集《天·地·人·我》，我便和北京出版社的编辑熟识了。其时出版社正在推出一套《大家小书》，向我索稿，我就随意地介绍了《红楼小讲》。这是早年在报端发表的文字，只有三十讲。每一讲我都赋予了一个题目，另又挑选了十篇认为有趣的文章，合成四十讲，最后又加上了《〈红楼梦〉导读》。

　　没想到《小讲》出版后，一年内就印刷了三次，成为畅销书。香港中华书局也出了书。虽然我只是一名协助整理者，但喜悦之情也溢于言表。

　　癸未年初，父亲又和我商量新的写作计划。趁着这股热劲儿，我给他再一次出了这个主意。

　　父亲每天紧张地写作，写得十分顺手，甚至有时刚一放下碗筷，就又伏案工作了。这一百三十多篇文字，却把我忙得不亦乐乎，编整不及，把两个姐姐也牵动了进来。

我们一家人就是这样围着老父亲团团转，一天天，一月月，一年年，其乐亦融融。

应该说，这是一本"红学随笔"，它以亲切、自如的笔致来讲论《红楼梦》，而且提出很多不为人注意的问题，并给以深刻的解读。编整后的感觉是点面新、视角新、解说新。

祝愿这本书——夺目红！

写到这里，不禁也有诗意的感触，于是也仿学父亲的写作风格，文末题诗四句——不知能成"诗"否？

一望红楼夺目红，个中新意喜重重。

愿君把卷能研赏，仁智何妨有异同。

伦　玲

二○○三年五月十日

《红楼夺目红》补记

本书问世后，受到读者的欢迎和策励。也有仁人君子的善意批评指正。谨向他们致以深衷感谢。

有两三点偶需申说几句的，在此简叙：

（一）《炼石补天》篇① 说娲皇实在是上古文化史上发明烧土作陶的伟大女性，引及《诗经》中弄璋弄瓦的古俗，即将"瓦"释为创屋避雨的砖瓦，而不取旧注中以"瓦"为纺锤之说。这是因为纺锤之事，已是农耕发达男耕女织的分工观念时代的现象，故后世儒师相承如此讲"瓦"。但这与女娲烧土作陶的上古时代相比，那距离就太远了，而我的主旨只能是给炼石补天作解，如若涉及男耕女织之事义，那岂不脱离了主题？请参考《说文》解"瓦"，说是"烧土"的一个总名，可知本是泛称，可以随事随义而指实以物，如坐实为纺锤者，正是此例。其实纺锤也有石、玉制的，与陶无必然的关系。或以为我解错了，也许有措辞未周之病，致启疑问。略做解释，尚祈明鉴。

（二）寿怡红开夜宴一回，春燕提议去请宝姑娘、林姑娘，独不及"云姑

---

① 参见第一扎《娲皇和"弄瓦"》一篇。——编者注

娘"。校订者或以为是漏笔，代为补订了三个字。我对此质疑，认为湘云醉后卧息，本未离怡红院，何用再请？若谓是雪芹漏笔，反失妙谛。

　　但我说丫头们不曾称"云姑娘"一词，则有失照应，应做改正。即使如此，丫鬟们已有"云姑娘"之例称，也并不等于即能驳倒拙议。这应分为两个问题论析，方为逻辑周密。仍望读者细玩前后文字叙法，明通首尾而勿拘于成见，偏执一点儿忽略其整体。

癸未腊月

周汝昌